中公文庫

歌のわかれ・五勺の酒

中野重治

中央公論新社

目次

II

中野重治をめぐって

歌のわかれ・五勺の酒

歌

おまえは歌うな
おまえは赤ままの花やとんぼの羽根を歌うな
風のささやきや女の髪の毛の匂いを歌うな
すべてのひよわなもの
すべてのうそうそとしたもの
すべてのものうげなものを撥《はじ》き去れ
すべての風情《ふぜい》を擯斥《ひんせき》せよ
もっぱら正直のところを
腹の足《た》しになるところを
胸さきを突きあげてくるぎりぎりのところを歌え
たたかれることによって弾《は》ねかえる歌を

恥辱の底から勇気を汲みくる歌を
それらの歌々を
咽喉《のど》をふくらまして厳しい韻律に歌いあげよ
それらの歌々を
行く行く人びとの胸郭にたたきこめ

I

歌のわかれ

鑿

片口安吉《かたぐちやすきち》はおそい朝めしを食ってしまうと「さて今日はどうしようかな。」と考えた。目の前にある今食ったばかりの皿や茶碗の始末をすることがいつもにも増しておっくうに思われた。

安田がいっしょにいたうちはそれほどでもなかったが、彼が長町《ながまち》の仏具師の二階へ引っ越して行ってからはいっそう自炊ということがいやになっていた。時には彼も朝はやく起きていそいそと朝めしをつくることがあった。しかしそれを食ってしまうと、醤油の残ったつけものの小皿とか、内側に味噌かすの線のついた味噌汁のアルミニウム鍋とかいうものが、なんともいえぬわびしいものに眺められた。そうして、もとこの部屋に一人で自炊していた松山が、ときどき安吉をひっぱってきて二人で飯を食った気持ちに心から同情できるのであった。

金沢という町は片口安吉にとって一種不可思議な町だった。犀川と浅野川という二つの川がほとんど平行に流れていて、ふたつの川の両方の外側にそれぞれ丘があり、ふたつの川のあいだにもう一つの丘があり、街全体は、ふたつの川と三つの丘とにまたがってぼんやりと眠っている体《てい》であった。そうして、街の東西南北にたくさんのお寺がかたまっていて、町の名にも寺町とか古寺町とかいうのがあった。町の中央に名高い兼六《けんろく》公園という公園があり――つまりこの公園は川にはさまれた丘陵に拠《よ》っているのであった。――それにつづいて練兵場と衛戍《えいじゅ》病院とがあり、衛戍病院わきの急な坂をおりて行くとほとんど山のなかへはいったような谷間の細みちになり、この細みちの両側はいろいろな宗派のお寺の軒つづきになっていた。

　両側にある寺はわりに大きいものだったが、その突きあたりの、これも谷川ともいうべき小川にかかった石橋を前にひかえた寺だけはひどくみすぼらしい小寺であった。

　谷間になっているうえに寺々の杉の大木なぞが並んでいるため、この小さな区域は大体が暗くて湿っぽかったが、突きあたりの小寺は谷の行きどまりに位置していて、うしろの孟宗藪がそのまま山になっているためとりわけて暗く、その庫裡《くり》の北向きの二階部屋は夏冬とおして日光というものがはいらぬのであった。

　この部屋を最初に見つけてはいったのは松山内蔵太《くらた》であった。内蔵太はからだの大きなまじめな生徒であった。おとなしい勉強家だったが、気質のうちのある強いものが内側へくすぶりこんでいるようなところがあって、自分でそれに堪えられなくなると雪の積った街を草履ばきで歩いたりするらしかった。

寺の家族は住職と細君と十歳ぐらいの娘と六つぐらいの息子とであった。細君には後妻らしいところがあり、二人の子供にも連れ子ではないかと思われるふしがあった。夜おそく陰気な夫婦喧嘩の声が二階へ洩れてくることがあり、その陰気さのなかには、妻にたいする住職の貧とからみ合った嫉妬の念がこもっている感じであった。

二階の部屋にいても夜っぴてぼちゃんぼちゃんという水の音がきこえていた。井戸も水道もないこの寺ではいまだに山水《やまみず》を使っていて、うしろの孟宗山から樋を伝わってきた水が年中台所の中央の大きな井戸側のなかへしたたりたまっていた。

まわりの寺々にくらべて檀家というものなども少ないらしく、寺の格も低く、二人の子供もよその子供と遊ばずに二人きりでころころ遊んでいるところなど、何から何まで貧乏たらしい寺の様子だったが、そういうことすべては、内蔵太がすこし離れた町通りの洋服屋の裏二階へ越して行ったあとも少しも変らなかった。

こういう寺のありさまは、松山のすぐあとへ越してきた片口と安田との若い二人にも何としても楽しめぬものであった。裏の藪から筍《たけのこ》を掘ってきて筍めしをつくったり、芹《せり》を摘んできてひたしものをつくって食ったりした挙句には、二人で町のそば屋へ出かけてたらふく安酒《やすざけ》でも飲まねばおさまらぬのがきまりであった。

片口も安田も豊かでない学生であった。高等学校の生徒である以上分相応なものではあったが、酒を飲むかわりには陽の射さぬ寺の二階で自炊をせねばならぬ程度であった。そうして、二人の自炊生活も安田の恋物語の終るとともに片口一人のものとなった。

　春の終りごろのある日、その日安田は学校を休み、久しぶりで教室へ出た片口が寺の二階へ帰ってくると、寝ころんでバットをふかしていた安田が物憂《ものう》そうに彼のほうへ頭をあげた。生来快活で、ごく淡泊な意味で豪傑風なところのある安田には、こういう物憂げな風情《ふぜい》は似ても似つかぬものであった。

「今日ね、ここへメーチヘンが来るんだ。」

「ふうん……」といって片口も何となくお茶などを飲んだ。

「つまり君を訪ねてくるんだね。」

「そうなんだ。」

「つまり君のリーベなのか。」

「そういうんじゃないんだがね……」

　安田が眩《まぶ》しそうにしていればいるほど片口は何とか言わねば安田に悪いようなぐあいであった。

「ごめんください。」という細い声がちょうどそのとき下できこえて、寺の細君が「はい。」と答えるのがきこえたのといっしょに安田が飛び立つようにして突っ立った。そして片口の方へちらりと弱気な眼つきを投げてとんとんと階段をおりて行った。

「や、いらっしゃい。」

今度あがってきた安田のうしろから色の浅黒い娘が現われた時、片口は心から歓迎したい気持ちで声をかけた。娘はもじもじして黙ったまま安田にとも片口にともつかずお辞儀をした。

「おれ、ちょっと出てくるからね。」

なんとかして娘を歓迎したく、また気持ちをらくにさせてやりたかったが、どうにも術《すべ》がないので片口はそういって外へ出た。そうして公園のなかにある県立の図書館へ行って、そろそろ学期試験の勉強を始めている学生たちの頭へ軽蔑するような視線を投げ、威張ったような顔つきで特別室へ通り、このまえ見残した鍔《つば》の写真のいっぱいはいったイギリス本を五、六冊借り出してどっかりと椅子に腰かけた。

これが安田の恋物語の——片口に知られたかぎりでの発端だったが、その後安田からは格別の報告もなく、そのうち一と月もたったころには物語の終末を聞くていたらくであった。

偶然同じようにして、安田が学校を休み、片口が久しぶりで学校から帰ってきたある日、この前と同じように寝ころんでバットをくわえていた安田が片口を見るなり待ちかまえていたように話を持ちかけた。

「片口、いつかのメーチヘンね、おれやめようと思うんだ。」

「やめようと思うって、どうしたんだ。」

「むこうがあんまりまじめで苦しいんだよ。おれ、出てくるからね。練兵場で待ってるんだ。」

その晩安田はおそくなってひどく酔っぱらって帰ってきた。

その後一度か二度、片口も安田も留守のところへ娘が訪ねてきたらしいことを細君が安田にいっていたが、それも安田には堪えられぬらしく、ひどく雨の降る日に仏具師のところへ引っ越して行ってしまった。そしてそれ以来片口の自炊生活がいっそう陰気くさいものになっていた。

「どうしようかな。どうしようかな。どうしようかな。」

口のなかでくりかえしながら彼は絵の具箱を机のわきから引き出した。蓋をあけてみるとまだ絵の具はあった。彼は汚れたままになっているパレットの上を拭《ぬぐ》ったり擦《こす》ったりして、できそこないの自画像のカンヴァスをさげて「ちょっと出てきます。」と細君に挨拶して玄関を出て行った。

彼はそのまま右隣りの寺の庭を横切って、孟宗藪つづきの山腹を斜めに登って行った。そこにも寺があり街のはずれの部分があった。街のはずれといっても都会の場末といった感じではなく、遊んでいる子供も働いている女などもほとんどまったく百姓風であった。

石段だの木の根っ子だのを踏んで丘陵地の上へあがりきるとほんとうに山の上へ出たよ

うにあたりが明るかった。そこいらは、彼の部屋から十町とは離れていないのに彼には初めてであった。片口安吉は安田徳蔵や松山内蔵太や舟木篤などと同じく学校を一年落第していたから、足かけ四年のあいだ町のすみずみをほっつき歩いていたのだけれどもこの方面には足を入れていなかった。

眼のまえ一面に畑がつづき、右手には南のほうへ伸びている街の屋並が頭だけで覗き、その端に見える高い建物は医科大学と高等工業学校とにちがいなく、この全体が弱い盛りあがりをなして、その向うへ低い山脈の頂上の部分が顔を覗けている光景はいかにも丘陵らしい美しさであった。

彼は時に立ちどまってうしろをふりかえり、そのつど、丘、街、川、それに反対側の丘陵地をふくめた風景が「ウェルテル」のなかのある場面に似かよっているなどと考えて歩いて行った。そうしてすっかり街を遠ざかったある地点へきた時——ある地点というよりほかはなかった。そこがどの地籍に属するか彼にはかいもく見当がつかなかった。——彼ははっとして立ちどまるといきなり眼のまえの畑へずかずかと踏みこんで行った。

畑の端に榛《はん》の木が六、七本並んで立ち、その向うが傾斜になっているらしく、赤煉瓦の古風な建物の頭がそのわきから覗けていた。彼は畑を二つ三つまっすぐに踏み越した。建物の姿がすっかりあらわれてきた。思いもかけずそこに監獄が建っているのであった。

太陽は頭の上を通り越していた。太陽のあたりの空は錫《すず》色に輝いていた。その下で草も木もまだ青々としていた。彼は赤い建物を画面の右半分以上に入れ、その次ぎに建物に沿うた桜並木を縦に入れて三脚に尻をおろした。

赤煉瓦独特の白い粉を吹いたような朱の色、桜並木の黒ずんだ緑とそれの植わった土手の草の柔らかい緑、左上隅の晴れた空、その下の村々と畑との横に重なった線、特に桜並木の影が土手の草を明暗に染めわけて、そのあやを絶えずちらちらさせているのが言い甲斐なく美しかった。

彼は、小学校と中学校とで学科として習った以外全然絵というものを習ったことのない手つきで手を動かしていった。きたない自画像の顔はずんずん塗りつぶされた。彼はいつか京都で見た「草枯れし監獄の横」という絵を思い出した。するとそのとき泊めてもらった自分と同じ姓の片口英男の家の二階の光景が思い出されてきた。

片口英男と片口安吉とは似ても似つかぬ同姓の二人であった。英男のほうは小づくりで色白でやわらかく太っていた。安吉のほうは痩せて色が黒くていつも犬のようなとげとげしい眼を光らせていた。意識しないで生活を楽しむというふうが英男にはあった。安吉のほうは「毛ぎらい」ということを食って生きているようであった。精神的にも肉体的にも善良で動作ののろいのが英男の特徴であった。

京都へついて最初の夕方、英男と英男の二人の妹と安吉とは、英男の家の天井の低い二階で新聞を読んだり無駄話をしたりしていた。そのとき英男のいちばん上の妹が階段の上へ顔を出して小声で呼んだ。

「にいはん……」

それにつづいて言った言葉は安吉には聞き取れなかった。彼は、ぱっと起きあがった英男がつんのめるようにして階段へ消えて行くのを見送った。そして金沢へ帰ってから、それは家《うち》の前を行ったり来たりしている英男の恋人を見つけた妹が、兄に同情してそっと知らせたのであったと聞いてつくづく感心した。

「だってあのとき君の妹はまだ階段にいたんだろう？　よくも突きとばさなかったね。」

「そりゃいたさ。おれにもわからん。」

そういって英男は悪気のない笑顔を見せた。

恋はのろまをすばやくす
安田徳蔵また然り
されどおれには恋はなし
「草枯れし監獄」は高川高政
「草のあおい監獄」は片口……

そのとき安吉はうしろに人かげが立つのを感じて振りむいた。その安吉の顔へ、あかい着物を着た囚人が二、三人、ひとのよさそうな笑い顔を見せた。その二、三人のうしろにもまだ何人かの囚人の姿が見えた。かっこうからすれば彼らは耕耘《こううん》作業に出ているのにちがいなかった。するとここいらは監獄の畑なのだろう……

人が見ていることは安吉には気にならなかった。彼は関根正二とか村山槐多《かいた》とかいう人間の絵を偶然みて絵がかきたくなり、その後一人でそれも時たまかいているだけであり、『油絵のかき方』などという本を読んでみてもいっこうめんどくさいばかりであった。いまだに彼は、カドミウム・イエローだのガランスだのという西洋名を使ってもいず使うこともできなかった。

「この人たちは絵を見るなんてことはあまりないんだろう。まして絵をかいているのを見るなんてことは全然ないんだろう。」

彼は、自分の楽しみでしていることが人にも——特に楽しみの少ないこういう人たちにも楽しみを与えることにかすかな仕合せを感じて筆を動かしていった。

もう一度人の動く気配がした。安吉はふりむいた。

「さいなら。どうもありがとうござんした……」

すぐうしろに立っていた一人がそういって安吉の顔を見た。それは挨拶のようでもあり、冗談のようでもあり、仲間や役人以外の人間に言葉をかける機会を楽しむためのようでもあった。にやりとした安吉には恰好《かっこう》な返事がみつからなかった。彼はそのまままた煉瓦の仕上げのほうへもどった。

「…………」

一種の嘲笑のような声がきこえたので安吉はもう一度ふりかえった。

「監獄の人間だからというので返事もしてもらえぬわい……」

正確には聞き取れなかったがそれはそういう意味の言葉であった。安吉はぼんやり突っ立ったまま、一かたまりになって役人に引率されて帰ってゆく彼らのうしろ姿を見送った。彼は非常につらく、気のきかぬ自分の性癖に足ずりするような敵意を感じた。

「ほんとうにそう取ったんだろうか。しかし冗談だったかもしれぬじゃないか。しかし冗談だったにしろ、ああなると、そのまま持って帰っちまうんじゃないか……」

安吉はもう一度画架へ向ったが興味は失われていた。陽もかなり斜めになって、建物の影は並木の土手をすっかり暗くしてしまっていた。

そろそろ日あしが延びはじめていたがまだ空地などには雪が積っていた。わりに暖かいため、そういう雪のかたまりは溶けて道路をびちょびちょに濡らしていた。もう暗くなって、もともと人通りの多くない街はいっそうしずかになった。そういういっときのあと、夜の八時になってにわかに広坂通りが賑やかになった。ある人むれは公園のほうから、他のむれは香林坊《こうりんぼう》の方から、どれも夜のなかで黒いマントなどをかぶり、何か興奮してしゃべりながら高等学校の門へ流れこんで行った。

片口安吉もそのなかにまじって門をはいって行った。彼は心配でもあったが自信もなくはなかった。彼はまっすぐに、教師の出はいりする正面玄関の階段をあがって行った、控所へはいる入口で、彼はなかから出てきた徳蔵にぶつかった。

「片口、おまえ落ちたぞ。おれも落ちた。」

徳蔵の声はかなり高かった。電燈が暗いためよくわからなかったが、彼の大きな男らしい眼がきらついている感じであった。

「そうか……」

安吉には徳蔵の高ごえが冗談のようにも聞かれた。同時に、わかるものなら早くきかしてやれという気持ちも感じられた。

「松山は通った。浦井は駄目だ。おれは学校をよすよ。おまえは体操だ。」

控所のなかはほとんどまっくらだった。部屋の中央に大きなテーブルが五つばかり並んでいて、その上で西洋ろうそくの灯が人いきれでちらちら動いていた。安吉は特別な権利があるような挙動で黒い人かげのあいだへ割りこんだ。

彼の名はすぐ見つかった。その平均点数は六十二点二だった。総平均の欄では体操にだけ朱線がはいっていた。平均点数は三十九点六だった。

「駒本の下司《げす》め……」と思いながら彼は全身に疲れを感じた。彼は第三学期の体操を半分以上休んでいた。それはそのころ知合いになった頼子《よりこ》の病院へかよっていたためで、試験のはじまるまえ一週間ほどはノートをかかえて病院へ泊りこんでいた。体操には試験がないので、彼は病気で病院にいるむねを丁寧に手紙に書き、はっきりわからせるために病院の所在地と病院名とを書き、それと普通の欠席届とをいっしょにして受持ちの駒本教授に送っておいたのであった。もし駒本が、そのことを十分に取り次ぎ、教授会の席で一度強調しさえすれば問題はないはずであった。浦井と二人で駒本に山鳥の進物を持って行ったことも滑稽な愚劣事にすぎなくなった……

「わたしが明治十四年に仙台から東京を指して出てきますと……」

そういう愚劣な話――それは要するに、駒本の教え子がみな立派な役人なぞになり、盆暮には忘れずに贈り物をくれるという結びへ行く懐旧談であった。――をする時の駒本の表情をふりはらうようにして安吉は門の外へ出た。

彼は浦井を訪ねようかとも思ったが家《うち》にいそうにも思われなかった。だいたい彼は控所へあらわれていなかった。徳蔵は酒でも飲みに行ったにちがいなく、これを追うのも始まらぬことであった。しかしこれからまっすぐお寺の二階へ帰ることも彼には忍べなかった。

監獄の絵をかきに行ったあと彼は別の寺へ引っ越していた。この寺では二つの貸間をしていて、奥の部屋には安吉と同じクラスの柴田という男がいて安吉も試験の世話になっていた。しかしそれ以外に安吉と柴田とは何の交渉もなかった。あるとき柴田の口から安吉の留守に掃除にきた寺の中《なか》の細君が――この寺はおばあさんと中《ちゅう》ばあさんと娘と女三人きりの家で、安吉が越してきた以後坊さんの養子がはいっていた。――机の上にあった頼子の写真や手紙を見つけて騒ぎまわった話を聞き、案外柴田もひと口乗ったのではないかと疑われ、疑ぐることが不愉快でますます没交渉になっていたが、この中の細君や柴田やが、安吉のことを同情しながら話していそうな気がして彼には不愉快であった。しかし彼は何よりも母の顔を考えることでたまらなかった。

　とつおいつした挙句、彼は野上教授のところへ行った。野上はドイツ語の教師で、安吉と郷里が近く、代々の豪農に育って親切なおとなしい人であった。

「どうも弱ったね。高田君なんかもだいぶがんばったんだがね。なにしろ嶺さんが起ちあがって反駁したもんだから……」

　しかし野上教授は、くやしがっている安吉の気持ちに逆に気圧《けお》されてきたらしく、自分が学生時代に胸を病んで休学した話に行き、それがかえってよかったという経験を話し、最後に子供の話へ逃げてひと息つきたいらしいのが安吉に感じられた。

「僕の次男は絵が好きでね。絵ばかしかいてるんだ。ひとつ君に見てもらおうかな。」

　そのとき安吉はふと思いついてきいてみた。

「先生、大学の選科ってどういうんですか。」

「選科か。選科だったっておなじだがね……」

しかし野上教授は選科のことはよく知らなかった。いっしょにはいった同級生のうち、二度落第したのは安吉、徳蔵、浦井、須永の四人だった。安吉は須永とはそう親しくなく、徳蔵は浦井も格別親しくはしていなかった。徳蔵は学校をよすと言い、浦井も兵隊のことがあるのでこんど駄目だったらよすというようなことをいっていた。須永が残るとしても、もう一年こんな街にとどまることはとうてい安吉には馬鹿らしかった。選科のことをほんとうにしらべてみようと決心して彼は寺へ帰って寝た。

「ないことではないんですさかい、あんまり気落ちあそばさんでいね……」

あくる朝安吉が朝めしのあと部屋かたづけをしていると、下の中ばあさんがお茶を持ってあがってきて、心配らしく金沢言葉で言いながら彼の前に坐って彼の顔を眺めた。

「そうです、そうです。あることで、あったんですから。それで僕は、今夜東京へちょっと行ってきますからね……いや、なんでもないんです。大学に選科ってのがあるんです。もう一年いるよかそのほうへ行こうかとも思うもんですから。駄目ならすぐ帰ります。」

それから彼は五十マイルばかり離れた頼子の病院と東京の高見政二郎《まさじろう》とに電報を打ち、前に一度選科の話をしたことがあり、今度やはり落第した別クラスの東端《ひがしばた》の下宿へ急いで出かけた。

「おい、もう出よう。」

　安吉は二時間ばかりもやっていた“Bahnwärter Thiel”の翻訳から顔をあげて、そばの鶴来《つるぎ》金之助に声をかけた。

「あれゃア日本訳が出ているよ。」と田方《たかた》新之丞に注意されて以来、だいぶ馬鹿らしくもなっていた仕事であった。学校の図書館は腰かけも木ベンチになっていて痛かった。日曜日でノートに顔をつっこんでいる生徒もあまり見えなかった。

「うん……」

　しかし金之助は生返事をしたまま写しものをつづけていた。彼は分厚い洋綴本から丹念にノートへ書きうつしていたが、ノートの表紙には安吉の刷ってやった小さい版画が貼ってあって、そのなかへ彼は、一首に二行ずつ行をあけて『金槐集』を写しているのであった。

「よせよせ、電気がついたぜ。」

「うん。」

　金之助は厚い本を閉じて受付へ返し、ノートを吸取紙でおさえてペンを丁寧に拭いてからやっと立ちあがってきた。

「『金槐集』を買えよ。どれだっていいじゃないか。」

　安吉はいまさら写しものをする馬鹿らしさを説いたが金之助は受けつけなかった。

「いや、おれは写すんだ。もうあと少しなんだよ。出来あがったら製本屋へやって製本するんだ。」

金之助は理科に籍があったがどういうきっかけからか安吉とも親しくなっていた。選科の話が駄目だったため安吉はもう一年いることにして、もう一度下宿を変えたさきが金之助の下宿のすぐ近所になっていた。彼らは朝晩行き来をして短歌の話をしたり酒を飲んだりした。

「なにしろ六面体の投影だからな。」

「八面体だよ。」

前の学期に試験が始まって、ある朝安吉と金之助がいっしょに学校へ出かけて行く途中、金之助がみちみちノートを開いてわからんわからんとくりかえすのを安吉が聞きとがめたことがあった。

「何がそんなにわからないんだ。」

「これがわからんのだよ。」

そういって金之助がさし出したのは幾何《きか》画か何かの問題であった。安吉は今では忘れてしまったが、円柱か何かと六面体か何かとがぶっちがいになって、その断面がどんなぐあいになるかというふうな問題であった。金之助は何を勘違いしたものか、じっさい定規でも立ててみればひと目で明らかなことが少しもわからぬのであった。

「そんなことがあるもんか。これゃこっちから来るんだから、光線が平行に来るとしたって下のほうが大きいにきまってるじゃないか。」

「いや、そんなこたないんだ。下のほうが小さいんだよ。」

「だって、この図だって大きくなってるじゃないか。」

「だからわからないんだよ。」

そこで二人とも笑いだしてしまったが明らかに金之助の勘違いであった。金之助にはそういうとぼけた一面があって、彼の郷里の町に一人の酒飲みがあって、飯を食わずに酒ばかり飲んでいるが、酒は米でつくるんだからある程度米の代りになるにちがいないなどということをまじめに話したり、金沢の近くにある鶴来という町が彼の姓と同じだというので急に系図をしらべたりするというようなところがあった。

「うどんを食うか。」

二人は角のそば屋へはいって紅殻《ベンガラ》ぬりの階段を登った。そうして上り口の黒い柱に掘った孔のなかから割箸をつまみ出してそれを卓袱台《ちゃぶだい》の上へほうり出して二人ともひっくりかえった。

「しま二ちょう。」という声が下できこえた。

「しまだっていやがらア。しかし、しまっていったい何てこったろうね。」

「うどんのことじゃないか？」

「うどんにゃきまってるけどさ。なんだって、しまなんていうのかね。」

しかし彼らには二人とも学年末の試験が心配だった。

「駄目だったらおれゃよすよ。どうせ養家さきとは喧嘩してるんだ。」

金之助は金之助でそういう心配があり、安吉は安吉で、こんど落ちれば二度つづきで退学になるし、退学はいいとしても二度つづけて落ちることはいやでたまらなかった。今年も一、二学期とも注意点が多く、ことに歴史のノートが少しも取ってないことが気になってきて、このごろはよく試験の夢を見ることがあった。

「一ぱい飲むか。」

「出よう。」

しかし外へ出ると金之助が先になって試験の心配をわすれて行った。

「暮れよどむ街の細辻に女どちかたみにおのが子を見せてをり……どだ。」

「おい……」という声がしたので安吉が見ると、そこの九谷焼《くたにやき》屋の横町から出てきた桐山が金之助の肩へふところ手のままぶつかったのであった。

安吉はいやな気がしたが金之助は委細かまわず桐山を顎でしゃくり寄せた。

「来い。一ぱい飲もうじゃないか。」

「飲むか……」といって三人は肩を並べて犀川の方へ歩いて行った。

桐山は同じ理科だったから金之助は知っているはずだった。しかし文科の安吉が桐山たちにたいする関係はそれとはいくらかちがっていた。それは落第知合いとか酒飲み知合いとかいうべき種類のものであった。
街が狭いため、学生、役人、学校教師、新聞記者などのうち、酒屋やバアでしょっちゅう顔を合わせる連中はいつのまにか一種の知合い関係になっていた。そのうち同じ高等学校の生徒については落第生が多く、不良がかった連中なども何となく絡みこんでまじっていた。桐山はそういう学生の一人で、ほかに佐野などというのといっしょに――佐野も桐山も安吉は姓だけしか知らなかった。いっしょに酒を飲む分には親しくしていても、金之助にたいするのなどとはちがっていっさい私生活上の交渉はなかった。――四、五人の大阪地方出の人間がいつもつながって歩いていた。

　このグループのうち、いま出会った桐山と佐野とをとりわけ安吉が知っているわけは、この二人が特に飲むというほかに、二年ばかり前に安吉としては異常な経験をしていたからであった。

　きっかけが何だったかは忘れてしまったが、そのとき安吉は桐山たち五、六人といっしょに浅野川の鳥屋へ酒を飲みにはいって行った。二階の部屋へ通って台の両側へ坐ると、向う側になった方に九鬼《くき》という安吉には初めての男がいた。

　初めての九鬼をも入れて、安吉以外はみな理科の生徒で関西の人間だった。神戸の話が出たぐあいからすると九鬼は神戸市の人間なのかもしれなかった。

　安吉はすでに一度落第していたので何となく別物にされていた。

みんなで六、七本も飲んだと思った時分だった。「なにをッ！」と桐山が叫ぶと、あっけにとられた安吉の眼のまえで、大柄な胴体をいきなり向う側の九鬼に組みつかせて、そのまま廊下の上へ障子ごところがり出て行った。そしていきなりぽかぽかと三つ四つなぐったと思うと、一歩さがって物凄い形相《ぎょうそう》で身構えをして待った。そこへ佐野が飛び出して行って組打ちはケリになり、それから何のこともなかったようにまた酒になったが安吉にはさっぱりわからなかった。

「どうしたんだね。」

きくことが我ながら頓馬なような一座の空気ではあったが、つい心安だてに安吉は初めての九鬼にきいた。

「何でもないんですよ。しかしおれとしちゃ、紫組のことをああ言われて黙っているわけにはいかんのだ。」

安吉には、何で喧嘩になったのか、何で仲直りしたのかはやはりてんでわからなかったが、「紫組」という不良少年団の名か何からしい言葉をきいて、その音《おん》の安っぽさには心から軽蔑を感じた。そして、神戸や大阪のことを金沢くんだりまで持ってきて、「黙っているわけにはいかん」などといって昂奮する人間になんとなく下等なものを感じたのであった。

それからも安吉はたびたび彼らといっしょに飲んだことがあった。しかしいくらいっしょに飲んでも飲み仲間としての親しさは湧いてこなかった。彼らは一体に乱暴でもあった。しょっちゅう酔って喧嘩をしたり、女を買いに行った話を高い声でまき散らしたり、練兵場で立会人を立てて決闘のようなことをしたりした。喧嘩となっては、彼らのどの一人にたいしても安吉に勝目はなかった。勝目のないことは金之助にしても同じであった。金之助が我から進んで桐山を誘う気が安吉にはわからなかったが、ことわる理由もないので彼もいっしょにくっついて行った。理科の教師の悪口《わるくち》を彼らだけのあだ名で言っているのなども安吉には耳どおい感じであった。

　金之助が先に立って、遊郭近くの牛肉屋の入口へはいろうとしたとき桐山が躊躇する気《け》色《しき》を見せたが金之助は取り合わなかった。

「なんだ。いいじゃないか。」

　そういって彼は景気よく階段をあがって行った。

「お酒をおつけしますか。」

　金之助は出てきた娘を見ると変にはしゃいできて安吉に取り次いだ。

「この人はここの家《うち》の娘さんでね、女学校出の才媛なんだからね。」

　安吉には初めての店だったが、金之助や桐山はちょくちょく飲みにきているらしかった。

「そこでと……」

　娘がつき膝をしている横で金之助が板を読みはじめた時、変にもじもじしていた桐山が向う側から口を出した。

「おれゃ、今日、財布を持ってこなかったんだ。」

「おれゃ、今日、財布を持ってきたんだ。」

いうなり金之助は、桐山の眼のまえの台の上で、古い縞の財布の紐をぶらさげてぶらんぶらんと振って見せた。それは、亡父が使っていたという金之助きりの由緒づきの品物だった。


「ちぇ、馬鹿にしてやがらア……」

あれから桐山と別れても納まらなかった金之助は、安吉を連れて犀川べりをひとわたり歩き、ああいう乱暴なことをしたいきさつを話していくうちにますます納まらない気持ちになったらしく、結局二人は、もう一度香林坊をのぼってブラジルというカッフェーでしゃべっていた。日曜のせいで珍しく兵隊の姿なども四、五人まじっていた。

「なんてったって、片口なんかア儲けもんしたんだからな。去年落ちないで大学へ行っててみろ、地震にその面《つら》じゃア……危い、危い。」

奇声を発して金之助は手を振った。それは安吉も認めていた。あのどさくさの時に東京にいたとしたら、朝鮮人そっくりの顔をした彼はどんな危険にさらされたか知れたものではなかった。

「よせ、よせ、落第の話なんか……」

さっきから兵隊といっしょにちょびちょび飲んでいた金之助と同級の森下がこっちへ顔を向けてひやかした。

「落第の話をしてるんじゃない。単に試験の話をしてるんだ。」

「おい、君……」

そのとき調子のちがったそういう声がして、二人が見ると、二人の新しい男が森下の前の兵隊に呼びかけていた。森下と兵隊とが帽子をとりかえっこにしてかぶり、小さい森下がその少尉の上着をひねくりまわしているところから推して、男たちの言葉ははじめから予想がついた。

「僕も軍隊にいたことのあるもんだがね、そういうことをして、君、いいと思うんかね。」

森下は驚いて帽子と上着とを返し、少尉は静かな調子で何か言ったらしかったが、安吉にはきこえなかった。そうしてそこらのテーブルへ軽く会釈をすると、二人の男にちょっと頭を下げてその兵隊は椅子から立ちあがった。

「うわっははは……」

兵隊が立った途端そのからだが人なみ以上大きいのにどきりとしたらしい二人も、兵隊がそのまま出て行ったと見ると大声をあげて笑った。

そして「ね、君……」といって金之助の横の椅子へ二人とも腰かけた。

「何が『ね、君……』だね。」

「え？　え？　何だ……うわっははは……」

　彼らは金之助の剣幕にもう一度驚いたらしく、それから後《あと》は、何だかだとねちねちと理窟を並べたり、心からの悪者でもないらしく無邪気な声で笑ってのけたりした。

「おい。西へ行こう、西へ。飲みなおそう。」

「いや、行かんよ。おれアこれから帰って試験勉強するんだ。」

「試験勉強？　よせ。そんなもナよせ。な、行こう。金はあるぞ。」

　そういって一人が懐から十円札を一枚つまみ出すと、金之助が眼鏡をはずしてテーブルの上に置いたのを見て安吉は便所へ立った。それだけの時間はあると彼は睨んだ。ふくれた膀胱を蹴られてはとんだことにならねばならなかった。

　しかし便所から帰ってみると形勢は一変していた。

「行こう、行こう。」といって金之助ら三人はもつれながらドアの方へ歩き出すところであった。

「なんだ、行くのか。」

「行こう、行こう。」

「ほら来たぞ。」

　そこへ電車が来たのを見ると二人連れの一人はまっさきに駆け出して行った。十間ばかり先の停留所に停った電車は、紐を握ったこっち向きの車掌の姿を見せたままひとしきり待っているふうであった。

「乗れ！」

金之助は自分もその方へ駆け出しながら叫んだ。二人連れはトンビを踏みしだくようにしてよじ登った。

「行け！」

金之助は車掌に目くばせをして大きく手を振った。

電車は動き出した。一人が車掌台へもどってきて何か車掌に言っているらしかったが、金之助はもう一つ大きく「あばよオ！」とその方へ叫んだ。

試験が近づくにつれて酒飲みの学生のあいだに一種の荒れた気分が濃くなっていった。試験にたいして弱い劣等生、落第生、二度つづけて落第する可能性のあるもの、不良がかった学生、そういうものが酒飲み学生のあいだに多いだけ、この荒れた気分は荒れている学生たち自身にも得《え》体《たい》の知れぬいやなものだった。毎晩のように喧嘩があり、喧嘩にならぬまでも黙りこくったいがみ合いの場面があった。友達の留守の部屋へ古本屋をひっぱってきて、本箱の棚一段売り払って酒を飲んだやつがあったなどという噂も伝わった。しかし片口安吉はこのごろあまり酒も飲まずにおとなしく勉強していた。鶴来金之助もこつこつと数学などをやっていた。

　片口にしてみれば、このあいだもいやな思いをしたことであった。作文の教師が「三年間の思い出」という題を出して、これは試験の点数にはいるので安吉も一時間のうちに書き上げねばならなかった。三年が四年かかったところで格別おかしくはなかったかもしれない。しかし足かけ五年もかかっていることはそれだけでも馬鹿らしい愚劣事であった。そのうえ片口には、一人か二人を除けば学校中にも親しい生徒というものがいなかった。書き上げた作文に思わずそういう調子が出て、それは作文の教師自身にも何か苦々しく反射したらしく、作文などで稼いでおかねばならぬ点数が原稿が返ってみると案外やすいのであった。

　第一、彼には、二十三にもなり、これから小説の一つも書こうという人間が、教室の机の上で三、四十人いっしょになって綴方《つづりかた》を書かねばならぬという事態がはねかえってきた自己侮蔑のようなものにほかならなかった。なんとなく彼も、父や母のことを考えたり、せめてドイツ語でも満足におぼえておけばよかったという後悔におそわれたりした。

　第二には頼子の記憶がいつまでも苦々しくこびりついていた。頼子が入院などしなければ、ほとんど知らぬといってもいい彼女にこちらから手紙を書くはずなどはなかったわけであった。そのうえ二度目か三度目の手紙で行きちがいが生じ、それがかえって二人を近づける結果にもなっていた。そして安吉のぼんやりはここで最大のぼんやりさを発揮して、頼子にはちゃんとした許婚《いいなずけ》があり、まもなく結婚するのだということを、ほんの間ぎわになるまで気づかずに頼子を苦しめたのであった。

神戸をたつ電報のあとで、それよりも先きに出した小包と手紙とが安吉のところにとどいてきた。小包のなかは着物で、女の着物などどうしようもなくて安吉はひっかぶって寝て泣き寝入りに寝入ったのであった。布地のことなどは全くわからなかったが、紺いろに細い白線がとびとびに飛んでいて、それを雨のようだといって彼女は「雨ふりの着物」などと手紙のなかで書いていた。

汽車は停車場《ていしゃば》にとまるが
船は海の上にとまらない
おまえは
とまることなく遠ざかって行ったのだ

安吉はそんな文句を書いて心をまぎらしたが、そして一年たつうちにはまぎれてもきたが、頼子自身にたいする心持ちよりも、彼女を苦しめたという記憶がなかなかにこそげ落せぬのであった。ブダペストなどという町は、ブダとペストとに分かれているという以外何一つ安吉には知られていなかった。

第三には震災の物語とその後のさまざまな世情とが彼の気持ちを重苦しくしていた。地震が来たとき、彼は下宿の二階で昼めしを食っていた。彼の感じた揺れは屁でもないものに過ぎなかった。しかしそれにつづいてきた報道、東京から帰ってきた人の直話《じきわ》、停車場前に張られたテント、いろいろな写真、死人と家族とのありさまなどは恐ろしいものであった。

震災は、まったく知られぬ面で安吉の友人などにも影響を及ぼしていた。東京の大学にいた松山内蔵太が、震災後の物価騰貴のため京都大学へ転学したことなどもその一つであった。

ある日泉という学生が訪ねてきたことも安吉にとっては大事件であった。泉はこの学校には珍しい苦学生というべき生徒であったが、安吉を訪ねてきて社会主義の話をしかけて帰って行った。そういう学生をそれまでも見かけていたが、どれも軽薄な感じでいっこうに安吉は感服できないでいた。しかし泉だけは、そういう人たちとは派でもちがうらしく、話も大人びて、安吉が見当ちがいのことなどを言ってもほんとうの親切さで話の筋立てを直したりした。安吉には、一方では恥かしく、他方ではそういう話がよくわからねばならぬ義務のようなものが感じられるのであった。社会主義の話ではなく、それが泉のような男をとおしてあらわれたことが彼にとっての事件なのであった。

今度はパスするだろうということは安吉自身にもだいたい見当がついていた。しかし不安はいわばそれだけ大きいともいえた。なんといってもすっかり怠け癖がついていた。

ある晩彼はしばらくぶりで歩きまわりたくなって金之助のところへ訪ねて行った。

「鶴来さん、ノートを見に行くとかいってお友達のところへお出かけになりましたよ。」

金之助の下宿の主人は安吉にもなじんでいて、金之助のいそうなところを二つばかり数え上げたが、「あなたも勉強をなさい。」というふうでもあった。

しかし彼は片町へ歩いて行って石川屋のドアをあけて覗いてみた。金之助はいるはずもなく、そのまま彼は古本屋の泰文堂をひやかして、香林坊をあがってブラジルのドアのなかへはいって行った。五年まえ、彼がはじめて金沢へやってきたあとで出来たこの家は、彼が落第しているうちに次第に繁昌して大きくも明るくもなっていた。

彼はまっすぐはいって行って奥の方のテーブルに腰かけた。それから瓶詰を一本飲んで、腹がすいているので何か食おうかと思って見まわした途端に入口わきのテーブルにかけて飲んでいる佐野のうしろ姿を見つけてしまった。

そのとき安吉は見てはならぬものを見た時のようないやな気がした。その後佐野・桐山のグループは何かなし安吉をけむたがっているようであった。いっしょに飲めば彼らの倍ぐらい飲み、喧嘩などはせず、彼らに害を加えず、しかし彼らのひどい乱暴や悪遊びの仲間にも加わらぬ安吉などは、こちらがおとなしくしているほど佐野たちにはたまらなく受け取られるらしかった。

金之助が肉屋の二階で桐山に縞の財布を振ってみせて以来、こういう空気はいっそう濃くなってもいた。縞財布のうらみまでも安吉にもちかけてくる気さえしたことが二度三度もあった。あの日あれから犀川べりを歩きながら金之助がくわしく物語った話からすると、彼らはほとんどやけくそになっていて、自分が亡びる時には他人も引きずりこんでやろうという哲学で、腹がまっくろになるほどいらいらした日を送っているらしかった。そういう佐野が入口わきのテーブルで飲んでいることは、今夜の安吉には不吉な前兆か何かのように思われて生理的に不快であった。

しかし安吉は意を決して起った。水を一ぱい飲むと彼は帽子をかぶって外套の襟をかけた。出口のところで彼はちょっと立ちどまり、ちょうどこっちを向いた佐野におとなしく夜の挨拶をした。

「おさきへ失礼する。」

突然安吉は動乱を感じた。佐野はこっちを向いたまま三秒か五秒のあいだ安吉の顔を見つめ、そのまま外側へ首をねじって「ふうっ……」と音を立てて酒の息を吐《は》いた。

安吉はぶるぶるする思いであった。平生から紫気味の佐野のくちびるは、ふうっと吹き出した息そのままにいっそう黒くまくれあがった形で閉じていた。

安吉はくちびるを動かしかけたがそのままドアを押した。一秒か二分の一秒かの絶頂の時を逸したのであった。

下宿へ帰ると彼は台所へ行って冷たい水を一ぱい飲みほした。それから歯をきれいに磨いて自分の部屋へはいり、机に坐って漢文の試験勉強にとりかかった。

「曰今有受人之牛羊而為之牧之者則必為之求牧与芻矣求牧与芻而不得則反諸其人乎抑亦立而視其死与曰此則距心之罪也……」

安吉はさらに続きを読みつづけた。

「他日見於王曰王之為都者臣知五人焉知其罪者惟孔距心為王誦之王曰此則寡人之罪也……」

しかし彼はあおい顔になって机の引出しを引いた。そして鉛筆やバットの箱の奥から小さい木箱を引き出して蓋をあけ、六、七本並んだ鑿《のみ》のうちから三分の丸鑿を取り出して右のポケットに入れた。

「佐野の無礼は許せるが、佐野の無礼をおまえが許すことは許せぬぞ。」

彼は細い三角鑿へちらりと眼をやったがそれはそのままにした。それは鋭いだけに肉のなかで折れる心配があった。

彼は黙ってもう一度階段をおりた。そうして靴をはいて、被覆なしの刃がポケットを破かぬようポケットのなかで柄《え》から刃へかけての部分を握り、ややうつむき加減になってすたすたと片町の方へ出て行った。

監獄をかきに行ったあと安吉は油絵はほうり出していた。そして遠藤という元の同級生のことを思い出して町の文房具屋で鑿を買って来、足りないものは東京の松山に言って買ってもらい、それを安田のいた長町の仏具屋へやってきれいに刃をつけてもらっていた。仏具屋は何か勘違いをして柄のすげ代を取らなかった。安田は落第したなり水戸へ帰ってしまったので柄のすげ代はそれなりになってしまっていた。

　安吉はすたすた急ぎながらそれらの鑿でつくった十枚ばかりの小品のことを思い出した。彼は色刷りができなかったのでどれも黒っぽい印象しか浮かんでこなかった。

「あれはちょっとよかったな……」と彼は金之助の『金槐集』の表紙を思い出した。それは、おかっぱの童女が向うむきに入り陽に向って立って、空のところを鳥がかけっている意匠であった。

　片町へ出た彼はやはりポケットに右手を入れたまま香林坊をのぼって行った。ブラジルの部屋はまだあかあかと灯《ひ》がともっていた。彼は右腕の肘関節をまっすぐに伸ばしたまま、木の卓もろともに縫われる佐野の手の甲を幻に見ながら左手でドアを押した。

手

ブルックナーの試験は終りつつあった。南側の窓ガラスを通して陽がいっぱいに照っている上、ストーヴがぼこぼこいって燃えていたから教室はぼうっとするほど温《ぬく》かった。五十分の試験時間のうち三十分近くは過ぎていた。紙の音、鉛筆をけずる音、インキの出のわるい万年筆を振る気配など、そういう時間の初めのざわめきが静まって、試験場特有のしいんとした時がかなりにつづき、今はその静かさが新しく破られようとする一つの頂点へ出ていた。片口安吉は、できれば百点を取りたいと思ってあれこれと答案をつついていた。

　こういうことは安吉にはほとんどはじめての経験だった。中学生だったとき以来、彼は試験場に長くいることに一度として我慢できたことがなかった。くばられた問題をひと目みて、とても駄目だと思えばさっさと出てくるのが常だった。そうでない時は、だいたい自分で点数をつけてみて、六十点と八十点とのあいだくらいであれば満足して出てくるならわしだった。自分の採点で八十点もあるのに、その上それに書入れなんかをしていることは生理的に堪えられなかった。しかし今はちがっていた。できてもできなくても、鐘が鳴るまでは我慢をするという方針をとって無理にも腰を押しつけていた。取れる点数を一点でもよけいにかせいで、それで総平均を少しでもつりあげることが彼には絶対に必要だった。それに、必要に迫られてその気になってしまえば、それは案外苦しいほどのことでもなかった。

　しかしできたところもできないところも入れて、このうえ彼としては何とも手を加えるところは見だせなかった。がたんという音がして、うしろの方の席から峰という学生が安吉のわきを通って教壇へ答案を持って行った。そしてブルックナーにそれを渡すと、いきなりドイツ語で“Auf Wiedersehen!”といってドアの方へ出て行った。

教壇のブルックナーが、“Auf Wiedersehen! Hm, hm……”と答えるのと、安吉の隣りのやはり落第生の舟木が、「いやなことをするなア……」とぶつやくのとが安吉には同時にきこえた。峰の挨拶も異常なものだったが、温厚な舟木の噛んで吐き出すようなつぶやきはあきらかに落第生のいらつきを含んでいた。峰はドイツ語のよくできる男だったが、それ以外はすっかり注意点を取っていて、今の挨拶の言葉も、「本来自分は卒業のはずなんだが、どうせ落第だから、先生よ、新学期にはまた逢いましょう。」という意味の洒落《しゃれ》なのにちがいなかったからだった。

答案を出すものがだんだんふえていったが安吉はねばっていた。答案を出した生徒は、数がある程度に達したのでもう外へは出て行かず、音のあまりしなくなったストーヴのまわりへ集まって小声でおしゃべりを始めていた。仕方なし安吉は、考えごとをするような顔でブルックナーの眼の下の緑いろの部分を眺めていた。顔の皮膚に緑いろの部分があるということは、それを見つけた瞬間から安吉には驚きだった。それはいかにも西洋人くさいものだった。前のウォルフがいかにも朴直なドイツ人らしい大男だったのにたいして、今のブルックナーは、痩せているうえに跛でもあった。彼はずっと以前にやはりここで教えていて、途中一度ドイツへ帰り、ウォルフが何年かそのあとを勤めたあとでまたウォルフと入れ替りに去年やってきたのであった。今の細君は、前のとは別の女だという話も安吉は聞いていたが、その細君というのがやはり痩せこけた顔のあかいばあさんで、ブルックナーの退《ひ》け時分になると学校の門の前へ迎えにきて、あるとき出てきたブルックナーが、彼女に帽子を取って、“Ich danke”というのをすぐ傍で見ていて妙に思ったことがあった。二人が連れだって――片方は跛で――帰って行く姿は、アメリカ人教師の若いウォーカーが、やはり門へ迎えにきた色の白い肥えた細君と連れだって、バンドのついた緑いろの外套をひらひらさせて大股で帰って行くのといい対照をなしていた。しかし跛と後妻との老人夫婦の後つきには、小汚らしいながらにあるあわれさがあった。もはやそれは、西洋人でも異人でもない「この世のもの」だった。あるどしゃ降りの日に、かったんこかったんこと急いでやってきたブルックナーのズボンが、片方だけひどくハネをあげているのをみつけて以来、ブルックナーにたいする安吉の親しみは、安吉ひとりのなかで独り合点に柔らかくもなっていた。

　ほとんど安吉も答案を出しそうになった時、小使が一かかえの雑誌をかかえてはいってきて教師机の上に置いた。それは印刷のおくれた第三学期号の校友会雑誌で、片口安吉や田方《たかた》新之丞などの雑誌部委員がこしらえ、今度は短歌特集号の形ではじめて出したものだった。みんなはそれを一部ずつ取ってストーヴのわきの窓から屋根の上へ出た。鐘が鳴って答案を出した安吉もやはり窓をぬけて屋根の日向《ひなた》に出た。

「けさ京都の内蔵太から手紙が来ていたよ。」

安吉よりも前に出ていた舟木が雑誌をめくりながら安吉のところへやってきた。

「おれんとこへもよこした。京都じゃ女が京都弁を使うんで、聞いていていてつらいなんて書いてたよ。」

「ふふ……。部長の高瀬叢々ね、あれが大学教授で終るべきか、作家として立つべきか、煩悶してるんだとさ。五十にもなって、京都なんてのんきだなア。」

屋根から見おろした街はすっかり春めいて、通りの土は雪解《ゆきどけ》あと特有の匂うような黒い色をしていた。屋並の向うの木立、公園の森、屋根から見える樹木もいっさいに黒っぽいままにのぼせるような緑いろ気配を見せていた。安吉はいつか絵をかきに行った河北潟《かほくがた》から大野へかけての風景を思い出した。そのとき彼は肥っちょの高等小学校生徒をつれていた。潟と海とをつなぐ流れの両岸にはいっぱいに茅《かや》が伸びて、盛んによしきりが啼き、水面と地面とがほとんどすれすれの水郷《すいきょう》的風景の背景には、桃の花のまっ盛りの畑と防風林の黒い松林とが重なっていた。その松林の向うにもう一列松苗の区域があり、苗を砂からまもる非常に大きな垣根型の合歓《ねむ》林があり、それが、砂丘の起伏につれて波のようにうねりながら花の穂の林をつくっていた夏時分の光景をも思い出した。

しかしすべては河であり、丘であり、樹木であり、風景であった。安吉には、まる四年半いたこの町に一きれのどきんとするような記憶もなかった。彼は勉強をしたか。しなかった。道楽をしたか。しなかった。恋愛をしたか。しなかった、この町に関するかぎり。なにか町の生活、場末の人々と親しくでもなったか。ならなかった。そしてそう考えること自身、田山花袋にでもありそうな感傷的でダルな回想だった。

「こないだだってそうじゃないか。」

安吉は佐野とのいきさつを思い出したが、やはり同じ結論への材料としてしか受け取れなかった。（舟木は安吉の横で、反《そ》っ歯《ば》の口を半分開け気味にして雑誌を覗いていた。）実に簡単だった。安吉がドアを押してはいった時には佐野はもういなかったのだった。安吉はそのまま自分の部屋へ帰って試験勉強の続きをつづけた。あれはほんとに仕合せだった。あのとき鑿を握った右肘の関節をつっぱっていたことを思えば、運よく佐野がいたところで、しかと刺せたかどうかはかなりに疑問だった。しかしはたしてあれが仕合せだったろうか。何か深い意味、たとえば摂理というような意味からいえば、一つの刃傷《にんじょう》沙汰《ざた》が避けられたというだけでも仕合せだったといえよう。しかし自分にとって、どたん場まで行かなかったことが仕合せといえるかどうか。結局おれは、精神の貧弱さから知らず知らずどたん場を避け、また他の場合には、外からの偶然がどたん場に突きあたることから自分をよけさせ、こうして、「窮地」に落ちることなく一生過ぎてしまうのではないか。幸福といえる幸福、不幸といえる不幸を経験することなく、時々の小さな幸福を幸福と感じつつ、特に時々の小さな幸福をいくらかもったいぶって不幸と感じつつ、人間として低い水準をずるずると滑って行くのではなかろうか。

「片口君……」という声に安吉はふりかえった。

「今度の雑誌の表紙、君がえらんだってのほんとうですか。」

「え。ほんとうです。」と彼は別に親しくもないその同級生に答えた。

「あの表紙ね、問題を起したそうですよ。」

「問題って？」

「山村さんが見つけて、雑誌部の多田さんのいる前で表紙をむしっちまったんだって……」

安吉は改めて手のなかの雑誌を見たが表紙はついていた。

「いや、ね。削除ってんじゃないんだろうけど……」

「そう……」

ちょうどばらっとやったところへ出てきた編集後記へ安吉も眼をやった。雑誌の他の部分は、編集・校正をやった一人として隅まで知っていたが、委員四、五人でそれぞれに書いた六号活字のところは自分の分以外は初めてだった。

「え、おい。あんまりあたじけねえじゃねえか。たまに惚れたのがひとの女房でよ……」

それは秋田の文章だった。芝居を書き出している秋田はこんな調子での会話を並べていた。それは秋田自身のことをいっているのではなく、卒業まぎわの文学的捨白《すてぜりふ》なのにちがいなかったが、山村教授などがどう取ったかはほぼ見当のつく話だった。

　安吉のえらんだ表紙というのはマイヨールの彫刻の写真だった。それはある男から捲き上げるようにして手に入れたもので、両手を肩と水平にあげ、肘をほとんど直角に上へ曲げている女の美しい裸像だった。その美しさは、ギリシャ風のものとも、たとえばロダンなどのものともちがっていた。彼は——すべては複製写真のうえでだったが——それをエジプト、ギリシャ以前、ないし東洋に独断で結びつけて見ていた。表紙にえらぶについては、学校雑誌ということも考えてはみたが、ほとんど仏像に近い静かな美しさは、彼には非難の余地なきものとしか思われなかった。印刷屋に渡すとき、裏にあるパリーの版屋のハンコを見せて、傷《いた》めたり失《な》くなしたりしたら承知せんぞといって念を押したことなどもげっそりした感じで思い出されてきた。

「じゃ、なおのことだ……」

　本文に彼は頼子に関する連作を入れて、サブタイトルに大津皇子《おおつのみこ》の歌一首を入れておいたのだった。「かねてを知りてわが二人ねし」などをどう読まれたろうか。元どおりにしておけばよかった、山村には万葉仮名は読めまいというようなことが、この考えの馬鹿馬鹿しさの意識を伴って馬鹿馬鹿しいしらじらしさで考えられた。

「へ。お帰りだア……」

屋根の連中が見下ろした下をブルックナーが帰って行くところであった。安吉たちの教室は正面玄関上に位置したため、日向ぼっこの彼らには、出入りの教師がすべて頭の上から見おろされるのだった。夏と冬とを除けば、天気のいいかぎり、立ったり寝そべったりした行儀の悪い生徒がこの部屋に見えぬということがなかった。門をはいってきた教師たちは、ひょいと眼が行くところを塞いでいる不作法な連中のため、自然伏目になってすたすたと玄関へ急ぎこむのが癖になっていた。

「O, Gott hilfeeee……いい点をくれよう……」

自分から愛敬者《あいきょうもの》になっている肥っちょの宮川が、ブルックナーのうしろへ手をあげてそういったが、門の前にブルックナーの細君をみつけると、「Meine schöne gnädige Frau……頼むっ！　きゅううう……」とおどけた声でつづけて、それがブルックナー夫人にきこえでもしたようにあわてて舟木の背中へもぐった。みんなどっと笑ったとき鐘が鳴ってきた。めいめいは、窓枠を抜ける拍子にひょこんと首を下げては教室へ飛びおりた。次ぎは歴史の試験だった。舟木も安吉も同じようにして飛びおりた。安吉は気乗りのせぬぼんやりさで、落第生の腰かけるいちばん前列の机へ行ってごそごそと腰かけた。

試験の最後の日は晴れた暖かい日だった。安吉は今日にかぎって割合らくに答案ができた。教室はまだしいんとしていた。窓のすりガラスにいっぱいに陽があたって、そのまぶしい白っぽさのなかへときどき雀のとびあがる影法師がさした。チュンチュンという声、トタンの雨樋《あまどい》にさわるカサカサという音などもきこえた。彼はいつものように鐘が鳴るまで待っているのが全然無駄に思われたのでそのまま答案を出した。舟木を待とうかという気もしたが、試験の中ごろ以後会わない金之助に会いたい気がしてきてそのままで階段を駆けおりた。そして廊下のすぐ右手にある教師用便所へ小便をしにはいった。

　教師用便所とはいっても、これが教師用便所だということをいつ誰がきめたというのでもなく、札がかけてあるわけでもなく、生徒用便所――これもやはり札がかけてあるわけではなかった。――よりも設備がいいというわけでもなかった。それは、正面の玄関が教師用出入口になっていて、生徒たちは横の口から出はいりするしきたりになっているのと全然同様だった。急ぎの場合、正面玄関の口から生徒が出はいりしても守衛が何ともいわぬように、ここの便所に生徒がはいったからといって、便所に守衛がいるわけではなかったが咎めるものはなかった。今度の教室になって以来、安吉は、別棟の生徒用便所まで行くかわりに、いつも近いほうのここで用を足すことにしていた。

　ときどき彼は、ここで小便をしにきた教師たちに出くわすことがあった。そういうとき、彼は彼らにいくらか悪いような気がせぬでもなかったが、二人連れではいってきた教師などが、用を足しながら交して行った会話の断片をあとから反芻していろいろと興味をおぼえることもあった。ある教師たちの言葉は、彼らが碌々として老いていることを語っていた。ある教師たちの言葉は、彼らが、親の脛《すね》をかじっている安吉の眼から見ても、その安吉とほとんどちがわぬような青っぽい調子で生きていることを語っていた。そういえば、何十人かいるここの教師たちのうちには、足かけ五年いる安吉などよりは勤続年数の短いものもかなりいるはずだった。

　まだ終らないうちにドアがあいたので安吉はそっちのほうを見た。そして出席簿をかかえた背の高いウォーカーが敷居ぎわで立ちどまったのを見つけた。安吉としても何ともしようはなかった。ウォーカーは、相手が生徒だったためかえってどきっとしたらしく、しかし引き返すわけにもいかぬというふうではいってきて小便をしはじめた。

　安吉には、若いアメリカ人の気持ちを少しでもかき乱したくないというのが精いっぱいの心づかいだった。どうすればそうできるかは彼にはわからなかった。彼とウォーカーとは、教室でも教室以外ででも全然無関係だった。今の瞬間における彼とウォーカーとの関係は、停車場の改札口で偶然まえうしろに並んだ同士以上の影響をウォーカーの生涯に及ぼすはずはないと安吉には思われた。改札口で人と人とは密着している。しかしおたがいは何の関係をも持たない。ここでも二人は、いわばこんなに赤裸々な関係にあるのに……彼は彼女に、きょう出くわした不作法な生徒について話すかもしれない。「まあ、いやねえ……」と彼女はいうかもしれない。しかしそのまま忘れてしまって、彼らはいつものように、かなり清潔にいちゃつくだろう……こういう遭遇は、天の一方での、全然あとさきのない、純粋に einmalig なものだろう。それははかないもので、彼がこの一、二年心をこめてやってきた短歌のようなものを本質に含んでいる……そんなことをちらちら考えながら彼はウォーカーを残して便所を出、正面玄関の口から外へ出た。そして陽のあたるところへ出た時には、その考えはもうとぎれていた。彼はまっすぐに学校前の泰文堂へはいっておやじの前へ行った。

「やっぱりね、『整理』するよ。」

「へ、へ。」と、いつもの人を小馬鹿にしたような調子で泰文堂は答えた。

ぬけ目のない泰文堂は、安吉が卒業か、二年つづきの落第で退学か、どっちかだということをよく知っていて、試験のだいぶ前から、「蔵書の整理」という言葉で安吉の本を買いたがっていた。安吉としては、苦労して集めた本もあり、このこすい泰文堂に売りたくもなかったが、町の商店のショーウィンドーの背景の仕事が駄目になったため――それは例のマイヨールをくれた男が世話してくれたものだった。――いくらかまとめて金をつくる必要があり、また本も机もいっさい売りはらって、この町と学校とにきれいさっぱりと別れてしまいたいという気にもなっていたのだった。

「それでいつ来てくれるね。」

「いつでも……きょう伺《うかが》ってもよろしいんですが……」

「きょうは困るな……と、じゃア、それゃまた来るから……」

「へ、へ。承知いたしました。」

　いつもの癖で、棚へ一わたりすっと眼をやって一歩安吉が出かかった時、それを待っていたようにして、同じ学校の生徒が泰文堂の前へ棚からぬいた本を差し出してきいた。

「これ、いくら？」

「は。」といって泰文堂が受け取ったのへ眼をやると、それは安吉たちが今年使った鼠色表紙の倫理学の教科書だった。

「は。」ともう一度いって、「二円六十銭ですが……」といった泰文堂の声には、例によって、鉛筆の符牒よりはいくらか掛値をしているひけ目がはっきり受け取られた。それはこすい泰文堂の特別の人のよさでもあった。

「二円六十銭かア……」

　そういって考えている生徒の顔を見ると、安吉は自分の使った本を思い出して不意と横から口を出してしまった。

「君は、あのオ、三年になるんですか。」

「ええ。」とその生徒は答えた。

「じゃアね、僕のをあげますよ。それ買うの、およしなさい。」

「しかし……」といって生徒は泰文堂の顔を見た。「なるほど」という感じで安吉も泰文堂を見たが、彼にはとっさに三人の関係がはっきりしなかった。

「いいだろう？　泰文堂さん。無駄だからね。」

「へ、へ。それゃもう……」

「じゃそうしましょう。あげます。僕んとこすぐそこです。いま来ますか。」

「行ってもいいんですが、しかしもらうということはできません。」

　優等生風の顔をした生徒が、あまりきっぱりといったので安吉はどぎまぎした。

「じゃ、二円取ってください。」

「いや、いりません。どうせ僕は泰文堂へ売るんです。だから無駄ですよ。」といったが、まだ安吉にはそこの計算がはっきりしなかった。

「じゃね……君、それを持って行きたまえ。僕のをこっちへ渡すから。」

「それこそ無駄ですよ。第一それじゃア、本屋が商売にならない……」

「そうかア……」といった安吉に、ようやく三人の関係が呑みこめた。しかし彼は、内心に無理を感じるのを押しきってあわて気味に泰文堂におっかぶせた。

「いいだろう？　なかなかこすいんだからな。」

「ヘッヘッ……」と笑って泰文堂は承知した。

　安吉は、泰文堂へ渡す本のなかへ倫理学の本を入れておくこと、ただし泰文堂はその一冊分を全体の値段から引かぬこと、その生徒は今みつけた本を無代で持って行くことを泰文堂に承知させたが、泰文堂の包んだ本を生徒はどうしても受け取らず、同じことなら安吉の使った本をもらおうといって、結局その生徒は五十銭玉を一つ安吉に押しつけて出て行ってしまった。あした本を泰文堂へあずけておくことにした安吉は、自分のやったことが馬鹿らしかったのかどうかさえはっきりせぬままに店を出るほかはなかった。

　通りへ出るとしかし安吉はそのことも忘れてしまった。そして急にまた金之助のことが気になってきた。「やつめ、やけを起したんじゃないかな。」ということが理由なしに思われた。

　彼はまっすぐに金之助のところへ行った。

「や、終りましたね。」とそこの主人は相変らず愛想がよかった、「いえ、いらっしゃいません。ついさっきお出かけになりました。僕はまた、片口さんとこやろうと思っとりましたが……」

「いや、僕もいま帰りなんです。まだ家《うち》へ帰ってないんです。しかし……」といって安吉は躊躇をしたがやはりきいた、「鶴来、試験にはずっと出てたんでしょうね。」

「それゃ無論……」といって主人は表情をした、「何かあったんですか。」

「いえ。出てればそれでいいんです。しばらく会わないもんだから。」

「試験ですからね……」といって主人は笑った。それは、いつもくっついて遊び歩いている劣等生たちが、試験になるときゅうきゅういって、ばったり会いもしなくなる心事を諒解していると言いたげな微笑だった。安吉はとってかえして自分のところの玄関をあけた。

「おばさん、鶴来、来なかったですか。」

「おいね。来ましたぞ。二階へあがるましてね、しばらく待っててやったれど、また来るたらいうて帰るましたわね……それゃそうと片口さん……」

安吉は、手ぬぐいで手を拭いてまだ何か言いかける女主人を残して二階へ駆けあがった。用向きを書いた紙切などはしかし見つからなかった。『唾玉《だぎょく》集』が開いたままになっているのは、このまえ安吉がさんざんそのことを話したので覗いてみたのだろう。灰皿にたばこの吸殻のないこともいつもとはちがった感じだった。

「あのね、もし鶴来が来たらね、あとで鶴来のとこへ行くといって散歩に出かけたって言ってくださいね。」

そういって出た安吉は、もう一度鶴来の下宿へ行ってくりかえした。

「鶴来が帰ってきましたらね、一時間ほどしたら僕が来るからっていってたって言っといてくださいね。」

「こういう時は探したって無駄なんだ。両方で反対の町を探してたり、あとからあとからと追っかけっこしてたりするんだ。今ごろあいつも、結局無駄だからなんて考えてほっつき歩いているんだろう……」

彼は、出しなに持って出た倫理の教科書を泰文堂へあずけると、そのままぼんやりした顔で公園の方へ歩いて行った。今ごろになってぞろぞろと校門を出てくる生徒、彼にもおぼえのある荒れた眼つきをしてケダモノかのようにどんどん帰って行く生徒に幾組もすれちがった。正門前の玉村で彼はラムネを一本のんだ。市役所前の花崗岩の棒はやはり立っていた。いつか彼は――一年まえだったか二年まえだったか彼には思い出せなかった。――気違いのようになって駆けてきた兵隊の馬が、この棒にぶち当って、腹を真一文字に破ってそのまま死んだのを見たことがあった。あとからやはり馬に乗って兵隊が駆けつけたが、溝に後半身《こうはんしん》を落して、腸を一間ほども電車みちへ投げ出している馬を見た後《あと》の馬が、いきなり眼の色をかえてさっと後向きになり、かつかつとたたらを踏んだかと思うと、一散に駆けもどって行った後姿はいまでも安吉の眼にあった。しかし眼の前の花崗岩の棒は、花崗岩特有の胡麻塩いろできらきらと光っていた。県庁の二本の椎の大木もやはり黒く繁っていた。安吉がこの町へきた時の県庁は昔の大名屋敷か何かのような木造建築だった。今はそれがコンクリート建てになっていた。ねずみいろの壁面に入れたあくどい緑いろ化粧煉瓦の線は、何度目か十何度目かに松山の洋服屋の主人の嘆息を安吉に思い出させた。突きあたりの寺から松山が引っ越して行った洋服屋の主人は、洋服屋というより裁縫屋といった格だったが、その家族ともいっしょに安吉とも親しくなっていた。何かの折りに、禿頭でひげの濃いその主人が、内蔵太と安吉とに世の中の移りかわりを嘆いて聞かせたことがあった。彼の父親は建築家だった。明治の中ごろまでのあいだに、当時としては立派でもありハイカラでもあったいくつかの建物をこの町のなかで建てた。父の死後、それらの建物は次第に建てかえられて行った。最後に残ったのが県庁だった。それがコンクリートに変った今となっては、父親を、残した仕事をとおして忍ぶよすががこの場末の裁縫師から失くなったのであった。それは、内蔵太や安吉にとってほとんど物語でさえあった。椎の大木だけが今では残っていた。

　彼ははっとして立ちどまった。そこは女学校の門の前だった。一年生か二年生ぐらいの小さい生徒がこっち向きになって立って、それを四年生ぐらいの生徒が抱くようにして接吻をしているところだった。眼を開いていることも閉じることもできない安吉は、心のなかでだけ叫ぶ何か言葉を見つけねばならなかった。髪の毛の焼けるような瞬間が過ぎたとき大きいほうがからだをひいた。小さいほうが顔中を汚くして泣きじゃくった。大きいほうは、何かで泣き出した小さいほうを、慰めの言葉をかけながら泪《なみだ》を拭いてやっていたのであった。安吉はひとりであかくなって公園の方へ急いだ。

　公園入口のだらだら坂で彼は四、五人でかたまった女学生の群れを追い越した。追い越す瞬間彼は「来るかな。」と思った。しかしそれは来なかった。それは驚きだった。

　二年ほどこっち、彼にはいまいましい癖が出来ていた。三、四人以上かたまった若い女や女学生などを追い越す途端に――彼女たちは歩くのが遅いので追い越さぬというわけには行かなかった。――背中の下のほうにいっぱいに虫が湧いたような感覚が出てきて、それが背中を通って頭の髪の毛のなかまでうごめいて昇るのだった。虫は足の何本もある蟻のようなもので、大きさは蟻の十分の一くらい、それが大速力で頭まで昇って、そこでわっと一つひしめいて毛あなへ吸いこまれるように消えるのだった。あとには頭の地のほてりだけが残った。それもすぐ消えた。わっと湧いてから毛あなへ吸いこまれて頭の地のほてりも消えるまでが三十秒くらい、追い越す途端に彼は「来るぞ！」と思うのだった。そしてそのとおりに来た。今日彼は「来るぞ！」とは思わなかった。「来るかな。」と思ってそれが来なかったのであった。

二、三歩追いぬかれた女学生たちがそろって何かを笑った。安吉は変らなかった。今後絶対に虫は出ないぞという自信のようなものが、一つの化学変化のようなものとして安吉のなかに出来たらしかった。それは、女性にかえりみられることのなかった安吉として——彼は、頼子とのあいだにあった「はかなごと」を、そうするのが都合のいい場合には無意識に除外していた。——女性にたいして復讐する力が肚に出来た感じでもあった。

「ふん……」と鼻息をして彼は木立のあいだを通りぬけて行った。

彼は人気《ひとけ》のない図書館横の路をのぼって東はずれの崖の上へ出てそこの木のベンチへかけた。まえまえから彼はこの名高い公園を好かなかった。しかし公園の高みから町や郊外の景色を眺めることは好きだった。それは季節や天候にかかわりなく美しかった。特に東のはずれから見るここのベンチのところが好きだった。

崖下の街は陽がかげりかけていた。それから向うは、瓦屋根も板屋根もすっかり陽を浴びていた。場末があり、畑があり、丘があり、そうして東の山になった。前山《まえやま》の雪はもう消えていた。黒い前山のあいだから覗けた奥山だけがまだまっ白だった。

湯屋の煙突が見えて鶏の声などがした。彼はいつか絵をかきに行った時と同じように——あの時は反対側から眺めたのだったが——「ウェルテル」のなかの風景を思い出した。どこの場面だったかは思い出せなかったが、それは栗の木の下かなどから見渡した光景だった。しかしあの主人公とこの主人公と、眺めている気持ちに共通点があるかどうかは安吉にはわからなかった。

眼に見えるかぎり、風呂屋、桶屋、その他の店屋、豚や鶏、畑の野菜、川や用水や藪かげの村の家、それから谷あいの部落から尖った杉の植林まで、動いている人かげをも入れて眼に見えるすべては人の営みだった。

「高等学校の生徒なんというもの、その落第生なんというものが何だろう……一面が営みであるなかで、おれには営みがない。」

いつもこういう思いが彼を捕えたが今もそれが捕えた。そして今のは、漠然とした卒業の意識のせいか今までのいつものよりも深かった。

豆腐屋のラッパがきこえて安吉はもう一度松山のことを思い出した。

いつだったか、ラムステットというフィンランドの公使を先に立ててエスペランチストの一行がこの町へ来たことがあった。安吉は講演を聞くために内蔵太を誘いに行った。そして内蔵太の洋服屋の一町ほど手まえで向うからやってきた豆腐屋とすれちがった。

「とおオ……」

うたうような調子でそう呼んだとき豆腐屋は安吉の二歩ほど前に来た。豆腐屋はあいているほうの右手を口へ持って行った。そしてほとんどすれちがいさま「ふいイ……」と鳴らした。彼がラッパを持っていなかったことは安吉には確かだった。安吉には、人間がどう工夫をしたところでそんな音の出ることに非常に驚いた。「とおオ……」という部分は確かに「声」だったのに……安吉がふりかえってみると、あいたほうの手で調子を取りながら、そのつぎの「とおオ……」のところを豆腐屋は始めるところだった。ぼんの窪の痩せた中年の後《うしろ》つきで、あいている手には確かにラッパも笛も持ってはいなかった。

行ってみると内蔵太は風邪をひいて寝ていた。

「なんだ。中将湯《ちゅうじょうとう》を飲むのか。」

「うむ……きくんだよ、おれには。」

中将湯が振出《ふりだ》し薬《ぐすり》だということを安吉ははじめて知った。そして、煎薬特有の匂いをかぎながら、さっきの口ラッパの驚きについて話さずにはいられなかった。

「知ってるよ。あれ、おれの保証人なんだ。」

「保証人て、学校の？」

「うん。」

松山内蔵太は巡査の息子だった。中学も高等学校も他人の世話ではいっていた。彼の内側へとくすぶりこんで、だんだんつよく内攻して行くような性質がそこからも来ていることを知っていた安吉にも、あの豆腐屋が彼の保証人だということは静かな驚きだった。

時間があったので彼らは家庭のことや郷里のことを話した。

「おれのほうじゃね、金沢でもそうだが名まえに『マ』をつけて呼ぶんだよ。『武マ』、『作マ』なんて。金持ちの坊ちゃんなんかには言わないがね。ずっと貧乏人になると『コツ』ってのをつけるんだ。」

「『コツ』ウ？　クラコツか。」

「クラコツとは言わなかったがね。」

それから彼は父のことを話した。

「ほら、おれのおやじ、からだからしてあんなだろう。（安吉は一度内蔵太の父に会ったことがあった。眼の大きな大兵《たいひょう》で、厚い膝へ手をおいて話す様子は、いかにも田舎の退職巡査というふうだった。）気象も昔風でね。ところがこのまえ休みに帰って、おやじの若い時の友達に聞いたんだよ。ずっと若い時、二人で東京へ行ったんだそうだがね。直江《なおえ》津《つ》まで歩いて、直江津ではじめて汽車というものを見たんだそうだ。そのとき家を出て、十町ばかし行ったところに川があるんだよ。川っても小川で、土橋がかかってるんだ。その橋のところまで行ったら、おやじが泣きだして袖で涙を拭いたそうだよ。おれたちよりも若いくらいだったかな。今でも土橋だがね……」

　講演会の帰りに安吉はもう一度松山のところへ寄った。そうしてはじめて聞いたエスペラントの話をした。

「母音を長く引っぱってね。なんだかのんきなような言葉だよ。ラムステットというのがね、最後に、フィンランドでは夏になると日が暮れない、それで夜昼の区別がつかないので、夕方になると、つまり時計の夕方だ、町や村で鐘を鳴らすんだそうだ。さあ、鐘が鳴るから夜だってなぐあいにね。『わたしの話にも鐘が鳴ったようです。』なんていって降りてったよ……なんだ、バイブルを読むのか。」

　枕もとの大型の本は安吉にも珍しかった。

「うむ。君、詩を読んだろう？」

「読んだ。ウタノカミに歌わしめたるダビデの歌なんてんだろう？」

「うむ。ちょっと……」といって内蔵太は安吉の手から本を受け取って、寝床で横寝になって雅歌《がか》のところを朗読した。

「われはシャロンの野花《のばな》、谷の百合花《ゆり》なり。女子等《おうなごら》の中にわが佳耦《とも》のあるは荊棘《いばら》の中に百合花《ゆり》のあるがごとし。わが愛する者の男子等《おのこら》の中にあるは林の樹の中に林檎のあるがごとし。我ふかく喜びてその陰にすわれり、その実はわが口に甘かりき。彼われをたづさへて酒宴《さかもり》の室《いえ》にいれたまへり、その我が上にひるがへしたる旗は愛なりき……（『その我が上にひるがへしたる旗は愛なりき』と彼はくりかえした。）……わが愛する者の声きこゆ、視《み》よ、山をとび、岡を躍りこえて来《きた》る。わが愛する者は獐《しか》のごとくまた小鹿《こじか》のごとし、視よ彼われらの壁のうしろに立ち、窓より覗《のぞ》き、格子より窺《うかが》ふ。わが愛する者われに語りて言ふ、わが佳耦《とも》よ、わが美《うる》はしき者よ、起ちていできたれ。視よ、冬すでに過ぎ、雨もやみてはやさりぬ。もろもろの花は地にあらはれ、鳥のさへづる時すでに至り、斑鳩《やまばと》の声われらの地にきこゆ。無花果樹《いちじくのき》はその青き果《み》を赤らめ、葡萄《ぶどう》の樹は花さきてその馨《かぐ》はしき香気《におい》をはなつ、わが佳耦よ、わが美はしき者よ、起ちて出できたれ。磐間《いわま》にをり、断崖《がけ》の匿処《かくれどころ》にをるわが鴿《はと》よ……おれの無花果樹なんか、青い実があかくならんよ……」

いま聞えたのがあの豆腐屋のラッパかどうか——あれはラッパではなかったが——は安吉にはわからなかった。

「もう帰ってるだろう。」

安吉は冷たくなったベンチから起ちあがって、さっきの、栂《とが》の樹の下の暗《くら》みで青木があかい実をつけているところを通って公園を出て行った。

金之助は帰っていた。

「すんだね。大丈夫かい。」

金之助はきれいな顔をして——それは、試験がすんだので床屋へ行ってさっぱりしてきたというふうにも見えた。——いつもの癖でほとんど半無意識に茶をついで出しながらほほえんだ。

「ま、大丈夫だ。君は？」と安吉はきいた。

「やめたよ、おれ。君もやることにしたそうだが、泰文堂さ、さっき寄ったんだよ、おれもやることにしちゃった。（と、彼は本売りのことを挿んだ。）こないだから出なかったんだ……」

「ほうっちゃったのか。」

「うん。」

「階下《した》じゃずっと出てたなんて言ってたぜ。」

「それゃそうさ……」と金之助は大声をあげて、それから声を低くした、「それでね、そのこと、話しに行こうと思ってたんだけどね。……出ようか。」

金之助は隣りとのあいだの襖《ふすま》へ顎を振った。隣りの部屋には、同じ学校の一年下の生徒が下宿していた。

「出よう。」

学生はまだ帰っていなかったが二人は出ることにした。

「それでね、さきおとといから出ないんだ……」

下宿の玄関を出て五、六歩行ったところで金之助は始めた。そうして、だれか聞いていていやしないかといったふうに出たばかりの玄関をふりかえった。安吉もつられてふりかえった。

「第一にはね、とても駄目なんだよ。じたばたしたって駄目なんだ。文科ならどうだか知らんがね、おれのほうじゃ、駄目さ。頭で考えるってこともあるけども、数でこなす課目、労働だね、それが多いんだ。計算でわかっちまうんだよ。四十点取って、あと二十点取って六十点にするなんてこと駄目なのがうんとこさとあるんだ。逆なんだよ。試験の満点が六十点で、それ以前の、なんていうかな、日勤だな、それが十点とするだろう？　しかし日勤十点のやつに試験の満点なんてありっこないからね。いいとこ四十五、六点だろう。合計、だから、五十五、六点さ。だからよしたよ。やけじゃないんだ。事理明白だからね。だけどね、そんなこと、ほんとうはどっちだっていいんだよ。おれゃ考えたんだよ。それゃア、ドッペるときまったから考えたんだけどね。とてもおれにゃ、医者なんかにゃなれないよ。いまんとこ文学をやろうと思ってもないけどね。とにかく、医者にゃア向いてないんだ。医者なんて、わりにいい仕事だとは思うけどもね。君なら医者になれるかもしれんな……」

「ふむ。」と安吉は答えた。彼らは、香林坊の交番前からブラジルの前を通って、いつか桐山に出逢った瀬戸物屋のへんを武蔵ケ辻のほうへ歩いて行った。

「いやね、医者にはなれなくても自然科学者にならなれるだろう……おれだって、自然科学はやりたいんだ。普通にならやれると思うよ。しかし、医者だけは駄目だ。だけど、養家さきじゃ開業医にしようってんだからね。開業医なんて、おれゃ自分の家《うち》がそうだったから知ってるが、それゃひどいんだ。九十パーセントはインチキだよ。インチキっていっても、それで結構やれるんだよ。風邪ひきや下痢なんか結構それでまにあうんだ。だけどもね、たとえば患者が来るだろう？ それが何か普通とちがったとこがあるだろう？ そうすると新しい注射なんかやるんだよ。それで癒《なお》ることもあるよ。たいてい癒るね。しかしね、注射しなくても癒ったかもしれないんだ。そして注射したのとしないのと、同じ癒ってもどっちがいいかってこと、当該患者の生涯にとってだね、どっちがいいかってことは考えないんだ。小児科なんかそれゃひどいんだよ。対象が子供から親へ移転してるんだ。いいころ加減ひねくりまわされて、それで子供が死んじゃっても、親たちへさえよろしくやってれば、どうもありがとうございました、とうとういけませんでしたが、あれだけお世話を願った上ですから、親として心残りはございませんなんてお礼に来るんだからね。

いや、医者は駄目だ。医学ならいいよ。医学ならまだいいけど、しかしやっぱりほかの科学がいいなァ……とにかくね、おれは医者に向かないんだ。しかし養家さきじゃ開業医を望んでるんだ、きめてるんだよ。でなけゃ高等学校なんか出しゃしないさ。純粋の資本投下だからね。しかし駄目なんだ。それゃね、ひとにくらべてみるとよくわかるんだ。宮田虎太郎ってのいるの知ってるだろう？」

安吉にも見当だけはついた。小柄な生徒で、「端然」という言葉から漢語の調子だけとりのけたような生徒がちょいちょい金之助とつれだっているのを見かけたことが彼にあった。

「天神様みたいなやつかい？」

「あれ、あれ。あいつ一年からずっと首席なんだよ。ほんとうの優等生だな。」

「そういう顔をしてるね。」

「あいつなんか疑問を持ってないよ。いい家《うち》の息子で、その点もあるけど、自然科学に向いてないいんじゃないかなんてこと考えたこともないらしいよ。すっかり自然なんだ。だから、首席だけどちっとも点取り虫じゃないよ。非常にいいやつでね、おれゃ仲よくしてるんだ。あいつと話してなんかいると、世界がちがうからな。開業医なんかおれにゃ絶対に駄目さ。」

「それでどうするんだい。」

「どうするかまだ決めてない。しかしなんとかするよ。」

「なんとかするって、養家さきのほうはどうするんだ。」

「いや、もう話した。まだ決着つかないがね。駄目だから駄目なんだ。気の毒だが……」

養家との問題は、金之助は話すのが不愉快らしかった。

「それで家《うち》へ一旦かえるの？　それとも東京へでも行くか……」

「東京へ行くよ。飯ぐらい食えるだろう……」

「どうする。」と安吉はきいた。ちょっと前に街に電燈がついていた。昼間はぽかぽかしていたが、まだやはり今ごろになると寒かった。「天狗はまだ早いだろう？」

「ああ天狗か。」彼らのグループが、牛肉屋の天狗で今日晩餐会をやることになっているのを金之助は忘れているらしかった。

「天狗も駄目だ。」

「用があるの？」

「今夜保証人のところへ行かなけゃならないんだ。」

「保証人に言っちまったのかい。」

「言ってないんだがねえ。」と金之助は首を振った。「学校から言うはずはなし……本人のとこへ何も言ってこないんだからねえ……」

「養家から言ってやったかな。」

「そうでもないらしいんだ。だれか言ってったやつがあるかも知れないんだ。」

「だれかって？」

「いや、そういう世話やきがいるんだよ。」

お茶でも飲もうということになって彼らは武蔵ヶ辻の辻村へはいった。

「それでね、これゃ誰にも黙っててくれよ、当分。今夜もね。」といって金之助は見まわした。店のなかは高等学校の生徒でいっぱいで、試験のすんだ夜のかさっかさにはしゃいだ空気がこめかけていた。「発表はすんだし、それに養家へ行ってこなけゃならないかもしれんのだ。沢村さんとこの歌会《うたかい》へは出るよ。」

「うん。」といって、茶を持ってきた食堂監督のおばさんへ安吉は呼びかけた、「おばさん、おばさん、おれこのあいだ、木《き》ノ新保《しんぼ》で一ぱい飲んだんだよ。そば屋でね。そしたら若い姐《ねえ》さんがいてね、おあんさん横手の人やろうって言ったんだがね。横手の人って何だね。」

「横手って駅の向うの方の町の名アがや。」

「町の名ぐらい知ってるよ。しかし何か特別な意味があるんじゃないのか。」

おばさん、おまえだって今ちがった眼つきをしたじゃないかと安吉は思った。

「さあ。どうやらね。片口さんな、人相がわるいさかいやろう……」

「だって……」安吉は追求してしまいたかった、「人相のわるいやつアどこにだっているじゃないか。」

「それゃアいるわね。」

しかし女監督はそれ以上はなかなか答えなかった。安吉はそれでも追求した。とうとう女監督は、自分の座席へ帰ってはじいていた算盤《そろばん》から、顔をちょっとあげて、「あんまりいい意味ではないがやろ。」といってまた算盤へ眼を落した。

「さっきのね……」

それ以上きくのが無駄なことがあきらかなので彼らは外へ出たが、歩き出したところで金之助が言いかけた。

「さっきの、横手の人ってね、あれ被差別部落ってことじゃないのか。」

「ふうん……」といったが安吉には何ともわからなかった。彼のこの町に関する知識では、それは位置がちがっていた。「なかなか好意を見せたんだがなア……」

「それャア好意を見せたろうよ。」といって金之助は「わはははッ……」と奇声を発して笑った。

その翌々々日の夕方、金之助と安吉とはもう一度広坂通りを公園の方へ歩いて行った。

「それがね、最初は『春』の話なんかしてたんだがね……」

安吉は、退学にからまる問題を金之助から避けさせるためかのように一人でしゃべりつづけた。

「あんな時代がもう一度来るかってんだよ。一方がキリスト教から来た『文学界』、それから山路愛山の一派、それから二葉亭がいてね、硯友社はあんなだろう？　それから一葉だ。そこへ鷗外がハルトマンなんかさげて帰ってきたんだろう？　その鷗外が一葉をちょっとヒイキにしてね。あんな時代は来ないってんだよ、田方は。うまいこといってたよ。あの『春』は、花でいえば大根の花で、季節からいっても大根の花だってんだ。ぼうっとしてたね。いくら文学文学っていってたって、おれたちとあの時代とじゃすっかり変っちまったってんだ。

それから名まえの話さ。岡見がまちがえたことがあるんだね。田方新之丞の丞の字を、函館の函の字を書くたアけしからんなんて管《くだ》を巻きだしたんだ。そのへんまでアよかったんだがね。そん時おれゃ便所へ立ったんだよ。それから、酔ったもんだから階下で水なんか飲んであがってきたらね、すっかり議論なんだ。

面《つら》つき合わしてやってるんだ。おれゃア挟まってるんだから、やりきれたもんじゃないよ。問題は簡単さ。芝居の話なんだよ。ドラマさ。岡見のやつア、ドラマは誰にでも書けるってんだ。田方のほうアそれゃ駄目だってんだ。つまり岡見は、格別ドラマツルギーを勉強しなくったって、素直な気持ちでドラマが書けんはずはないと言うんだ。ところが田方のほうじゃア、それがほんとうみたいな嘘だって言うんだ。挙句の果てにゃ、いやしくもドラマを書こうなんて人間が、日本訳でもいい、近代劇の一とおりぐらい読んでなくて口をきくなって言っちまったんだ。例の強気だろう？　プラトン社の懸賞ドラマで五百円取ってるしね。

岡見は絶対に自説を固持するんだ。しかし論駁の材料がそれ以上なくなっちまったんだ。それで、それゃちがう、それゃちがうってって、藝術なんてそんなもんじゃないぞって怒っちまったんだ。そしたらその途端にげろげろっと来ちまったんだ。そしたら、間髪をいれず田方もげろげろっとやっちまったんだ。おかしいくらいさ。

大変だったよ。それゃいいんだが、こんだは泣きだしたんだよ。二人ともだよ。みんな困っちまってね。結局おれがとりなし役なんだが、それも、酔っぱらって、両方もっともだなんて思ってるもんだからね。

岡見のほうは早くおさまったがね。田方は荒れるもんだからね、俥《くるま》を呼んで乗っけちまったんだ。それで一人じゃ危いからおれがついてったよ。そしたらさ、ちょうどこのへんだよ。『ちょっと降ろしてくれ！　降ろせい！』ってんだ。小便かってきくと、小便もするってんだ。仕方がないからおっさんにたのんで降ろしてもらったよ。そしたらね、まだまだ酔っぱらってて、『ここだ。ここなんだ！』っておれにどなりつけるんだ。さっぱりわからなかったよ。聞いてみたらね、やつがいつか帰ってきたら、まっぴるま地面からミミズが出てきたってんだ。電車みちだからね。『電車みちだぞおッ！』てんだ。『電車みちへ出てきたミミズなんて開闢《かいびゃく》以来あったかッ！』てんだ。『それでもあのミミズは出てくるしかなかったんだ！』てんだ。そしてまた泣きだしかけてね。それからすまないすまないって言ってね。酔っぱらったことなんかはずかしくないが、酔っぱらって藝術を論じたのが恥かしいってんだよ。弱っちゃったよ。人通りはなかったけれど……」

金之助と安吉と二人連れの時はいつでもそうだったように、今も彼らはしゃべりながらどんどん歩いていた。彼らは、広坂通りを通り過ぎたことも、公園のなかへはいったことも、そこをまた出たことも、裁縫女学校の角を曲ったことも眼の隅で知っていた。それは安吉が二度目にいたお寺の近所でもあった。彼らは、塀がわりの低い土手のあるまだ新しい ある家《うち》の前でとまって格子戸をあけた。

「ごめんなさい。こんばんは……」

近来ふえてきた、金沢風でない安手な玄関つきあたりの襖があいて若い女が出てきた。

「いらっしゃいまし。」

「や、いらっしゃい。さ、おあがりください。」と女のすぐあとから沢村があらわれた。

「さ、どうぞ。まだみなさん見えませんからここで、ここへはいってください。おい……」といって沢村は細君を呼んだ、「トランクあっちへ持ってってくれ。いや、ちょっと旅行したもんですからね。東京からけさ帰ったんです。いままで昼寝をしてたもんですから……どうです。炬燵《こたつ》はきらいってわけでもないでしょう？」

沢村は自分からはいって安吉たちを茶の間の炬燵へ請《しょう》じた。沢村は高等工業の物理学の教授だった。大学からすぐ来たかと思われるような若い男で、金之助も安吉も最近の知合いだったが、東端《ひがしばた》などは彼らよりも早く知ったらしかった。高等学校の連中のやっている短歌会へ自分でやってきて――その日の会には偶然安吉も金之助も出ていなかった。――仲間にしてくれといったのが最初だったと東端が話していた。背は高くなかったが、血色のいい金時《きんとき》のような丸顔で、その上へ漆のように黒い髪の毛――最初にこの髪の毛を見たとき安吉は「漆のように黒い！」と思った。しかしそう思って見ると、「漆のように黒い」という言葉が使いふるされているため、眼の前のこの髪の毛にたいしては気の毒のような気がするのをどうしようもなかった。——をのばしていた。そして少し鼻へかかり気味の非常に人好きのする声で快活にしゃべるたちだったが、そういうすべてが、うす汚い、痩せた、血色のあまりよくない安吉らの連中にたいしてまるでちがっていた。年が半まわり以上くらいちがうことも手伝って、彼らは沢村を「さん」づけで呼んでいた。沢村自身も金之助たちを「さん」づけで呼んだ。そういう言葉づかいをも含めた沢村の全体の風貌は、ことにきちんと黒の洋服を着た場合など、短歌などひねくる人間というよりもどこまでも理論物理学の教授というふうであった。

「お二人とも卒業ですね。」

「ええ……」

安吉がどっちつかずに答えたのを追っかけて金之助が自分から口を切った。

「僕はやめたんです。」

「やめたんですって？」沢村はいっそうあかい顔をして聞きかえした、「やめたって退学なすったんですか。」

「ええ。どうせ駄目だし、いろいろ事情もあったもんですから。」

「そうですか、それゃア……」といったが、沢村はそれ以上は聞き出さなかった。

「じゃ、東京へでも行くんですか。」

「え、東京へ行きます。」

「からだは頑丈ですか。」

「頑丈です。盲腸炎がこまるんですけど……」

「盲腸がわるいんですか。」といって沢村は顔を輝かした、「まだ切らないんですね。」

「ええ。」

「そうですか。僕もやりましてね。切りましたよ。それゃア痛かったですよ。」

彼は声を大きくして顔をしかめて笑った。そして菓子を持ってきた細君が「ふふ」と笑ったのへちょっと眼をやった、「僕のは危なかったんです。田舎から両親が出てきますしね。泣きましたよ。そしたらこの先生が、恥かしいから泣くのだけはやめてくれっていうんです。」

「だってあんまり声が大きいんですもの。」細君はほとんど田舎女学生のような無邪気な調子で抗議した。

「恥かしいも糞もあるもんか。僕は危険だってこともよく知ってたんですからね。痛いんだから、どうせ死ぬんなら、泣かずに死ぬなんてつまらんと思ったですよ。」

「ほんとに恥かしかったわ。」

四人は声を出して笑った。

「それで、東京は何だったんです。今やっぱり試験だったんでしょう?」と金之助がきいた。

「アインシュタインを聴きに行ったんです。試験は僕の分だけすましておいたんですよ。」

「いいなア……」と金之助は高い声を出した。

「いや、よかないですよ。僕のほうのような学校、みんな一人ずつ行ったんですからね。命令ですよ……聴いたってわかりゃしないんだ……むろん僕だってわからなかったですよ。」

「それでどんなふうなんです、アインシュタイン……」

安吉も金之助も相対性理論については知らなかった。しかしこの人の人なつっこさや高い叡智についての話、彼の髪を夫人がつんでやるのだという噂ばなしなどは知っていた。彼らは、天地ほどもちがうこの碩学《せきがく》のなかに、貧しい彼らと人間的に共通した点をさえのぼせ気味で感じていたのだった。

「どうって……非常にいい人ですね……」

「非常にいい人」という言葉を沢村は嘆息するように言った。それはそっくり二人の心に受け入れられた。

「どんなふうにお話しなさるの。いくら聞かせてくださいっていっても聞かせないんですよ。」と細君は金之助たちのほうへ訴えた。

「どんなふうって……ドイツ語でしゃべって、日本の学者が通訳するのさ。」

「だから、どんなふうに。」

「いったってわからないよ。ドイツ語だよ。」

「わからなくってもいいから、ちょっとやってごらんなさいよ。」

　沢村夫人は、叔父さんにせがんでいる姪か何かのように炬燵のなかで膝をゆすった。

「Heute habe ich ……うっふふふふ……」と沢村はふきだした。

　その日の歌会には全部で十人ばかり出ていた。田方新之丞は欠席だった。雑談のおり、金之助の退学の話が沢村の口から出やしないか安吉は心配していたが全然出なかった。沢村は、細君の方をちらりと見て、首をすくめるようなかっこうをして、大学を出てすぐ、友達が見合いをして蹴った女と、その友達のすすめでひやかしの見合いをした話などをした。細君の詠草も出た。それはいかにも彼女らしく素朴きわまる歌だった。

　金之助の「暮れよどむ街の細辻に……」が最高点の一つにはいった。彼はそのほかに、「苦しきことをこの上はわれ思はざらむ犀川の水はやけにせせらぐに」というのを出していてやはり問題になったが、「やけに」がどうかという評にたいして、「いや、『やけに』なんだ！」と大声を出して一座を笑わしたりした。

　歌会は十時に終った。安吉と金之助とは、ほかの連中に別れて車庫前から駅行きの電車に乗った。保証人と養家さきと、全部をひっくるめての話が一挙に不調になり、そのため予定をくり上げた金之助は今夜の十一時で立つことについゆうべ決まっていた。

彼らは駅前の一つ手まえで降りて停留所ちかくのそば屋にはいった。そうしてうどんを食って酒を一ぱい飲んだ。

「いいねえ、沢村夫人……」

そういう言葉がその合間に二、三度も出た。ああいう家と団欒《だんらん》とは、現在も将来も彼らには遠いと二人には思われた。

金之助がちょっと眼鏡の蔓をふいて掛けなおして彼らはそば屋を出た。停車場まで送ろうという安吉を金之助はことわった。片口安吉はこの前は安田徳蔵が退学して帰るのを送った。今夜は金之助を送る。安吉自身だいたい卒業だからいいが、もし落第退学という場合、送り手がないではないかという意味のことを金之助は大きな声で笑って言った。

「じゃ、また……」

「ん……」

合羽《かっぱ》マントを肩の上へひと揺《ゆ》りして金之助は駅の方へ歩き出した。

「こっちを行ってみよう。」

安吉は、じつに久しぶりで浅野川大橋の袖を左へまがった。そこは川に沿うた藝者屋町だったが、まっぴるまのこととて町はひっそりとしていた。そこを通りぬけるともう町の名も彼は知らなかった。そこいらはおそらく金沢のうちでも古い部分だった。三、四町歩いては彼は町名札を目で探した。名まえからしてはじめての町もいくつかあった。

だんだん町が場末の感じになっていった。ちっぽけな石屋があり、その次ぎに畑が出てきて、その畑の次ぎに汚い綿工場《こうば》が出てきた。綿ぼこりのくっついている窓はみな閉じられていて、彼は覗き気味にしてみたが内部はわからなかった。この工場が両側街の最後だった。そこからは片側街になった。あいた側には畑があり、そこを少し行くと畑が消えて草の生えた土手になり、ふたたび浅野川があらわれた。

彼はなお歩いて行った。土手はしだいに厚ぼったくなった。道路が土手よりも低いため、川は水おとだけがきこえて水面は見えなかった。突然、彼は鉄橋のところへ出た。彼は何年か前この鉄橋を徒歩で渡ったことを思い出した。八月のはじめで蓮田にはいっぱいに蓮が咲いていた。路盤の小石は焼けていた。人々は鉄橋のすこし手まえでてんでに荷物をかかえて降り、人が渡れるだけに修復できたばかりの鉄橋をおっかなびっくりで渡った。鉄橋の部分の枕木の隙間から泥濁りになって流れる渦の群のはしるのが見えた。橋を渡りきってしばらく行くと別の列車が待っていた。荷物のあるものは荷物をさきへ踏段にあげ、そこの鉄棒の端へつかまって、脚にバネをかけて路盤から汽車の床までの高さを「よいしょ！」と調子をつけて飛びあがって乗った。時刻が来て汽車は笛を鳴らした。それは青田と紅い蓮田との面の上でひびいた。安吉にも田んぼのあいだから出発する汽車はめずらしかった。

洪水の記憶はつぎつぎに安吉によみがえってきた。しかしそれらが、すべて結局彼自身の時の浪費の悔いに帰ってきた。彼は土手へのぼってみた。草で限られていた空の部分がひろがって、今まで見えなかった向う岸と村々とが見えてきた。いちばん手まえの土手と草、低い水面、煉瓦よりも紅《べに》の勝った横の鉄橋、特にこっち側の岸に、川の上へおおいかぶさるように生えた櫨《はぜ》の縦の並木、そうして向う側のだんだんに遠くなる村々、それらすべてが、まだ芽の出ない櫨並木の大木に上を区切られて、一枚の額縁のなかの絵のように安吉に美しく見えた。そしてその美しさそのものが彼に彼の時の浪費の後悔をそそった。公園から眺めた山つきのほうとはちがって、こちらの加賀平野の平ったい眺めはもっとあけっぴろげて人の営みを現わしていた。この営みの感じは、野の面《めん》から蒸気のようになっていっぱいに昇っていた。まだハガキをよこしていない金之助の生活が、それが東京のなかに置かれていることだけで分明に生活として安吉に見えた。東京での大学生活が、どうせつまらぬというこれまでの意味でなく、どうしたらよかろうかという圧迫的な不安として安吉の頭に浮かんできた。末ほそりで色もうすくなるようなものとしてそれが彼に考えられた。

そのとき汽笛が鳴ったので安吉は眼をあげた。最初あるテンポでこっちの方へむくむくと動いて伸びてくる煙が見えた。列車はすぐ村のはずれへ出た。黒い貨物列車——出はずれたのを見るとかなりに長いそれは汽車だった。煙が白に変った。音がどんどん大きくなり、機関車のある前の部分が急激に大きくなった。それは箱のように、左右と上とへ立体的にぐっぐっとひろがってきた。

列車が鉄橋にさしかかった時もう一つ汽笛が鳴った。今までは安吉の方へ向ってふくれてきた汽車が、ここで横腹を見せて鉄橋を渡りはじめた。

機関車は渡り終えた。浅野川はここで狭《せば》まっているため、機関車が渡りきった時はまだ後部が残っていた。

突然機関車から一つの手が差し出された。それは人がショベルを突き出したかのような調子で機械的に突き出された。と、手の持ち主のからだが現われた。青服に顎ひもをかけた姿が、上半分の縦三分の一くらいをちらっと覗け出した。

列車の後部の方からもう一つの手が出たのを見たとき安吉はぶるっとした。後部は安吉の前を通過しつつあった。二つの手は、指をそろえた掌《たなごころ》のほうを向き合わせにしたまま、列車のほとんど全長をへだてて瞬く間《ま》停止し、こくりとうなずき合い、ふたたび元へもどってそのままなかへすっと消えた。その消え方は、人がなかにいて、そとへ突き出していたものを再びすっとひっこめたのと同じ調子だった。安吉は、脊骨のなかの孔がつめたくなるような気持ちでそれをその非常に短い時間のうちに見た。

歌のわかれ

「おまえ、あした立つんならちょっと村山へ寄っておくほうがいいじゃろう。」

あした東京へ出発するという日の昼めしのあと、父はそういって鎌をさげて出て行った。

ちょっとした旅に出たり、遠方から帰ってきたりした場合、立つすぐ前、帰ってきたその足で、隣りと前の家《うち》、ごく近い親類へ簡単な顔出しをするのが安吉たちの家《うち》のしきたりになっていた。それは村の百姓たち一般のしきたりでもあったが、顔出しに行く短い道の上で——それは時間にして一分か二分、せいぜいが五、六分のところだった。——その家と自分の家との関係をちらりと頭に浮かべることが安吉の癖になっていた。それはそのつど何かしら心を新鮮にするものだった。これから出かける旅がめでたいものでない場合でも、柿の木の下などを歩いて行く一、二分間の新鮮な思いには変りがなかった。一つには、相手が野良《のら》仕事に出る前か、野良からあがってきた時刻かを選んで行くことにもよっていた。父の実家の村山はすぐ隣り部落にあって、伯父の生きていた時分から安吉は入りびたりになっていたが、ほんの五、六分の距離ではあっても、別の部落だということが、祭のよんだりよばれたりの記憶に結びついていっそうその思いを新鮮にした。

伯父の藤太郎《とうたろう》は、一生大酒と大百姓とをしたあと酒からきた胃潰瘍で先年死に、今は長男が藤太郎をついで母、妻、子供四人の家族をせおって働いていた。彼には、よそへとついでいるすぐ次ぎの妹以外弟が五人あり、そのうち一人は安吉がまだ子供の時に脚気《かっけ》で死んでいたが、残りのうちいちばん上が大阪でうどん屋をやってい、次ぎが台湾で巡査をやってい、次ぎが東京で酒屋をやってい、最後のがこの酒屋で兄貴の手伝いをしてい、安吉自身は、さしあたりこの従兄《いとこ》の酒屋の二階に置いてもらってそこから大学へ通うことに話がきまっていた。

「こんにちは……いなったかのォ。」

安吉の家《うち》とはちがって、大きな立木などのない明るい屋敷畑のあいだを通って安吉ははいって行ったが、昼めし後の休息時間が過ぎていたため藤太郎夫婦も子供たちもいず、年取った伯母が、一人で囲炉裏にかがんで手拭かぶりで八升鍋の馬のものを煮ていた。

「はあ、波屋《なみや》のか……」と伯母は安吉を見て言った。彼女の枯木のような調子は、安吉の子供時分以来寸分かわらぬ善意にみちていた。

「まあ、ちっとあがって……」

藤太郎が気違いのような綺麗好きで、広い土間には藁すべ一すじ落ちていず、広い「おえ」にはそりかえるような筵《むしろ》が敷きつめられ、紅殻《ベンガラ》塗りの中柱、隅柱、「どうだす」はもちろん、上りがまちから囲炉裏がまちまでてかてかしているなかで、伯母が鍋をかきまわしながらぼつぼつとこぼす言葉は煙のような趣があった。

伯母も最初は並みのことをいった。

「大学なんてとこまで行って何を習うんやらさ。おとっつぁんものオ、息子を学校へばっかりやってどうするつもりじゃろかいして……そうじゃけれど、あんさん、兵馬《ひょうま》さんみたよに死んでしもうてやあかんざ。水が変ると脚気が出るっちうさかいのオ……」

そして彼女はつけ加えた、「なんせ、仏法《ぶっぽう》を粗末にしてはあかん。」

安吉は、伯母から東京の息子へことづかった肥えた蕗《ふき》の束をかかえて帰ってくると、父が「さんまい」へ行っているという母の言葉で自分も「さんまい」へ行った。

「どうじゃった。藤太郎はいたか。」

「いえ、留守でした。おばばだけ……」

「何かしてなったか。」

「馬のものを煮ていました。」

「何か東京へことづけでもあったか。」

「蕗をとどけてくれって……」

「蕗か……」といって父は鎌を振りつづけた。

安吉が知ってからここへ葬られた肉親は三人あった。最初が祖母、次ぎが兄の兵馬、その次ぎが祖父だった。このうち祖母と祖父とが土葬で、ウラジオで火葬にされた兵馬だけが骨《こつ》で埋《い》けてあった。もともとこのへんは火葬がしきたりだった。焼場を中心に家々の墓の並んだ「さんまい」が部落ごとにあり、祖父や祖母たちもそこで焼かれてよかったが、自分の家だけの「さんまい」があるので、今までのところはここを使っていた。

　むかし太閤が天下を取ったあとで全国を検地したことがあった。検地はここへもまわってきた。仕事のすんだあとで安吉たちの先祖が太閤に茶を飲ませたところ、太閤が、いろいろ世話になったお礼にほしいものをやろうと言いだし、先祖は、何もほしいものはありませんが死んでから埋けるところをいただきたいといった。太閤は「いとやすいこっちゃ。」と言ってここをくれた。それでここは「太閤ざんまい」ともいわれた。安吉たちの先祖は欲なしで駄目だったが、一里ほど離れた谷山の津川という家の主人は、太閤から同じことをいわれてびっくりして山からころげ落ちた。彼が下まで落ちてそこで止ると、「おまえ、そこまでほしいかいや。」といって太閤はその斜面全部をくれた。

　こういう話を安吉たちは子供の時から聞いていたが、検地事業はとにかく、太閤が直接来たという話は子供心にも信じられなかった。ただ彼は、二、三年まえ何かのついでに歴史をしらべた際、検地事業が実際にあったことを知り、この話をよく聞かせた祖父が、それにつけ加えて話した小さい挿話の意味をいくらか理解できたと思った。それは、太閤が死ぬとき、「いま死んでもちっとも残りおしくはないが、ただ、朝鮮征伐と縄入れだけはやらねばよかった。」――こういって太閤が泣いたというのがその挿話の全体だった。祖父はこれを話しながら自分でも泣いた。そのわけは子供の安吉にてんでわからなかったが、縄入れの結果耕地面積が登記面で拡大し、そのため年貢《ねんぐ》が激増したのだったろう、太閤が泣いたという話は、百姓が泣いたということの逆さ話だったのではないかと安吉は考えたのであった。

とにかくここは安吉の一家だけの「さんまい」だった。また明治維新までは個人所有のまま免税地であった。ただここは、人家にあまり近いため死骸を焼くことは禁じられていた。

「ここがおばばじゃったかな。」

「いえ、こっちです。それは兵馬兄のですよ。」といって安吉は目じるしの石を指した。

「おばばの時はまったく難儀したね。なんせ、棺が浮くんじゃからどもならん……しかしおとっつぁんは、養子に来たもんじゃから、なんじゃ、村のさんまいで焼いてもらおうと思う……」

安吉ははっとしたが返辞ができなかった。ひとりごとのようなこの言葉ははじめて父の口から出たものだった。大兵《たいひょう》の父は、晩めしのあとの一ぱい機嫌の時などに冗談のようにしていうことがあった。

「おとっつぁんらは欲も得《とく》もない。しかしおまえらよくおぼえててくれよ。おとっつぁんが死んだらね、あの棺桶だけは駄目じゃよ。おとっつぁんはからだが大きいから、とてもあんな中へやはいりきらん。寝棺にするんじゃね。死んだ死骸じゃからわからんにはきまってるが、桶だけはまっぴらじゃ。それから湯灌もいらん。おとっつぁんら精神がきれいじゃからね。そのかわり酒を一升かけてくれ。」

「ほうじゃかっておとっつぁん、酒なら桶じゃかってはいるがいの。」

「それじゃからあかん。酒がほしいんじゃないがい。桶は狭くて駄目じゃから、らくな寝棺にしてくれというんじゃがいの。」

「おいのれ。九尺《くしゃく》もある寝棺に入れてあげるわの。」

父、母、妹たちのそういうやりとりを聞いたことは安吉にも幾度かあったが、火葬についての提議はかつて出されたことがなかった。父が死んだ場合葬式をつかさどるものは安吉でなければならず、今の提議などは――提議の形をとっていぬにしろ――胸のなかだけでもおぼえていねばならぬものだった。

　安吉の知るかぎり、父はすべてに遠慮ぶかくすべてに義理堅かった。それは律儀《りちぎ》といっていいほどに彼には思えた。あるとき彼が「さんまい」に松を二本ほど入れようと提議した時、父はまわりのよその田んぼが陰になるからといって反対した。養子に来たものだから、村の「さんまい」で火葬になろう。――これもやはり律義の問題だろうか。「太閤ざんまい」へ土葬になることで片口家の人となる以上に、村の「さんまい」へ火葬になることで波屋部落の一員となろうというのだろうか。安吉としてそれ以上をきくことはここではできなかった。

ここには一抱え半ほどの杉が一本のほか、榎《えのき》、松、馬酔木《あしび》などが五、六本あり、彼らは墓の苔を落したあと、いつものように杉葉や枯枝を幾束かのたきつけにしてそれをさげて畔《あぜ》みちづたいに帰った。

駅の手荷物へ蕗の束を一時あずけにした安吉はそのまま駅前から兵営行きの電車に乗った。そうして、兵営前の餅屋で大福の袋を買って、歩哨に頭を下げてなかへはいってみたが浦井は留守だった。面会所の前には兵隊と家族とが立って群《む》れていた。彼らは、顔を見合っているだけで何時間でももちそうな様子で話したり眺めたりしあっていた。建物のなかの粗末なテーブルのまわりの光景も相変らぬものとして想像できた。このまえ浦井を訪ねたとき、彼ら自身もそのテーブルを挟んで大福を食いながら長々としゃべったのであった。彼らの隣りでは、一人の兵隊が父らしい男と妹らしい娘との三人でうれしそうに話しつづけていた。兵隊はしきりに餅菓子を食った。父の言葉にいちいち答えられぬほどの調子で彼は食いつづけ、父と妹とは、そのためいっそううれしくてならぬというようにしきりに食っている口もとを見つめていた。そのとき浦井は、馬を洗ったあとで自分のものを洗っていると月が出てきたという彼の最近の話をした。

「今ではそうでもなかろう。」

こんなに考えて門を出た安吉は、急行までの時間をどう使おうかにちょっと迷った。出がけに父といっしょに飲んでいたから格別酒が飲みたいとも思わなかった。ただ高等学校の近くへ出ることが彼にはいやだった。最近の下宿のへんも、金之助の下宿の主人にでも逢いそうでやはり気が進まなかった。大福をつまんでは食い食いして停留場まで来た安吉は、無駄なことをする快感につられて二度目にいた寺の方へ行く電車に乗った。

　電車を降りた彼は、いつかいっしょに絵をかきに行った肥っちょの少年のいた――彼は今年卒業したはずだった。――高等小学校の横を曲り、松山内蔵太の保証人の豆腐屋に出くわした道をまっすぐに行き、内蔵太のいた洋服屋の前へ出てちょっと離れたところから店を覗いてみた。ひげの濃い主人は見えなかったが美しい細君が一心にミシンを踏んでいた。この細君は自分で自分の美しいことを全然知らぬような人だったから、それだけに、言葉をかけるのはいいがあとがつづかぬ気がして安吉は黙って通りすぎた。そしてそのままっすぐに目的のお寺へ行った。

　寺の門をはいった安吉は庫裡《くり》の玄関をあけて「ごめんなさい。」といった。

「はい。」といって出てきたのはいちばん上のおばあさんだった。

「片口ですが……」

　しかしおばあさんには全然わからないので、安吉が何とか説明しようとしているところへ中のばあさんと娘とが出てきた。

「まあ、ようおいであそばいた。さ、おあがりあそばいて……おばあばあ、片口さんやがいね、片口さん。」

「はあ？」

もとから耳の遠かったおばあさんは今ではほとんど聾になっているらしかった。

そのとき安吉は、炉の向う側に赤ん坊をおぶった女が坐っているのに気づいた。彼女はまるで口をきかずにいたが、安吉には、その美しい顔に見覚えがあるような気がし、てんで見当ちがいのようにも思われておちつかなかった。あれこれと挨拶をしたあとで、安吉は、もし誰も使っていないのなら二階をちょっと見せてほしいと申し出た。

「さあ、どうぞどうぞ。きれいにかたづいていますさかい……」

安吉は横腹が引出しになっている階段を踏んで二階へあがった。そこは、畳の色以外は何ひとつ変っていぬ様子でがらんとしていた。秋に返《かえ》り花《ばな》を咲かしたことのある桜が、ちょうどまっ盛りに咲いているのが北側の窓ガラス越しに見えた。ここで彼は、監獄をかきに行ったあとでほうりだしていた絵の具箱をもう一度取り出して、その後金之助などに笑われた「花をかついだ自画像」をかいたのだった。雨の降る日には、隣りの桃ばたけへ雨が降るのを見ながら、

雨は愛のやうなものだ
それがひもすがら降り注いでゐた

人はこの雨を悲しさうに
すこしばかりの青もの畑を
次第に濡らしてゆくのを眺めてゐた
雨はいつもありのままの姿と
あれらの寂しい降りやうを
そのまま人の心にうつしてゐた
人々の優秀なたましひ等は
悲しさうに少しつかれて
いつまでも永い間うち沈んでゐた
永い間雨をしみじみと眺めてゐた

という詩を音読したのだった。ある時には次ぎのような詩をも彼は勝手に音読した。

わたしは何を得ることであらう
わたしは必ず愛を得るであらう
その白いむねをつかんで
わたしは永い間語るであらう

どんなに永い間寂しかつたといふことを
しずかに物語り感動するであらう

頼子との間に手紙の行きちがいが生じたのもこの部屋でだった。そして二度目の落第をし、さっきの中のばあさんに、「ないことではないんですさかい、あんまり気落ちあそばさんでいね……」といってわざわざ慰めにあがってこられたのもこの二階でのことだった。

二階へあがってからまだ五分とはたっていぬにちがいなかったが、しかしまた安吉は、早く降りなければ降りる機会がなくなる気がしてもう一度とんとんと下へ降りた。

三人の寺の女たちは茶をいれかえいれかえして安吉をなつかしがった。住職は留守だった。さっきの見知らぬ女は帰っていた。ここにいたことのある柴田の話なども四人のあいだに出た。

その話からすると、柴田は手紙などちょくちょくよこすらしかった。柴田は安吉よりも一年早く卒業していたが、まるで安吉を忘れているいちばん上のおばあさんまでが柴田のことをよくおぼえていた。早く卒業した柴田は手紙をよこし、あとまだ一年いた安吉は一度もここを訪ねていなかった。安吉は自分のことを普通だと思ってい、寺の人たちも彼をそう見ていると信じていたが、ほんとうをいえば普通でないのかもしれぬという気がしてくるのを安吉は感じた。

「さっき女の人がいらしったでしょう？」

安吉が腰を上げそうにしたとき、突然娘が彼女だけの金沢弁でない言葉でいった。

「片口さん知っていらっしゃいますか。」

「いいえ、知りません。」と安吉は答えた。

「あの方は知っていらっしゃるそうですよ。」

「はあ？……」

「竪町《たてまち》の乾物《かんぶつ》屋さんの……」

「あ、そうそう……」

さりげなく答えたものの安吉は驚いていた。彼女は、安吉と同じ姓の片口英男の、彼を二階から駆け降りさせた京都の娘の次ぎの恋人だった。彼女について、英男は安吉に三度か四度話したことがあったが、挙句に彼は乾物屋の二階へ引っ越して行った。当時安吉は英男の態度を本人自身に非難したりした。そのころの彼女はおよそこの町に似合わぬけばけばしい化粧などをしていた。英男とのあいだのことも相対《あいたい》ずくの質《たち》のわるい火遊びとしか安吉には思えなかった。なんという変りようだろう。お寺の娘があれを知っているのかどうかわからなかったが、どっちにしろ、あんなによさそうなお母さんになっている以上は、いわば英男を非難した安吉自身さえ許されたようではないかという感じが安吉をとらえた。

夕方の上野行き急行はかなりこみ合っていた。安吉は大きな蕗の束をもてあましていろいろと工夫しなければならなかった。しまいに彼は、しばった根のほうを奥に網棚へ直角に入れ、両わきのかばんや上へのせられるものを防ぐためにありったけの持ちものをまわりへ詰めこんだ。

お寺を出たあと、晩めしに一ぱい飲んだせいか本の類《るい》を読む気はしなかった。うつらうつらとしながら彼は東京の空を考えた、「東京、東京、なんぞその名の美しくしてかなしきや……」そういうことを、彼の今はきらいになってしまったある詩人が書いたことがあった。その東京を彼には三度たずねた記憶があった。

第一回は中学を卒業した年の春のことだった。その夏高等学校を受けることにしていた安吉は、東京の学校へ受験に行くクラスメートがあるのを幸い、試験にたいする度胸をつくるためと称して高等商業の試験を受けることにした。まだ生きていた兄が、それもいいが、落ちて出鼻をくじかれるといけないから止してはどうかといったが安吉はきかなかった。そしてまんまと落第したことには異存なかったが、英語に出たある言葉について聞いた言葉は彼を驚かした。それは人に媚《こ》びるという意味の言葉で、東京の中学生は、ラヴレターなぞを書くせいで習わなくても知っているというのであった。今となっては、それがはたしてどんな言葉だったか、どう綴《つづ》ってあったのかも忘れてしまっていた。

　第二回は高等学校二年の時だった。浦井の兄が東京に家を持っていて、夏のあいだそこに浦井がいるのを知っていた安吉が、北海道の旅行の途中訪問がてら立ち寄ったのであった。上野駅へ降りた安吉は、芝白金《しろがね》三光町という町へ行くために俥《くるま》に乗った。俥は夜ふけの町をずいぶんながく走った。そしてとうとう目的の町まで来たが、浦井の家はみつからなかった。あちこちできき歩いた俥屋は、だんだん番地の圏《けん》をせばめて行ったにもかかわらず——安吉はそのやり方に感心した。——家がすこしも見つからぬことにだんだん業《ごう》を煮やしてきた。気の毒になった安吉はもういいから帰ってくれといった。すると俥屋は、「檀那《だんな》！」といってそれを強く否定した。安吉は、彼の言葉が俥屋の権威を傷つけたらしいことを深く恐縮して、「檀那ありました、ありました。」と彼がいってきた時に心からほっとすることができた。浦井の家は、かたつむりの渦巻の中心のようなところにあって、安吉と俥屋とは、殻のまわりをぐるぐるまわっていたのであった。

　浦井と兄とは、安吉が上野から俥で来たことに驚いていた。安吉が無理にやらされた風呂から帰ってくると、浦井が控え部屋のようなところへひっぱって行って、今夜義姉のお産があったこと、それが死産だったこと、そのため産婦が昂奮して、今のさっき医者が帰ったところだと話した。

「君が来たら一ぱいやろうと思ってたんだがね。そんなわけですまないが……」

「いや。」といって安吉は心から恐縮した。

第三回は二度目の落第直後の選科入学の談判だった。野上教授の家を出て、病院の頼子と東京の高見政二郎《まさじろう》とに電報を打ったあと、安吉はその足で東端《ひがしばた》を訪ね、彼をひきずるようにして高見のところへ出かけて行った。そして高見を案内にして大学の事務室へ行き、無試験で選科に入学させないかといったが事務室ではきかなかった。

「部長に会うか。」と政二郎がいった。

「会おう。」といって彼らは会うことにした。

安吉自身にも無鉄砲に思われたが、部長の田上勘次は簡単に会ってくれた。彼は、今はそれを話すことが安吉当人にも馬鹿らしくなりかけていた安吉たちの話を終りまで聞き、虫のいい要求にあきれたらしくもあったがそれはできないと答えた。

三回が三回とも安吉はただそこへ足を入れたというだけだった。どんな東京がそこにあるのだろう。鶴来金之助はどういう暮しをしているのだろう。貯金局なぞというところで何を彼は毎日やってるのか。

突然安吉は今朝《けさ》の食卓での場面を思い出した。いつものならわしで、父と安吉とは朝顔の盃で酒を飲んだ。父も多少酔い、安吉も酔った。

「からだを大事にせねゃいかんが……」と父がいった、「病気になったら、病院へはいるのがいいじゃろう。」

そのとき安吉はある柔らかなショックを感じたが、いま思い出されてみると、それは方途のない父の柔らかさと懸念とだった。彼は瞼《まぶた》うらに泪の出てくるのを感じて窓ガラスの方を向いた。すっかり夜になったなかを、どこかの町の灯が、何かがそこにあるのか二列になって飛び去りつつあった。春の来るのが遅い地方のせいか、車内の人いきれがすっかり露になって窓ガラスにくっついていた。

「もしもし。」といわれて眼をさました安吉は、ぼんやりした眼で車室がほとんど空《から》になっているのを認めた。人の列の尻尾の部分がドアのところをのろのろと動いている。彼は網棚を見上げて蕗束の安全なのを見て取り、それをおろして抱えると急いで行列のあとを追った。

改札口を出た彼はそこでもう一度切符を買いなおし、さっき通ったにちがいないところをもう一度通って田端の駅に降りた。

「やあ、いらっしゃい。」

まちがいなくそれは従兄《いとこ》の武四郎《たけしろう》だった。武四郎は髪の毛を短くしてきちんと分け、白ぬきの大きな紺前垂をかけてその端を三角に折って帯に挟んでいた。それはまちがいなく、改札口を出ながらまっさきに安吉の眼にはいっていた男だった。この男は、うしろへ籠をつけた自転車によっかかったまま、出てくる安吉の顔をしきりに見つめていた。気のつかぬ安吉は、寝起きの不機嫌も手伝って「こいつ、いやに人の顔を見やがるな。」とぷりぷりして見返したばかりのところだった。彼は苦笑しながらしばらくぶりの挨拶をして蕗の束を出した。

彼らは並んで長いだらだら坂をのぼり、敷石のあるいっそう長いだらだら坂をくだり、何度か右左へ曲ってから電車みちに出てそこを突っ切った。

「そうそう、こないだ鶴来という人が訪ねてきたっけが……」

「あ、鶴来……いつごろ？」

「四、五日まえでしたかな。なんでも二度ばかり来たようでしたよ。」

「そう……それで何か用事でもあるらしかった？」

「いやア、用事なんかじゃないでしょう。二度目の時なんか、店でコップ酒かなんかひっかけてだいぶ清七《せいしち》のやつをからかって行ったらしいから……あれですがね。」

ぎりぎりと自転車を鳴らして武四郎は「あれ」の方へ連れて行った。そしていっこう酒屋らしくもないその店がやはり武四郎の「丸越」酒屋だった。

「お……」

武四郎は家長らしい声をかけてがりっとサイクル・スタンドを立てた。奥からはたきを持って飛び出してきた清七を見ると、しばらく見ぬうちにすっかり頑丈な青年になっていたが、いまだによだれくりらしく口の隅が変に白っぽく濡れていた。

酒樽、酒徳利、酒びんのほかにいろんなものがあった。醤油らしいもの、酢らしいもの、味噌らしいもの、罐詰のレッテルのぎらぎらした色どり、マッチ、そんなものが並んだり積んだりしてあるあいだの細い土間を清七はあちこちした。

「お。お茶をいれな。」

帳場わきの三尺四方ぐらいの畳じきの上で三人はお茶を飲んだ。

「東京じゃ酒屋がマッチや罐詰を売るんだろうか。それとも武四郎のとこだけがこうなんだろうか。」

さっきからそういう疑問が湧いていたが安吉はきく気にもなれなかった。

「じゃ、ちょいとひとまわりしてきますからね。お、あとで二階を見してあげな。」

武四郎は清七へいって、茶碗の残りをごくりと含んで立ちあがった。そして自転車のところへ行って板裏の片足でスタンドを蹴上げ、口のなかのものをがアぷうっと利酒《ききざけ》するように土間に吐くなりそのまま上半身を泳がすようにしてそれに乗って行った。

安吉は着物に袴のかっこうでぶらぶらと歩いて行った。この十日ばかりというものすっかりお天気つづきでもあった。

彼は鳥屋の店さきで小鳥を覗いたり、急いでいるらしいきれいな女を見送ったり、電車や自動車をやりすごしたりしてぼんやりと進んで行った。

朝の美しい陽が電車の敷石にさしていたが彼はたのしまなかった。彼はとっくに出しているべき聴講届をいまだに事務室へ出せないでいた。

武四郎のところで寝た最初の日のあくる日、彼はさっそく大学へ出かけてみた。わりに早く眼がさめた上に朝めしが早かったので時間は十分にあった。彼は道のりを聞いてから街見物かたがたゆっくりと歩いて行った。

大学の構内では建築の仕事が始まっていた。高見政二郎といっしょに田上部長に会ったことのあるあの事務室はしかしなかなかみつからなかった。地震でこわれた大学は、工事の工程のうちで作業小屋の位置さえつぎつぎに移動さしているらしかった。

結局彼は向うからやってきた一人の大学生に事務室のありかをきいた。その大学生はきちんと制服を着て襟にＬの字の印をつけていた。

「ちょっとおたずねしますが、文科の事務室はどこでしょうか。」

「事務室ですか？」

そういってふりかえった大学生は、こわれた建築や煉瓦の山にさえぎられたらしく、二、三歩後すさりして安吉に教えてくれた。

文科の事務室は古びた村役場のような建物だった。いろんな掲示がいっぱいに貼り出してあったが、講義がどれだけ始まっているのか学生の姿はあまり見えなかった。

安吉はそこでさしあたり必要ないろいろの手続きをすました。ただ彼は、それを基礎に自分の聴講課目を届け出るべき肝腎の教授課目表がどうにも読めぬのであった。

課目標はボールド二枚の上に貼ってあった。それに縦横の線がはいって、一、二、三学期の区分、月曜から土曜までの週日、午前八時から午後四時までの時刻、教室の番号、教授項目と教授名とがこまかくペンで書き入れてあった。安吉は聴いてみたいと思う項目を探し、それから名だけ知っている教授の名を探した。しかしそれを彼自身の聴講届にまとめることがどうしてもできなかった。そっちでもこっちでも同時刻にぶっつかった。そのうえ一定数以上の項目を聴く必要があり、卒業後学校教師になれるための特別聴講課目などというものもあった。彼はいろいろに考えた挙句、時間から先に決めようとしてみたがそれも成功しなかった。時間だけは独立にうまく並んだが、あまりにもそれらの課目に魅力が感じられないのだった。

「急ぐにはあたらぬさ。」

そう思ってその日はそのまま帰ってきてしまった。

しかしそれからあと、格別の仕事がないまま彼は毎日のように大学へ行ってみた。しかし少しも事情はよくならなかった。彼は高見にきいてみようと思って政二郎の下宿屋へ出かけてみた。しかし政二郎は、休みに帰ったままだ東京へ帰ってきていなかった。彼はいっしょに卒業していっしょに文科へはいった舟木を探してみたがそれも見つからなかった。ごった返している構内を、だれかを探して歩くことの無駄は安吉にもわかりきっていた。舟木は舟橋町に住んでいるはずだったが、どうせ教室で顔を合わせると思って舟橋のほうの住所は聞いていないのだった。

彼は金之助をひっぱり出してやろうかとさえ考えついた。

「あいつは貯金局なんてとこへ出てるんだから、ああいう表なんか見るのは上手だろう。」

しかし金之助と話している時にはすっかり表のことを忘れていた。そして二、三度それがかさなったあとは、あまりに馬鹿げていて金之助にたいしても申し出ることができなかった。

こうして三週間ちかくなってもまだ届けは片がつかなかった。彼は、エヤ・ハンマーがばんばん響いている構内をぶらついて建物や学生を見まわした。そうしているうちに、そういう彼は大学生などではないように思えてくることさえちょいちょいあるようになった。仕方なく彼は本郷通りの古本屋を片っぱしから見てあるいた。そして腹がへるとそば屋へはいって、こうして本郷三丁目から駒込橋までのそば屋をあらかた一度ずつ食ってしまっていた。

東京の街そのものも彼を快活にしなかった。安吉の二階からは、あたりの家々が割りによく見はらせたが、それらの家々はどれもこれも箱のような恰好をしていた。壁というものがほとんど人間の住宅に使われていなかった。屋根瓦もきたなかった。ほこりのためかどうかはわからなかったが、おそらく焼き方がちがうらしく、瓦特有の沈んだ紺いろを浮かべているものなぞは、見えるかぎりの屋根の波のなかに一枚も見だせなかった。

彼は活動小屋や寄席《よせ》へはいる気もしなかった。高等商業の試験を受けにきた時のことを思い出して彼は神田へ出かけてみた。彼はめぼしい古本屋を片っぱしから覗いてみたが、ここではなかなか立派な本が揃っていてかえってすっかり疲れてしまった。

三年ぐらい前の安吉には、東京というところはいつも絵の展覧会や美しい講演会などに結びついて考えられていた。それほどでなくなった今でも、街のポスターなどで何かの講演会のあるのを読んだりすると彼の心は動くものがあった。しかしそれにしても彼は出かける気がしなかった。

ある日彼は、文科の事務室の方から医学部の方へ行く道を歩いて行った。そのとき、うしろから駆けぬけるようにして行った二人連れの大学生が、女学生みたようにきゃっきゃっ言ってしゃべって行った名まえが安吉の耳にとまった。それはそのころ名高くなっていたある双生児《ふたご》の女の運動選手の名まえだった。

安吉の心は動いた。彼は二人連れの大学生のあとを追って桜並木の横の運動場へはじめてはいって行った。

さっぱりした金網の仕切りの外でしきりに大学生たちが騒いでいた。見物のなかには町の人も多少まじっているらしかった。

名高い双生児の娘は安吉にもすぐ見つかった。彼女らは顔つきもからだの大きさもほんとうに双生児というにふさわしかった。彼女らは美しくもあった。彼女らのほかにも十人ばかりの娘たちが見えた。彼女らは白い運動着を着て、短く切った髪を細い鉢巻のようなものでで留め、両腕を後上《うしろうえ》へ、両股《りょうもも》を前上へ振りあげるような恰好でぴょんぴょん跳ねていた。そしてそれは足ならしだったらしく、上着を脱いだ大学生が何か合図をすると、散らばっていた娘たちが全部石灰線のところに集まり、その大学生がぱんと掌《て》を打ったのを合図にけだもののような勢いで走り出した。

　ほんとうにそれは美しかった。彼女らの皮膚は栄養と鍛錬とに輝いていた。それは、痩せて薄汚い安吉から見てほとんど尊敬すべきものでさえあった。そして結局それは安吉を憂鬱にした。

わたしの心はかなしいのに
ひろい運動場《うんどうば》には白い線がひかれ
あかるい娘たちがとびはねている
わたしの心はかなしいのに
娘たちはみなふっくらと肥えていて
手あしの色は
白くあるいはあわあわしい栗いろをしている
そのきゃしゃな踵《かかと》なぞは
ちょうど鹿のようだ

彼は家へ帰ってそういう詩を書いてみたが慰まなかった。

こうして今日も彼はぶらぶらと大学の方へ歩いて行った。彼は追分の方へ近づきつつあった。

突然彼は立ちどまってきょろきょろと見まわした。彼は鼻の孔をひろげて、鼻のまわりの空気を、むしろそのなかのある匂いを、痩せた両肩を首根っこへ引き上げるようにしてきゅうっと吸い上げた。その一瞬で、彼はそれが薤《らっきょう》の匂いであることを認めた。するとまた別の匂いが流れてきた。それをも彼は吸い上げた。たしかにそれは辛菜《からな》の匂いだった。彼は見まわした。彼はすぐ左手のところに野菜市場をみつけた。キャベツや白菜を山のように積み上げた馬力《ばりき》がそこから出て行くのが見えた。白菜の肌の緑いろと白とが美しく朝日に光っていた。大きな竹かごの積まれたうしろには真紅《まっか》な生薑《しょうが》の山の濡れたのが見られた。それらの匂いと味の記憶とは、今の安吉にとって全身的につうんとくるものだった。舌ばかりでなく彼の精神が唾をたらすようだった。彼は玉ねぎを切った時か何かのようにうっすらと泪ぐんできた。

あれ以来安吉はうつうつとしてくすぶっていた。あれ——東京へ出てきて以来二た月の余にもなっていたが、どうにも彼はせっせと教室へ出る気がしなかった。このくすぶった気持ちは、彼としてどこへ故障の持って行きようもないものであった。もともと彼は、心の奥には作家としての運命を自分の上に置いていた。しかしだからといって、今の今そういう仕事が自分の全部を領してしまわねばならぬということは、一種の未練に似た気持ちからも一気には受け入れることができなかった。では何にたいする未練なのか。そのことがまだ安吉自身にもはっきりしなかった。

　しかし詮索してみれば、そのなかにはたしかに作家というものにたいする一脈の疑惑といえるものがあった。いったい作家とは何なのか、彼らはどういう生活の仕方をしているのだろうか。

　彼は田舎の町にいて、東京にいる作家たちのあらゆる種類の作品を読んでいた。毎月の雑誌に出る小説の類《るい》、それらの本になったものはもちろん、随筆とか小品とかいわれる雑多な雑文をも彼は文学少年らしい熱心さで読んでいた。それらの雑文のなかには、彼らの日常生活を伝える日記類から噂ばなしまでがはいっていたが、それらによれば、彼らは朝は牛乳とパンとで軽い朝めしをすまし、それから机に向って昼すぎまでものを書き、午後は町へ散歩に出たり友人を訪問したりというふうであった。またたとえば、彼らのとっている新聞は『読売』と『朝日』とであり、彼らはそれを、まず第一面の政治欄から読み始め、次ぎに三面の社会欄を、最後に文藝欄をという順序で読み、そうして、自分の作品にたいする批評などはなるべく読まぬようにも心がけているふうであった。人によって多くの相違があり、なかには全く文士らしくない暮し方をしているものもあるらしかったが、おしなべて作家というものは、彼らの日常生活を文字にして印刷してみればひとしなみにそういうものらしかった。そしてそれらの日記などの模様によれば、彼らは、彼らの朝めしの中身が世の中に知らされることまでもを享楽しているらしく、そのことが安吉に、ときには無邪気で清潔に、ときには馬鹿馬鹿しくまた思いあがった態度に受け取れるのであった。

安吉の文学少年らしい眼から見て日本の文壇自身一つの転換期に来ているらしくもあった。いままでの文学の主流に対して、新しい感覚ということを振りかざす若い作家のグループが現われ、またプロレタリアートというものを何らかの意味で文学の基礎としようとするグループが現われていた。これらのグループや流れのあいだには、活溌な言葉の投合いがさかんにつづけられていたが、この言葉の投合いということ自身、それから投げ合わされる言葉そのものも、すべて大地震を境として、新しく生まれ、また新しい性質を持ってきたように安吉には見えた。安吉の知るかぎりでの昔の日本文壇はそうではなかった。それは、その当時安吉が直接生きてそれを経験しなかったせいでもあったが、このように議論が活溌でもなく、議論の仕方がこのように下司《げす》ばってもいなかったと安吉には思われた。同時に彼には、誰も彼もが議論や揚足取りに加わり、時にはわざとえげつないやり方で相手をやりこめることなども——彼はあるとき、ある作家が他の作家について、後者が人並みはずれて大きな男根を持っていることを、少しもユーモアのない、本人が読めば――しかし筆者は本人の読むことを主として目やすに置いていた。――まったく腐るほかはないような調子で書いているのを読んだことがあった。――草も木もむしり取ってしまって、そこへ音をたてて大八車を押して行くような痛快さで非難なく受け入れられてもいた。しかも結局、それらすべてを合わせてみても作家生活というものは彼にはよくわからなかった。

　ある日安吉が、吉田節俊《せつしゅん》にもらった紹介状をもって藤堂高雄を訪ねた経験も何かを新しく教えはしなかった。藤堂は、安吉が長いあいだ愛してきた作家の一人で、南方生まれのこの作家は、小説家というよりも詩人というほうが似つかわしく、つぎつぎに妻に別れたあと、今は学校教師をしている弟のところに居候しているのであった。「妻を二人も三人も取りかえたといって、自分を非難するものもあるが、二人三人と取りかえて、結局一人の妻にもめぐり会えなかった人間がわがままものといえるだろうか。」――そういうことをこの作家は言ったことがあったが、すべて物事をそういうふうに処理してゆくのが彼の癖で、その一風かわった風格が、直接本人に会ったことのない安吉には好もしく思われていた。普通の常識が東からばかり考えている時、この作家の常識は、それはやはり常識ではあったが、北から考えることで突然話に窓をあけるというふうであった。謙虚であるよりも傲慢であれ。――そういうことも、安吉が独断でこの作家から学んだと思っているものであった。藤堂は吉田と同様、プロレタリア派にはもちろん若い作家のグループにも属せず、大ざっぱにいって元々からの主流の中堅どころに位置する一人であった。

安吉は信濃町で電車を降りて見当をつけて歩いて行った。信濃町で降りることがはじめての彼は、東京で人を訪ねるということもはじめて、その訪ねる人が流行の作家であるということもはじめてであった。

道がわからなくなったところで彼はラムネを一本飲んで番地をたずねた。藤堂の家《うち》はすぐそこの横町の袋小路にあった。

玄関へ出てきた女の人に彼は多少うろたえ気味で紹介状を渡した。

彼は、こういう作家を訪ねた場合何というのが適当なのかよくは知らなかった。藤堂という男が、そういうことにかまわぬ人間だと知っていることで彼はわずかに勇気づけられていた。

彼は二階へ案内された。二階へあがるここの階段がやはり例の東京風であった。大都会のせいで、空間を倹約するためのものということは安吉にもわかっていたが、三尺幅の木の階段が、低い二階へあがるまでのあいだで一度も二度もまがり、そこに踊り場のような狭い板の間をつくっていることは、田舎育ちの彼にはどうにもせせこましく感じられて仕方のないものであった。彼の郷里では、百姓で二階家を持っているものの家が少ないとはいえ、すべて階段というものは、土座《どざ》または「おえ」から、ななめ一文字に天井へ向って走っているものであった。

二階へあがりきった安吉は途端に当惑を感じねばならなかった。畳敷きの八畳の向う側に縁側があり、そこにデッキチェーアに腰かけた洋服の青年がいたが、彼は長いズボンの両あしをすっかり椅子に上げて、にちゃにちゃ何か噛んでいるまま安吉の方へふりかえることもしなかった。安吉はその青年にひとりで会釈をして床の間わきの押入の前へ坐った。するとそこへ黒い洋服を着た青年がもう一人はいってきた。彼は安吉を見つけると軽い会釈をしたが、ずかずかと部屋のまんなかへはいって行きながら、顔は見ずに縁側の青年に「どうだい？」と声をかけ、そのままそこへ腹這いになって西洋の絵入り雑誌のようなものを読みはじめた。そしてしばらくして藤堂高雄がはいってきた。

「ふう……」

一種の笛のような声でそんなことをいって、藤堂は部屋のまんなかへしゃがむとも胡坐《あぐら》ともつかぬ恰好で坐り、持っていた吉田の紹介状を、中身を出してざっと読むなりそのまま封筒を重ねて畳の上へほうり出した。

「無礼なやつ……」と思いながら「はじめて……」と安吉はお辞儀をした。

「ふう……」と藤堂はふたたび笛を吹くような声でいった。

「僕は今年こっちの大学へ来たんですが……」

安吉は、紹介状に書いてあることではあったが、相手がよくも聞いていなさそうに思えるのに我慢しながら一通りの挨拶を述べた。

「吉田節俊は何をしていますか。」

「さあ……」といって安吉は返答ができなかった。

　吉田節俊が作家である以上彼は書いているのにちがいなかった。しかし何をしていると問われてこれこれのことをしていると答えられるようなことは別に安吉は知らなかった。

「おい……」といって藤堂は縁側の青年へ顎をしゃくった、「菓子ないかい。」

「ないよ。」といって青年は椅子ごとこっちへ向き直った。

「買ってこい。」

「う……」といって椅子の青年は立って下へおりて行った。

　安吉は少しずつ居づらく感じてきた。彼らの前にはだれの前にもお茶も出ていなかった。藤堂は文字どおり無愛想な顔をしつづけていた。安吉を迷惑がってのことでないことは安吉として信じることができたが、こういう無愛想な人間にたいして、微笑しながらでなければ人とものいえない自分がいつまでも向きあっていることは誇りを傷つけられることであった。藤堂は腹這っている青年へも一、二度目を向けたが言葉はかけなかった。

　安吉は縁側越しに見える裏の家の物干台を見たり、床の間のあかい牡丹の絵を見たりして時間の経過するのににじれじれしていた。そこへさっきの人間が帰ってきた。

「む……」

一枚さきに取り出してくわえたため、青年はそういう声を出して袋を藤堂に渡した。

「君は詩を書くんですか。」

「ええ。」と安吉は答えた。

「このカルケット、うまいな。どこで買ったんだい。」

「さいと屋さ。」

「カルケットはね。パンの売れ残りがあるだろう。あれを切って、砂糖をつけてこさえるんだよ。」

「知ってるよ、そんなこと。」

腹這っているほうの青年が腹這ったままずるずる廻転してきてカルケットの方へ手を出して、そしてそこで会話が切れたままになって安吉は何度目かに腰を上げようとした。しかし今となっては、腰を上げる途端にゆらりとひろがるにちがいないよれよれのセルの袴さえ、このハイカラなような自堕落のような三人の姿にくらべてひどく野暮ったいものに思われてきた。仕方なく彼は、もう一度牡丹の絵を見たり物干台の向うの曇り空を眺めたりした。

しばらくちぐはぐな沈黙がつづいて、今度こそ思いきろうとした時に藤堂がいっそう無愛想な調子で安吉にいった。

「君は作家になるんですか。」

「ええ。」といった安吉は注釈を加えずにはいられなかった。「しかし作家にならなくてもいいんです。なろうとは思っているんですが……」

そしてもう一度そこで話が切れ、今度は思いきって腰を上げて安吉は外へ出た。彼は停車場の方へちび下駄をべたりべたり引きずってあるきながら、いま見てきた二階の様子を思い出してみたが何一つ納得のゆくものはなかった。兄である高雄は、弟の家にいてどういう暮しをしているのだろうか。二階の部屋には一冊の本も置いてはなかったが、広くもなさそうなあの家のどこの部屋に彼は住んでいるのだろうか。あれらの二人の青年は彼の愛読者である東京風文学青年というものだろうか。彼らのノンシャランな態度は、どこまでがほんとうに高等なものだろうか。いったい彼および彼らが、儀礼にかまわぬということは非常にいい。しかしあのかまわなさは、藤堂のいわゆる「いい家《うち》のぼんち」のかまわなさではないか。おれは彼の藝術を愛してきたし愛している。そうして彼と自分とのあいだに根本的に共通するものを感じてもきた。しかしそれは、ただ印刷されたものを通してそうと思いこんできたものではないのか。人生にたいする実際の態度において、彼の行き方とおれの行き方とでは、どこかで根本的にちがっているものがあるかもしれぬ……

信濃町の駅へ着いて安吉はそこでしばらくばかりまごついた。駅の全体が、さっき降りた時の位置にたいしてぐるりと百八十度廻転し、どうしても反対の方向に帰りたくてならぬのを彼は頭でおさえつけて無理に図示してある方向の電車に乗った。

それにしても彼は今日の経験を誰かに話さねばならなかった。そしてその相手はさしあたり金之助でなければならなかった。もう夕方にちかくになっていて、金之助自身もくたくたになって役所から帰り、たとえば安吉がそんなような話を持って行くのを腹のへったようにして待っているにちがいないと思われた。彼は駒込の駅で降り、晩めしは金之助といっしょに食うつもりで、「丸越」のわきをすりぬけるように通りぬけて金之助の下宿へ行った。金之助はいた。

「よう……」

まっ裸になってからだを拭いていた金之助は、そういって井戸の上の眼鏡《めがね》をとってかけた。

「あついなあ……」

「うん。出ないか。」

「出てもいい。」といって金之助は痩せた腕くびのところをきゅっきゅっと力を入れてこすった、「けさ寝坊したもんだからここをよく洗わなかったんだよ。まだ洋服が出してないからね。着物でつかまってると——電車の吊革さ。——袖がずってきて出るんだよ。手はきれいだけどもね、手くびのくろいのは貧乏くさくっていやなんだ。だからおれゃ、毎朝石鹸をべたべた塗りたくって洗うんだ。」

「ほッほッ……」とかけ声かけて拭きあげてから、ポンプの把手《とって》にかけてあった着物をばたばたっと振って金之助は着た。

「しかし金あるかね。」

「少しはある。」といって安吉はつけ加えた、「少しつくろうか。」

「うん。」

「きょう、おれね……」いつのまにか電燈のついた通りへ歩き出してから安吉がいった、

「藤堂高雄のとこへ行ってきたんだよ。」

「いたかね。」

「いた。」

「どんなやつだね。」

「どんなって、写真やなんかのとおりだよ。」

「ふうん。」というと金之助は鼻を鳴らすようにした。

「おもしろかったかね。」

「おもしろくなかった。別に話もないしね……」

　安吉はだいたいの模様を話したが、金之助もそれだけで納得できたふうでなく、「ふうん……」と癖の鼻を鳴らしてその話は中途半端のままになった。

「じゃ、ちょっと……」

「丸越」の前まで来ると、安吉は金之助にそう言いおいてなかへはいった。そしてそこに

いた清七に「ただいま。」というなりとんとんと二階へあがり、鳥打帽と袴とをぬいでいっしょくたにして蹴やると机の横から真新しい本を取り出した。それからまたとんとんと二階をおりて、もう一度清七に、「ちょっと出てきます。晩めしは食わない。」といって、「じゃ行こう。」と金之助へつれだった。

「何だね、それ。」

「リップスの『美学』だ。」

「リップスの『美学』って教科書かね。まだ真新しいんじゃないか。」

「うん。」といって、安吉は説明した、「こないだ買ったんだけどもね。神谷さんてのいるだろう？　あの人なかなかおっとりしてていいんだが、なにしろむずかしいんだよ。」

　神谷教授の美学は、このまえ舟木に教わってむしろいそいそとして安吉の選んだ課目の一つだったが、その大きな本を三ページも読んで行って、教室で学生と教授とを前にして説明したり質問に答えたりしなければならぬため、安吉は二度出たばかりで閉口してしまっていた。教室へ出る学生の数が七、八人しかなく、ほとんど毎週のようにまわってくるその当番は、こういう厄介なドイツ語を読んだことのない安吉に手も足も出ぬ荷物になっていた。

「とにかく郁文堂まで行こう。」

「すまぬな……」

そういった金之助が、そのとき「おいっ。」とつぶしたような声でいって安吉の袖を引いて立ちどまった。安吉もぎょっとして金之助の見つめているところをのぞいた。

そこは電車みちへ出るための横丁の一つで、道に沿うて溝川が流れてい、人通りが少ないために街燈も小さく、わりに幅のある溝川のためいっそう通り全体が暗くなっていた。その道路の溝沿い側のところに、ほとんど人間ほどもある黒いものがごそごそとうごいているのが見えた。

「何だ、あれゃ。」という顔をして二人は近づいた。おぼろおぼろしたなかですぐそばまできて二人は安心した。それは人間で、道ばたにつくりつけた箱庭風の祠《ほこら》の前で、すっかりしゃがみこんだ五十ぐらいの女が、何かぶつぶついってしきりに祈っているのであった。女は二人が横を通る時も一心にぶつぶついっていた。

「いやだね、あんなの。」

「気違いだね。」

安吉はそれを、東京が伝統としての文化を持っていないところからくる一種の野蛮性だといって金之助に主張した。ここでは、祈りは祈りであるよりもいっそう呪詛《じゅそ》であるように見えた。「丸越」のすぐ裏にある不動尊や、動坂へ出るところの何かの祠の前などで、安吉はもう幾度もそういう気違いじみた祈りをする人を見かけていた。それらはどれもこれも狐つきじみた眼つきをして、なりふりかまわぬ態度でもぐもぐと祈っていた。そこには、祈りに伴うゆかしさというものが全然なかった。それらは、江戸からひきつづいた迷信、迷信とまじり合った軽薄な淫蕩とさえ安吉の頭のなかで結びついていた。

　安吉と金之助とはそれから目的の本屋へ行って本を売り、蟇口にあった金といっしょにして酒を飲んで飯を食い、安吉は大学と「丸越」酒屋のこととを話し、金之助は貯金局のことを話し、もう一度昼間の藤堂高雄のことをしゃべってまた二人つれだっておそく帰って行った。しゃべりつかれた二人の頭のなかで、今の作家生活は結局して彼らに心からなじめるものではないように見えた。同時に彼らは、そういう世界へ自分ら自身もはいって行くのだということを決して否定しようとは思わなかった。それは彼らにとって、なんとなく前途明るいものではないという感じで堂々めぐりにくりかえして考えられた。

　一人でなるべく静かにしてふとんを敷きながら、金之助の言った非常にうまい言葉を安吉は思い出していた。

「君、生花《いけばな》の美というものを知ってるかね。あんなものおれ、大きらいだったがね、こないだ陳列を見たんだよ、動坂で。そしたら雪やなぎの鉢が一つあってね。それが実にいいんだ。君、生花の美はね、生花を構成する枝の支配する空間の大いさによって高下がきまるんだよ。どうだ。」

　生花の支配する空間の大きさにたいして、たとえば藤堂高雄はどれだけの空間を支配しているのだろう。彼などは、わりあい大きな空間を支配しているほうかもしれない。それにしてもおれなんかは、作家として空間を支配するということがよくわからない。要するにどうもからりとしない。要するに快活でない。そういうことを酔った頭に考えながら彼はぐずぐずと寝た。

　それからまたしばらくして安吉はもう一度藤堂を訪ねていた。その朝安吉は、非常に早く、まだまっ暗いうちに床のなかで眼がさめた。そしてさめたと気づくと同時に、ある名状しがたい息苦しさを感じていた。それは、からだのはいっているふとんの奥の方から、非常にぬくい空気が流れになって、顎から鼻へかけてしたたかな勢いでぶつかってくる感じであった。彼は、ふとんを持ちあげるようにしてそれをすかした。三、四度ぶさぶさとやっているうちにだいたい温度の平均が恢復した。彼はそのままもう一度眠りこんでしまったが、朝になってほんとうに起きてからも、真夜中にあんなに床のなかが熱くなったということが安吉をへんに悲しませた。彼はなんとなく藤堂に会いたくなってもう一度信濃町の家へ出かけて行った。

　しかし彼は完全にすっぽかされねばならなかった。藤堂の家はあって、彼の弟の名の表札がちゃんと出ていたが、藤堂高雄はここにはいないという文面の貼紙が貼ってあって、しかもその戸はいくら押してみても全然動かぬのであった。

「もしもし……」

　安吉は勇気をふるって隣りの家の玄関をあけてみた。

「はい。」といぅ声がして奥から出てくる足おとがきこえた。

「お隣りの藤堂高雄さんですね、どちらへいらっしゃったか御存じないでしょうか。」

するとその時までしていた足おとがぱたりと停って、おそらく停ったままのところからららしい女の声が無造作に安吉にきこえてきた。

「あのオ、帝国ホテルのほうへ行ってらっしゃるんですが……御用の方はホテルのほうへいらっしゃるようにってことでした。」

「はアそうですか。どうもありがとうござんした。」

安吉はそのまま戸をしめて路地をもどって行ったが気持ちはみじめであった。もう一つ奮発して帝国ホテルまで出かける勇気はとうてい自分のなかに感じられなかった。帝国ホテルがどこにあるかさえも彼はまったく知らなかった。安吉の作家訪問はこれで終り、作家を見ることで何がな慰められたり励まされたりすることはこれきりではっきりおしまいとなったのであった。

教室そのものも彼には興味が持てなかった。彼が文学部を選んだことは、作家になろうとする彼の志望と関係あることではもともとなかったが、それにしても彼は、文学部には文学部らしい雰囲気があり、それは文学にもまつわりつくふうのものであろうと考えていた。しかし彼が、舟木に手を取るようにしてもらって聴講届を出し、届けた分を順々にひととおり聴いてみた結果はあまりにも予想とかけ離れていた。順番最後に彼は倫理を聴いてみた。これがいちばんみじめであった。

建築工事の音のがんがん響けてくるなかで、ドアをあけてはいってきた作田博士をひと目みた瞬間安吉は心からがっかりした。ギリシャ人がほんとうに正しかったとすれば――彼はいつかそういうことを何かの抄訳本で読んでいた。――こういう容貌の人によって講義される倫理というものはありえなかった。にこにこ顔の教授の顔は、「ニコニコ絣《がすり》」や雑誌『ニコニコ』を安吉に連想させた。講義は教授の笑顔以上にひどかった。講義が進むにつれて安吉は眠りに落ちて行った。

何かのはずみで彼ははっとして眼をさました。

「……つまりこれが、乃木さんのいわゆる熟慮断行というやつですね。これ……」といって教授はばらりと扇子を開くところであった。すると安吉に、白地に石版で、乃木大将の見なれた「熟慮断行」の文字が浮き出ているのが見えた。「わたしお祭に買ってきましたが……」

そして教授は、ほとんどぞっとするようなやり方でにっこりと笑った。

安吉は不安になってまわりを見まわしてみた。そしてまだ眠ったままの学生がちらほら見えるのにいくらか安心した。

こうした彼は、酒焼けのした高木博士のドイツ語と、ドイツ人教師のドイツ文学史と、米丸教授の西洋美術史と以外は全然きかぬことに決めてしまった。そしてそれらもまだ一回か二回かずつしか聴いていなかった。ドイツ人教師はしゃべるのを見ているのが楽しかったが、講義をずんずん筆記してゆく能力が彼にはいつのまにかなくなっていた。また美術史のほうは、幻燈入りの説明には引かれるものの、上野の美術学校まで出かけねばならぬために何といっても億劫《おっくう》であった。イギリス文科のほうには女の聴講生というものもいたが、安吉たちのドイツ文科のほうにはそういう女学生も一人もいなかった。

ある日安吉は一人でおそい朝めしを食った。それはその前の夜、久しぶりで歌をつくって夜ふかししたからであった。

朝めしは相変らずうまくなかった。武四郎と清七との兄弟、そこへ二階借りの安吉を合わせて三人、まったく女手なしの所帯でうまく飯の出来る道理はなかったが、しかしそれでも普通の場合はつじつまが合っていた。ただ最近になって、武四郎に嫁をもらおうという話がはじまり、まだ決まったわけではなかったが、なんとなくよそ目にも武四郎のはきはきとした態度が見られ、それが、主として飯つくりの仕事をやらされている弟の清七に気に入らぬらしかった。この清七は、たくさんの兄弟のなかでも比較的頭がわるく、そのうえ末っ子で甘やかされて育ったことがそれに重なり、ごくつまらぬことで武四郎に盾つくことがあった。嫁取りの話が出てからは、それが清七に、兄貴に嫁が来れば自分はいらぬものになるというふうにひびくらしく、何かにつけてそういうぐあいにひがむことが多かった。

「兄貴の野郎、そわそわして出ていきやがった。」

味噌汁を煮なおして持ってきてくれながら、二人きりの気安さからそんなことを彼は安吉にいってみせた。

「ふむ。」といって安吉は飯を食った。

店が酒屋であるため、どうかすると武四郎は朝から酒をつけることがあった。そういう場合、安吉が辞退しても決して武四郎はそれを許さなかった。もともと安吉の家も武四郎の家も、男という男はみな大酒を飲んだ。大阪のうどん屋の次男、台湾の巡査の三男などがまだ軍艦や兵営にい、先代の藤太郎も酒が飲めたころは、たとえば安吉の部落の祭にそれらの男どもが来て、特に何かの休みで次男と三男とがいっしょになる場合、たわいもない話をしながら飲む量はたいしたものであった。そのころは安吉の兄の兵馬も高等学校の生徒で、ようやく一人まえに酒の量を仕上げていた。安吉の家では祖父、父、兄の兵馬、武四郎の家では伯父の藤太郎、家にいる長男、海軍の次男、工兵の三男、これらに若い衆《しゅ》の仲間入りした武四郎、中学生の安吉を入れて、一斗五升の酒に追酒を取ることはしばしばであった。そういう場合使いにやらされるのが安吉と武四郎とであった関係上、今となっても安吉は、武四郎のすすめる酒はなんとなくことわりにくかった。ただ朝の酒だけは安吉には苦しかった。清七が、一人になった独特な気持ちから、銚子《ちょうし》の口のところを親指と人差指とですれすれにつまんで、「どうです？」といって持ってきたのをことわって彼は朝めしを終えた。そして神田へ本を見に行くついでに勤め先の金之助を訪ねようと思い立って清七にきいた。

「富士見町へ行くのはどう行くの？」

「富士見町？　いいとこへ行きますね。九段ですよ。」

「その九段へはどう行くの？」

「九段がわからないんですか。」といって清七は笑いだした。

安吉も、九段へ行ったことはなかったが見当だけはつけられぬこともなかった。しかし彼は、信濃町の場合でもわかったようにつくづく方角のわからぬ人間であった。

「いいとこって藝者町なんだろう？　おれのは鶴来のとこへ行くのさ。」

「へえ、鶴来君は富士見町なんですか。」

金之助のことを鶴来君などという清七に教えられて十一時すぎに安吉は九段上へ着いた。金之助の勤め先はすぐ見つかった。

安吉は、いかにも役所らしい無粋な建物の玄関へ長い敷石を踏んではいって行った。そうして、勝手がわからぬまま受付らしい窓口へ行って「もしもし……」と声をかけた。

「もしもし……鶴来金之助という人に会いたいんですが会えましょうかしら。」

「鶴来金之助さん？　少々お待ちください。」

窓口の老人は丁寧な口をきいてひっこんで行ったが、すぐまた現われて、「鶴来さんすぐですから、そこで少々お待ちください。」と切り口上でいってぴたんと窓口をしめた。

窓口の前をぶらつきながら安吉は金之助から聞いていたことをいろいろと思い出した。二十三ぐらいで口ひげを立てて威張っている男。今からせっせと貯金をして楽しみにしている男。暇さえあれば楊枝で歯をつついて、楊枝の先についてきた黄色い歯糞をふんと一度かいでから丁寧に紙に並べてゆく男。それからある時、火鉢のまわりで雑談をしていた時、あるすまし屋の女の膝へ金之助が冗談をいって腰かけ、しばらくじっとしていると人まえながらその女が脚をもぐもぐさせてきたという話。またある非常に早熟な小娘に、「〇〇ちゃん家《ち》どこ？」ときいたら「観音さまのうしろよ。」と答えたという話……

「お、なんだ片口か。」といってそこへ金之助が出てきて安吉を呼んだ、「なんだ。よく来たね。あがるかい。あがれよ。」

金之助は暗い廊下を案内して行って小さい控え部屋のようなところへ安吉を入れた。

「どうしたんだい。」

「どうもしないんだがね……」

「ふむ……飯を食うかね。昼めし？……ここの昼めしだがね。おれも今ここで食うんだ。」

「そうだな。食ってもいいな。」

「おい金田君……飯もう一丁たのんでくれよ。いいな。」と廊下へ叫んでまた安吉の方へ金之助は向いた。「ふむ。よく来たね。ああ、へとへとになっちゃった。」

　金之助はしきりにたばこを吸っては安吉の来たことを喜んだ。ほとんど毎日のように顔を合わせていても、勤め先へやってきたことがひどく金之助としては嬉しいらしかった。彼は一種特別の休憩時間のようにしていつものように安吉にしゃべりつづけた。

「ちょっと出るか。出られるんだよ。」

　飯の上へカツレツのようなものと大きな沢庵の切れとをのせた丼《どんぶり》を食ってから二人は出た。そうして靖国神社の境内へはいって、大村銅像のあたりをぐるぐる歩きながらとりとめもないことをつぎつぎとしゃべった。彼らのあいだにもう一度藤堂高雄の話が出た。

「それというのがね……」と金之助はいった、「あの人はいい人だろうとは思うさ。まあ、おれはあまりひいきじゃないけど、君が好く分にはさしつかえないと思うよ。だけど何だよ。何ていうか、やっぱしちがうんじゃないかな。もうわれわれとしちゃ、文壇の誰に近づくってことが、なくなるんじゃないかと思うよ。おれなんか毎日こうやってて、それゃいい人もいるにはいるがね、それゃずいぶんいろんな人間がいるんだからね。貯金なんかしていて、おれなんか哀れむみたいな顔して見ているやつだっているんだからね。そこにだって文学があると思うよ。そこへいくとあの人なんか、何てったって過去の人じゃないかな。それゃア、あの人たちはあの人たちの人生から文学を生み出してるだろうけれどね、結局せまい人生じゃないか。もっと別の、ひろい人生があると思うな……」

「ふむ……」といって安吉はうなずいた。

安吉もそれ以上問わず、金之助もそれ以上くわしくは説明できぬというふうに見えた。

靖国神社横の交番の前をもう一度役所の方へ帰りながら、金之助は、さっきから考えつづけていたとも、いま不意と思いついたとも取れるような調子でほとんど叫ぶようにいった。

「雑誌が出せないかなア……」

「雑誌か……」といったが、安吉にもにわかに賛成はできなかった。

「金がいるからなア……」

「金なんかどうにだってなるさ。」

「それゃどうにかはなるがね……」といって安吉も笑い金之助も笑った。

金之助を送りこんでしまうと安吉は一人で神田の方へおりて行った。神保町へはいってから彼はほとんど軒なみに古本屋をのぞいて行った。彼は神田と本郷とでは古本屋の気風もちがうらしいことに気づいた。値段は概してここのほうがよかった。彼はこのあいだ売ったリップスから郁文堂の森という若い店員のことを思い出した。顔にニキビのある森は、もう安吉と顔見知りになっていたが、言葉つきから態度まで、いかにも大学生相手の古本屋というふうであった。小生意気なこともいったが、こっちが学生らしく押せば、一種の学生らしい気弱さで譲歩もした。神田では、すべての古本屋は前垂掛けらしい頑固さと商人らしさとを持っていた。安吉たちに文学雑誌を出すことができれば、このごろのくすぶった気持ちなぞは一度にふっとんでしまうだろうということばかりを考えながら安吉は歩きに歩いた。

朝めしと昼めしとが近かったため、彼は腹ごなしの意味もあってどんどん歩いた。彼は神田を通りぬけて湯島の方から帰ろうと思った。ちょうど昌平橋のところまで来たとき彼は大便がしたくなった。見るとそこに汚い共同便所があった。橋は建造中であったが共同便所には全く建てなおしの案がないらしく、まわりが荒れながら地震からの復興気分を出しているなかで、この便所ばかりは地震直後そのままのような風情でまっぴるまのほこり風に吹かれていた。

安吉は腹痛のようなものを感じた。彼は我ながら滑稽とも思われるかっこうでそこへ駆けこみ、ぺらぺらの戸を引きざまいきなり飛びこんで裾をまくってしゃがみこもうとした。何の気なしに彼はひょいと下を見た。と彼は、「あッ！」と口のなかでひと声叫ぶといっしょに裾をまくったまま外へ飛び出した。そしてあわてて裾をおろしながら、手も何も洗わず、あおくなった顔をして逃げるようにとっとっと本郷の方へ駆け出した。それは安吉に、心の底からふるえあがるような光景であった。彼が下をのぞいた時、彼のむき出しになった尻の下で、円錐形をなして盛りあがった壺のなかの糞のかたまりが、尖端を踏み板の平面上よりもずっと上までのし上げて、ほとんど安吉の尻にすれすれのところまで伸びていたのであった。そのまま尻をおろしていれば、それは完全に尻にくっついたはずであった。それをみつけた瞬間、それは大都市の亡霊ともいうべき無気味さで彼におそいかかった。むき出しにした尻からおそいかかられたことで、安吉は敵しがたく脅迫されたのであった。

その日の夕めしに安吉はなんとなく疲れを感じていた。しかし彼はむしろ気を引っ立てながら清七のつくった脂っこい焼めしを食った。

「これバタでやったの？」

「いいえ、ヘットですよ。」

腹をわるくするかもしれぬと思いながら安吉はそれを食い、いつものとおり三人での晩酌を飲んだ。それから彼は、いつものとおり鳥打帽子に袴をつけて、ふところへ詠草を入れてとっとと本郷通りを歩いて行った。

ついこのあいだ、構内へぶらりとはいった時に彼は短歌会のポスターを見つけていた。構内の掲示場という掲示場には、安吉の知るかぎり年百年中いろいろなポスターが貼ってあったが、何か社会運動をやるらしい連中のポスターがいつも美しく眼につき、なんとなく他の種類のポスターを圧倒しているようであった。しかし安吉は、そういうポスターに関係のある学生を一人も知らず——あの泉という学生は東京の大学へは来ていなかった。

――県人会や同窓会のポスターのような軽蔑する眼ではながめなかったが、それでもそれに格別気を引かれるということはなかった。そのとき彼は、いかにも、どのポスターにも負けそうな書き方で、学内の短歌会があるというポスターをみつけ、最初はそれにたいして別に心も動かなかったのが、ゆうべになって急に出てみようと思い立ち、夜ふかしをして三つばかり歌を書いてみたのであった。

彼は正門のくぐりをはいって門衛のところで第二学生控所のありかをきいた。安吉がそこへはいって行った時には、暗い電燈の下に十人ばかしの学生が坐ってい、そのなかには三人ばかりの女もまじり、テーブルの中央にかけた教授らしい五十ばかりの男を中心にぼそぼそとした雑談をしていた。

「詠草はどこへ出すんですか。」

彼以外のものが互いに知合いであるらしいことに心で対抗しながら、彼は誰にということなくそうきいた。

「こちらへいただきます。」という声がして一人の学生が詠草をうけとった。

安吉のあと六人ばかりの学生が来て会ははじめられた。

安吉は、右手から右手からとまわってくる詠草を読みながら、「あ、これらはまずいな。」としきりに考えていた。どの歌もどの歌も、巧みさということを取りのけて考えれば、安吉たちが田舎町でやっていた歌会のものにくらべてずっと格が落ちているように思えた。

彼は彼なりに採点をしてそれを出した。

やがて批評がはじまった。そして彼は、ここの見なれぬやり方にかすかながら不満を感じた。安吉たちが今までやってきた歌会では、採点の結果最高点を得た作品から順に批評をするのが常だった。最高点のものについては、ほめるものも反対するものも総じてムキになった。そうしてそのムキになった批評のレベルが、そのまま点のあまりよくない作品にも及ぼされて行った。最高点の歌から先きにやることは、だから高い批評のレベルを一貫して押すことでもあった。ここでは反対に、一点はいった歌から順ぐりに高点の歌へと進んで行った。なんとなくそれが、一種の社交性を帯びたものとして安吉の眼にうつった。彼は、人のほめるような中途半端な歌が出るたびに、何かこっぴどく言ってやりたいと思うのを何とか我慢しつづけていた。

「われはただ人に知らえぬ白珠の人に知らえずいそしまむと思ふ」

「人に知らえず知らえぬもよしおのれ知れれば心落ちゐて日々すごしつつ」

こういう歌が取り上げられて、それにたいして甘やかした批評が一つ二つ出たとき安吉は我慢がしきれなくなった。それは女のなかの一人の作品らしくもあったが確実にはわからなかった。

「どっちかというとあとのほうがいいと思いますね。」といった学生のあとで安吉は立って反駁した、「僕は、この歌はよくないと思います。それは、この歌だけひょいと出たのならばそうひどいとも思いません。しかし作者は、万葉の有名な歌を知らなかったのでしょうか。」

　安吉はそこでにわかにむらむらとしてくるのを感じた。あの歌がなければこの歌もなかったのじゃないかということが彼にはうまく言えなかった。

「そういう批評も成り立つとは思います。」とそのとき、三人の女の一人が立って今度は安吉を反駁しはじめた、「むろんそれは、元興寺《がんごうじ》の僧のみずから嘆く歌一首を頭において書かれていると思います。ですけれど、それだからいけないということは言えないのじゃないかと思います。模倣に終始することは悪いことでしょうけれど、初心者は誰だって、模倣からだんだんにはいって行くのですから。模倣するものとされるものとのあいだに、本質的に共通なものがあれば模倣も模倣ときり言ってはしまえないと思います。」

「なんという女だろう！　こいつが作者なのだろう。あいつは、あれを書く時、今べらべら言った弁解をちゃんと整理して頭にうかべながらこれを紙に書いたのにちがいないぞ。しかし達者だなア……」

　安吉がほとんど感心しそうになった時その女は腰をおろした。安吉は猛然としてもう一度立ち上って言った。

「今のあなたの言葉はほんとうらしい嘘です。模倣だから悪いといっているんではないんです。あの坊主の歌はあれ自身そういいとは思いませんが、模倣するにしても、あんな生《なま》悟《ざと》りみたいな歌を模倣することが歌つくりの心がけとしてよくないというんです。一般論へ持って行っては駄目だと思います。あの坊さんの歌とこの歌とをくらべて、ああいう歌があった以上はこういう歌はひっこめるというのが自然じゃないんですか。」

　ほとんど彼は「なんだ！」というばかりの気持ちをやっと抑えていた。作者が誰かということはまだわからなかったけれども、その女が作者にちがいないと思った安吉は女の方をにらみつけるようにして坐った。そしてこの歌に関するかぎり批評はこれだけで終ったが、安吉としては、立って安吉にはっきり賛成するもののなかったことが気に食わなかった。

　最後に最高点の歌が二つ並べられた。

「待ちてゐる姿まもりつつ陸橋の階《かい》のこまかきを急ぎてくだる」

「急ぎくだる陸橋の階のこまかさや姿まもりつつ足は定まらぬ」

　安吉の歌が最高点にはいったのであった。

「このこちらのほうは」と教授らしいまんなかの男が言いながら詠草をつまみあげた、「いいとは思いますが、『陸橋の階のこまかさや』、この『こまかさや』というところでちょっと息をぬいていると思いますね。私としては、やはりまっすぐに押している初めのほうが上だと思います。」

「ふん。こいつは人なみのことをいうぞ。」

自分の作が最高点になってしまったため、安吉は赤くなるのを抑えつけながらてれかくしに肚のなかで「何を！」と考えていた。その男につづいてあちこちから批評が起った。さっきの女も一枚それに達者に加わった。彼女の言葉は——その時は、さっきの歌の作者が彼女だということが発表されていた。——彼女が、自分の歌を悪くいわれても、そのため、悪くいった当人の歌に反感を持つものではないということをほのめかそうとしていた。まんなかの老人の批評をも、安吉は全部そのままに受け入れることはできなかったが、あとから出た批評はだんだんに質が落ちていた。なかにまじっていた安吉にもはっと響いてきたようないくつかの言葉も、結局がやがやした批評のなかでぼんやりとぼかされて行ってしまった。心をこめてつくった作品が、心をこめたことをも入れて認められた時のほてるような恥かしさのまじった嬉しさ、そういうものは結局して安吉には感じられなかった。げっそりした気持ちで彼は本郷通りを歩いて帰った。彼は袖を振るようにしてうつむいて急ぎながら、なんとなくこれで短歌ともお別れだという気がしてきてならなかった。短歌とのお別れということは、このさい彼には短歌的なものとの別れということでもあった。それが何を意味するかは彼にもわからなかった。とにかく彼には、短歌の世界というものが、もうはやある距離をおいたものに感じられだしていた。頼子につながっていた長いあいだの気持ちもどこかへ溶けてなくなって行くようであった。

彼は手で頬を撫でた。長いあいだ彼をなやましてきたニキビがいつのまにか消えてしまって、今ではそこが一面の孔だらけになっていた。いつから孔だらけになったか彼は知らなかった。しかし今となってはその孔だらけの顔の皮膚をさらして行くほかはなかった。彼は兇暴なものに立ちむかって行きたいと思いはじめていた。

春さきの風

三月十五日につかまった人々のなかに一人の赤ん坊がいた。

朝の八時半ごろ、赤ん坊は父親と母親とに連れられて、六人の制服と二人の私服といっしょに家《うち》の前の溝板を渡った。夏場はこの溝板がごとごというのだが、この時はすっかり凍《い》てついていて悲しげなきしみ声を立てた。

十一人の同勢は電車みちを歩いて行った。誰も口をきかなかった。曇り日で、彼らの足の下では霜柱が踏み砕かれた。五時から八時半までの家宅捜索のあいだに赤ん坊は十分に冷えていた。母親のふところのなかで赤ん坊は泣き声を立てなかった。警察の門へ曲るとき不意と顔を上げると、浄水場の堤防に咲いたかじかんだタンポポの花が母親の眼に映った。

なかへはいると直ぐ父親はどこかへ連れて行かれた。赤ん坊は母親といっしょに保護檻に入れられた。

そこに二人の淫売婦がいた。

このごろ子供を亡くなした年上のほうがしきりに赤ん坊をかわいがりたがった。

淫売婦らは昼少し前に出された。淫売婦らは赤ん坊の頰べたをつついて二くち三くちお愛想を言い、母親には「お大事になさいまし。」と挨拶して出て行った。

昼過ぎ仲間うちの検束者が十五、六人はいって来た。そのうちの女二人が保護檻に入れられた。

女らは赤ん坊を囲んであとあとの打合せを始めた。ひそひそ声であったが、看守部屋が保護檻の鼻さきにあったためたちまちけんつくをくらった。

「しゃべるな！」

赤ん坊がおびえて泣き出した。いくらどうしても泣きやめなかった。

「どうしたのよう、この児は。」

母親は赤ん坊のからだが心配になり、それから悲しくなった。

最後に母親は決心した。

（泣かしてやれ。）

女らは赤ん坊の泣き声に隠れてかろうじて話した。

しかし母親が呼び出された。

赤ん坊はまだ泣き立てていた。それを聞いていると母親は、底冷えのする留置所のなかでさえ鼻の頭に汗の浮くのを覚えた。

（けれど赤ん坊を連れて行っては二人に話ができなかろう……）

母親は赤ん坊を置いて行くことにした。

付添いの看守がたずねた。

「赤ん坊は連れて行かんのか。」

母親はちらりと看守の顔を見たがだまって出て行った。

入れちがいに父親がはいって来た。泣き声を聞きつけて彼は、保護檻の格子の外から赤ん坊の泣き顔を覗きこみ、それから二人の女に会釈して便所わきの檻房にはいった。

陰気で退屈な留置所の午後が過ぎていった。一度看守がひどく猥褻《わいせつ》な言葉で保護檻の女をからかったとき、だれかが檻房のなかからたまりかねてどなった。

「よせ、馬鹿！」

夕刻になって母親は帰って来た。二人がたずねた。

「どうして？」

母親は胸をあけて乳房を含ませながらいった。

「さ、おっぱいにしようかね。」

不意に母親は蒼ざめた。

母親は乳の出ないのを発見した。

同時に赤ん坊の様子のおかしいのに気づいた。おしゃぶりを含ませるとじきに吐き出した。

赤ん坊は機嫌が悪いくせに泣かなかった。

母親は赤ん坊の小さなからだを揺すぶりながら呼び立てた。

「友ちゃん！　友ちゃん！」

赤ん坊はけれど泣かなかった。額に手を当てると少しだが熱があった。

母親は医者を呼んでもらおうと思った。

「医者を呼んでくれませんか。」

「医者？　何にするんだ。」

「子供の加減が悪いんです。」

看守はぶつぶつ言いながら出て行った。いくら待っても帰らなかった。

そのうち赤ん坊の呼吸が多くなってきた。母親はもう一人の看守に訴えた。

「すみませんが、医者はどうなったんか見て来てください。お願いします。」

看守は取り合わなかった。

「心配することないよ。」
四、五十分もたったころようやくさっきの看守が帰って来ていった。
「警察医はもう帰っちまったのだよ。」

警察医というものが警察に詰めているものかどうか母親は知らなかった。

「ほかの医者を呼んでいただけませんでしょうか。」

「呼んで呼べないことはないがね。金は持ってるか。」

「持ってません。」

「それゃ困ったなあ。外から呼ぶと金を払わなくちゃなんねんだ。」

だれかが檻房のなかからいった。

「金はおれが持ってるよ。」

看守がその檻房の前へ歩いて行った。

「それゃ君だめだよ。なかで金の貸し借りはいっさい許されねんだ。」

「許すも許さないもないじゃないか。赤ん坊は病気なんだぜ。」

「そう君、僕をいじめたって仕方がないよ。」

「いじめる？　……ちぇッ！」檻房のなかの男は嚙み切れるほど舌打ちした、「どうするんだ、死んだら。」

その時それの隣りの檻房から父親が言いかけた。

「ちょっと……君……」

そのとき母親が叫んだ。

「呼んでください！　呼んでください！」

留置所じゅうが聴き耳を立てた。看守は保護檻を覗きこんだ。赤ん坊の口もとに泡が見えた。

看守はあわてだした。連れの看守に何か耳打ちすると彼は急いで出て行った。すぐ医者が来た。

母親や女たちが容態をたずねると、血が頭にのぼったのだとだけいって医者は看守部屋に隠れた。そこへ房外の戸をあけて、意外なことに署長がはいって来た。もう夜中の一時をまわっていた。署長と医者とは向い合わせにかがみこんでひそひそ話していた。そのあいだが母親に非常に長く思われた。とうとう二人が椅子を立った。母親は彼らが立ちあがりながらいうのを聞いた。

「駄目かね。」

「直ぐ出さなければいけません……」

母親は頭のなかで大きな水車がまわるような気がした。それから手足がしびれ鳩尾《みずおち》の落ちこむのを感じた。看守が何かいったが聞えなかった。ただしっかりしていなければいけないとそればかり考えていた。

俥《くるま》が来て、母親と赤ん坊とがそれに乗り――きのうの朝――しかしけさとしか思えなかった――来た道をそろそろと引かれて行った。父親と、やはり六人の制服と、二人の私服とがその後《あと》について行った。

俥は途中で医者を起すために一度とまった。

家へつくと間もなく医者が来た。

もう夜が明けていた。

氷を買って来て頭と胸とを冷し、裾のほうへ湯たんぽを入れた。

親たちは赤ん坊の枕もとに坐って、小さな胸に注射針が刺されるのを見守り、その筒数《とうすう》を腹のなかで数えた。

医者は三十分ばかり様子を見ていた。

赤ん坊は眼をつぶったまま少しも泣かなかった。

医者にきくと消化不良だといった。

九時ごろ、手当の注意をしておいて医者は帰った。薬は母親が取りに行った。

十時ごろ警察から父親を呼びに来た。父親はしかし直ぐ帰って来た。

十一時ごろ赤ん坊は眼を開いた。そして口をもぐもぐさしたかと思うと薬を吐き出した。

小さな舌で何度も押し出すようにして唇をつぼめつぼめした。

そのころから赤ん坊のからだが冷えはじめた。湯たんぽは用をなさなくなった。そのじりじり冷えていく冷え方は全く手がつかなかった。

医者がもう一度呼ばれた。

医者の言葉で相談の結果、母親が、父親の妹の嫁《とつ》ぎさきへ電報を打ちに行った。打ちたくない、しかし打つとすればそこよりないただ一つの宛てさきだった。

「ハナシアルキテクレ」

郵便局から帰って来て敷居をまたぐと父親がいった。

「駄目だった！」

そして追いかけて慰め顔にいった。

「苦しみはしなかったよ。」

さわってみると赤ん坊はまだ温《あたた》かかった。一貫目買った氷がまだ残っていた。母親は、警察の医者のいった「血が頭へのぼった」という言葉と、今日の医者のいった「消化不良」という言葉とを並べて思い出した。しかし腹も立たなかった。いま母親の思っていたことは、生から死へ移って行ったわが児を国法の外に支えることだった。

昼めしのあとで父親が、親子三人で写真を撮《と》りたいがいいかと警察の者にきいた。「それは困ります。それは困ります。」とスパイがいった。

「困りますって、撮ってはいけないんですか。」

「いけないというのではないんですが、許すというわけにもいかんのです。」

そこへ新しく警察から使いが来た。父親はとりあえずきいた。

「いまこの人にもいったのだが……写真を撮りたいのだがどうだろう。」

まったく同じことが答えられた。

「撮っていけないというのではないのですが、許すというわけにもいかんのです。」

「『上司の命令』ですか。」そして父親は腑抜けのように「フフフ」と笑った。

使いの者は用向きを切り出した。

「おとむらいのことですから……ちょっとですから……」

父親は連れられて行った。

しばらくすると今度は母親を連れに来た。

(何度行ったり来たりすることだろう!)

母親は疲れているのかいないのか自分でわからなかった。

警察では父親に会わして葬いの打合せをさせた。いろいろ交渉した挙句、金を檻房のなかの男から借りることが許された。

死亡診断書、埋葬許可証その他の届書類の手続がなされた。

それがすんで話が家賃のことに移りかけると付添いの者が横から口を入れた。

「ほかの話はいっさい遠慮していただきたいのですが……」

二人は顔を見合わした。

「では、あなたのほうは引き取ってください。それから村田さんのほうはこれっきりですから。」

袖を引かんばかりであった。

母親は父親が扉の向うに消えるのを見た。

それは永久に消えるように思われた。

母親は、この二日間にした父親を逃がすためのすべての努力を思い出した。そのために母親は赤ん坊の手当の不十分になることも厭《いと》わなかった。それはみな徒労に帰した。

母親の胸に赤ん坊と父親とにたいする愛情が一時によみがえってきた。それを人に見られるのを隠すために母親はだまりこくって帰って行った。

葬式万端は来てくれた父親の妹と葬儀屋とに任せた。

小さな箱の中に菰《こも》を敷いて寝かせ――頭が非常に重かった。――じゅず、笠、杖、草履、足袋、おしゃぶりを入れた。

母親は柩《ひつぎ》に入れてから、長いあいだ赤ん坊の口のはたを拭いていた。よだれみたいな黒い液が後から後から出てくるのだった。それは堪えられないばかりに臭かった。医者は胃出血だといった。それを拭きながら母親は大きな衰弱を感じ、しばしば絶え入りそうになった。

夜になって坊主が来た。

母親は警察の者のところへ行って言った。

「今夜はお通夜をしてやりたいと思います。それであなた方にいていただきたくないのです。帰っていただけないでしょうか。」

それを言い終えると母親の眼から泪が落ちた。

「承知しました」

家のなかからはじめて警察の影が消えた。

読経があり、位牌のつくり方で相談があった。いろいろ話した挙句、父方は曹洞宗、母方は浄土真宗とわかって、戒名は結局どっちつかずの「釈——童女」とすることにした。

小さな柩に添寝して母親は夜明けまで眠った。

十八日の朝九時ごろ、赤ん坊と母親と母親の義理の妹と三人、三マイル一円の円タクを葬儀場へ飛ばした。

非常に寒い日で風が吹いていた。

事務所でいろいろの手つづきや説明を聞いてから、かめ、箱、白金巾《しろかねきん》の風呂敷なぞを買った。

柩は母親の手を去って、もはや完全に火葬場の機構のなかにあった。

火葬は夕方を待って始められた。

七時ごろ骨《こつ》揚《あ》げをした。

十五日、十六日、十七日、十八日。

生まれて八カ月目にこの赤ん坊——そのなかにいっさいの罩《こ》められた微粒子——は、焼がまの四等で焼かれ、煙となって空へのぼった。

それから四日間、母親は、いまは自分一人になったがらんどうの家のなかで——食器その他の調度を除いてほとんどいっさいが没収されていた。——警察と差配と暴力団の強迫とを一身に受けた。

四日目に母親は、父親が十八日の朝、繩を打たれて行ったことを聞いた。

母親は家を引きはらい、仕事のなかにはいって行った。


仲間うちで赤ん坊の追悼会をやろうという話が出た。日がきまった。だが、その前の日に主催者側の者らが予備検をくらい、当日会場へ来た者らはその場でくらった。

四月十日、記事解禁になった。

日本共産党の話はよかれ悪しかれ流行病《はやりやまい》のように広がっていった。

ある日やられた者らの家族の集まりがあった。

巡査のほうが数が多かった。

会合は、ただ足に鎖が結《ゆわ》えられてないというだけの自由さで進められた。

やられた者らの父親、母親、女房、子供らがお互いに顔を見、話し合った。

一人の子供がいたいけな声でとぎれとぎれにうたった。

　オソデハヌレテモホシヤカワク
　アメフリオ月サンクモノカゲー

オ馬ニユラレテヌレテユクー

人々は泪ぐんだ。

その子供はうたうことを禁止され、会合は解散され、人々は検束された。

「女《あま》、来い！」

母親は高等の前に呼び出された。

高等は椅子に腰かけてじろじろと見上げ見下ろした。

「おまえは村田の女房か。」

「そうです。」

「名まえは？」

「村田ふく。」

「村田なに？」

「ふ、く。」

高等は形相《ぎょうそう》を変えた。

「ふ、く。なんだ、それは。そんなことだから検束されたり、監獄へぶち込まれたりするんだ、馬鹿。」そして吐き棄てるようにいった、「それでよく人の女房が勤まるな。」

母親が答えた。言葉が口から出るのにつれて顔が蒼くなっていった。

「わたしらは労働者ですから、金持ちのお嬢さんのような教育は受けておりません。これで十分女房の役が勤まります。」

高等は持っていた鉛筆を放し、椅子から腰を上げ、非常に大きな平手打ちを母親の左頬にくれた。

大きな手型が顎から瞼、眉の上へかけて赤黒く浮きあがった。

「はいれ！」


夜おそく母親は留置所を出た。

寒い風が吹いていた。

母親は帯をきつく締めて、凍《い》てついた道を急ぎ足に帰って行った。

ある四辻で彼女は一かたまりの学生からビラを渡された。

——日本共産党を天に代って膺懲《ようちょう》せよ！

——拓殖大学学生有志……

——…………

母親はそれを破って棄てようとしたが、思いかえして四つに畳んで帯のあいだへ入れた。

帰ると未決から手紙が来ていた。

最近差入れの書物に大きな制限が出来て読みたいものが絶対に読めなくなったこと、だから書物の選択のために今までのようにいろいろ考える必要がなくなったこと、などが書いてあった。

「早く出て仕事につき、また友子のおとむらいもしてやりたい。」

母親は封緘葉書を持って来て返事をしたため始めた。

強い風が吹いてそれが部屋のなかまで吹き込んだ。

もはや春かぜであった。

それは連日連夜大東京の空へ砂と煤煙とを捲きあげた。

風の音のなかで母親は死んだ赤ん坊のことを考えた。

それはケシ粒のように小さく見えた。

母親は最後の行を書いた。

「わたしらは侮辱のなかに生きています。」

それから母親は眠った。

がらんとした畳敷きの土蔵のなかで息子の勉次がふんどし一つで翻訳をしている。涼しいうちにと思ってつとめたのが、ひとところへひっかかって、昼もだいぶ過ぎていっこうはかどらない。やせた脇腹を掻《か》いたり、途中まで吸ったたばこを指でもみ消したり、あおむけにひっくり返ってみたりしたあげく、あきらめて、単衣《ひとえ》ものを着直して納戸《なんど》へ出て行った。家中あけっぱなしで、板の間のまっ黒い竹組天井から煤《すす》だらけの太鼓がさがっている。やはりまっ黒な框《かまち》に沢瀉紋《おもだかもん》のちょうちん箱、紅殻《ベンガラ》ぬりの中柱《なかばしら》に分銅《ふんどう》のとまった古ぼけた柱時計が掛かっている。父も母も見えない。

勉次は縁側の突きあたりの小物置きを開《あ》けた。いつ使ったのかわからぬ燃えさしのろうそくのささった金《かね》の燭台、ぼつぼつ腐れ孔のあいた唐金《からかね》火鉢、骨だらけのついたて、そんなものをごとごといわせて、その奥のむかし式の本箱から古い帳面のようなものを五、六冊ひきだした。

縁側は西日が射すが、藪越しのちらちらで暑くはない。彼は明治になってからの『宗門改め村人別』を引きだした。何右衛門、何兵衛、何助に、ロク、クマ、トラ、ヨキ、コオ、ステ、タリ、ヤイ、チリ、キチというような女名がまじっている。祖父が太兵衛で母親がクマの勉次も、ヤイやチリにはくすっとなった。「百姓の女名の変化に現われた何とか……」、そんな問題がちらっとする。と、何か顔のあがらぬ気がした。問題がそんな形で頭に浮んだこと、現象から社会的なテーマを引きだそうとすることが、恥知らずな行為に思えたのだった。

「おとっつぁんいならんのかァ。」

あけっぱなしの玄関へ田口がはいってきた。田口は百姓の片手間に勉次の父と組んで生命保険の村代理店をしている。五十ちかいのに、この辺の百姓に似げなく色白で血色もいい。村で通った無遠慮な剽軽《ひょうきん》もので、細い目の下でいたずらいたずらした笑いがひくついている。

「いならんのか、おとっつぁん。」

「いんのじゃ。どっかそこらじゃと思うけど……」

「いや、いいんです。」といってきせる筒をぽんと抜いて上がり框へ腰をかけて、「ま、あがってくんない。」と勉次がいうと、「そんならあがらしてもらおか……」とあがってきた。

勉次は薬罐《やかん》のさめた茶を自分も飲んで、この男と話すのが――こういう男はどこの村にも一人くらいずついる。——楽しい気がする。

「これゃ……」と田口が、シャツの隠しから水引《みずひき》なしの包紙を出した、「おとっつぁんに渡してくんないのれ。」

「御礼——山辺仁吉《にきち》」としてある。

「はあ……何じゃろか。」

「きのうの保険でさ……そんなこととせんでもいいんじゃけど、持ってくるんじゃさかい仕方ないがいのして……」

　山辺仁吉の長男の新吉が死んで、半年《はんとし》もかけなかった保険金が三千円取れた。悪い噂が立ったわけではなかったが、勉次の父の孫蔵の奔走で首尾よく取れた。この話は昨日《きのう》田口がおどけまじりにしに来て勉次も知っている。仁吉がそれを恩に着てお礼を持ってきたというのだ。

「まっすぐ持ってくれゃいいけどして、こんのおとっつぁんらああいう人じゃさかい、うらんとこへ持ってくるんじゃがいのして……」

　こんのおとっつぁん——孫蔵は正直もので通っている。それも百姓風な頑固ものではない。ながくあちこち小役人生活をして、地位も金も出来なかったかわりには二人の息子を大学へ入れた。先代の太兵衛はわけもわかるかわり名うての頑固ものだったが、孫蔵のほうは十七、八貫もあるからだで口喧嘩ひとつしたことがない。喧嘩話を持ちこむ近所合壁《がっぺき》の嫁姑《よめしゅうと》は、太兵衛には頭ごなし叱りつけられたものだったが、孫蔵になってからは世間話をしているうちに自分から取りさげるような具合である。長男の耕太が、大学を出て一年たたずに死んだときも孫蔵は愚痴ひとつこぼさなかった。どこかに火事でもあれば、一里半や二里のところは真夜中でも草鞋ばきで見舞いに出かける。代々酒のみの家《うち》で、孫蔵も酒量ではひけを取らなかったが、声が大きくなるくらいで乱れたことはない。姉娘のツネが嫁《かた》づきさきから出たりはいったりしていた時分、ある晩甥の常作が来て、「こんのおとっつぁん、きつい人じゃけれど、子に甘うて……」といってひやかした。その常作が泣きごとを聞いてもらいにくるのは孫蔵だけである。ながい腰弁生活のうちに高くないながらおとなしい教養を取りいれて、妻のクマがすっかり元の百姓女に返ったのちも、子供たちの世界に遠慮がちな理解を持っている。寺の報恩講などではよく帳場に坐らされた。ただ坐ってさえいれば直接銭扱《ぜにあつか》いするもののあいだにまちがいが起らぬからといって、進まぬのを引きだされるのである。年取ってますます醜くなったクマと反対に、孫蔵のほうは百姓に珍しい立派な顔をしている。それやこれやで彼は、家族からも親類うちからも、村のものからも尊敬されている。三町足らずの自作兼小地主という地位も関係している。ときどき「おとっつぁんらただ律儀《りちぎ》なだけであかん。」というクマも、内心はばあさんばあさんした気持ちで亭主に見とれてるのである。勉次にしても変りはない。第一審で初めて法廷に立ったとき裁判長が家庭についてたずねた。家庭のことは取調べずみなので、何をきくのかわからなかったが、裁判長にききかえして親子のあいだが円満かという意味だとわかると、勉次は相手を見さげはてて肚のなかでくちびるをそらした。政治犯人の審問に家庭問題を持ちだすことが卑しいトリックに思えたと同時に、「たとえおれが掏摸《すり》を働いたのだとしても、それゃおれ一人のせいなんだ。」と言いはなちたかった。

「これゃ、いやかも知らんけれどもろうておくほうが先きでア嬉しいんですわの。」

「そう言うておきます。」

「どうじゃいの……」と田口は横になった、「東京らア景気アいいかいね。やっぱし、あかんのじゃろ?」

「あかん、あかん。」

しかし勉次はこのごろの景気を直接には知らぬのである。

「うららもさ、どうしようかと思うんじゃ。」くわえたばこをかちかちいわして彼はにやりとした。「もう五十じゃが……」

「はあ五十ですか、田口さん。」

勉次は笑いだいた。田口も笑う。勉次の知っている田口は、人さえ見ればからかって行く若々しい色男である。年ごろの娘などは田口に行き会うと逃げだしたものだ。

「どもならんがいのして。こんのおとっつぁんよう知ってなるんじゃが、かかあがいた時分ア小作ア一町つくってたんじゃ。いまアして、小坊と二人で一町五段じゃ。それでどうじゃっていうと、かえって足《た》しまえじゃが、あえ？」

「繁樹さんいくつになんなったんです？」

「十九になりした。からだアいかし、力もあるんですわ……そんなこというたって、髪の毛ア長うしるじゃろ、油アつけてして。お神明《しんめい》へ祭文《さいもん》がかかれゃ聞きに行くじゃろ。われゃ祭文聞きに行くなやれともいわれんがいねして。いわれん、いわれん。田圃町《たんぼまち》へ行って泊って帰らんかって仕方ないんじゃさかいして。」

「それゃそうじゃ。女の子は何人です。」

「三人ですとこと。上の姉ア、京都で髪結いの学校へ行ってがしてね。六年で免状が取れしてね。もう五年ですんじゃ。そんなして、髪結いになったかって何がいいやらわからんけれどして、あと一年で取れるちゅうんで帰れともいわれんしね。小坊に早う嫁もらうほうがいいんじゃけれど、検査アすまにゃね……なんせ、おやじじゃってまだほしいんじゃさかいして、の……」

　田口の細君は病院で自殺したのである。手紙で聞いたことがあるが勉次はくわしいことは覚えていない。田口もお茶を飲んでたばこをつめかえてにやにやしている。やがて彼はぴしゃりと股《もも》をたたいた。

「あんさん、毎日こんなしてて淋しいじゃろ？」

「淋しもないけどね。まだ一週間にもならんのじゃさかい……」

勉次はちょっと気まずいような顔をした。

「それゃそうじゃ。」と田口は一人で考えて、「どうじゃいの、あしたあたり神崎様へ参《まい》んならんか。いいんじゃざ。うらら後生《ごしょう》のことアどうでもいいんじゃ。いいじゃろがいねして。芋の子の煮しめで一ぱいのんでして、それからどぶうんと飛びこんで海水浴じゃ。とても景色がいいんじゃざ。知ってなるじゃろう？」

「ええ。むかし中学校んとき一ぺん遊びに行ってね。みんな酒を飲んで舟に乗ったら酔った……」

「ああ。あのへんア変ったざ。あんさんらそれゃ景色のいいとこアいくらでも知ってなるじゃろうけど、神崎もそれゃいいんですわの。」

勉次はちょっと行きたいような気がしたが、そんなら行こうとは言えなかった。

「うらア去年ア里窪の寺前といっしょに行ったんじゃ。」

「里窪の寺前って、あれゃ死んだんじゃないんですか。」

寺前も田口そっくりの男で、よそ村の勉次たちも子供時分から知っていたが、だいぶ前に死んだように聞いていた。

「死なん、死なん。」勉次の勘違いが田口には嬉しいらしい、「死んだな兄貴のほうじゃがいのして。弟アいるんです。兄貴とおんなじですわ。ただア違うのはして……蚊が死ぬか死なんかじゃがいのして。」

「蚊？」

　冗談をいうのか、聞きちがいか、勉次にはわからなかった。

「こう（といって田口はぴしゃりと頰をたたいた。）やってして……こうずうっと引くと、蚊が、血がついて、取れてくるじゃろがいねして。兄貴のほうアして、蚊が穴へ隠れてるもんじゃさかい、こう（と彼はまたぴしゃりとたたいた。）やってもして……蚊死なずっていうんじゃあ。」

　勉次は笑いだした。寺前は有名なあばたづらだった。

「汗らくともいうんですわ。」田口はにこりともしなかった。「中打ちゃ田の草のときゃアして、つぶッつぶッと汗が出てして（と彼は汗のまねをした。）つうッつうッとすじになるがいねして。兄貴の寺島じゃって汗ア出るこた出るけどして、つうッときたかと思うと、つるッとはいるじゃろ？　穴でひと休みしていっぱいになるとつうッと出て、その次ぎの穴へして、またつるッとはいるじゃろ？　弱らんがいねして。汗がらくなで汗らくっていうんじゃけど、わるくちじゃア……」といって田口は起きあがった、「おとっつぁん、台なし帰《かえ》んならんね。」

「も、帰るでしょう。」と勉次がいったが、田口はぱんぱんと手をはたいて縁ばなへ出て行く。

「いやア、これゃえらい涼しなった。」土間は暗くなりかけて田口は足さぐりで草履をはいた、「いや、帰りがすわの。うらもして、おとっつぁんの話聞くのアおもっしょて楽しみなんじゃけどして。まま焚いてやらにゃして……繁樹らア柄《がら》ばかしいこうても、水加減アわかりせんでね……」

いたずらっ子らしい調子に、母親代りもせねばならぬ百姓男の調子もまじっている。しかし勉次にはよくわからない。蚊柱の立った玄関戸の空間へ黒い影絵が浮かんで、「そんならよろしゅう。」と出て行くのを「ま、それゃ。」と勉次は送りだした。

分銅のとまった柱時計の下で、孫蔵、クマ、勉次、親子三人が晩めしを食っている。虫の糞《ふん》のこびりついた電燈がぶらさがって、卓袱台《ちゃぶだい》の上の椀、茶碗、皿、杯《さかずき》、徳利などを照らしている。孫蔵は右足を左股《もも》へのせたあぐらで桑の木の飯椀でがぶがぶ口を鳴らしている。ときどき指を入れて歯にはさまったものを取りだす。大きな黄いろい歯が三十二枚そろっている。「あははんっ」と非常に大きな咳払いをして、大きな厚い手のひらで顔をぶるっと撫でては話しつづける。大きな五分刈り頭、額の太い横皺と太い眉のあいだの縦皺、高くて長い鼻、馬のような大きな二重瞼《ふたえまぶた》の眼、眼尻のいくつにもわかれて重なった皺、大きなくちびる、盛りあがった顎、おとがい、どこもかしこも立派で大きい。首の皮膚には縦のたるみがあって、それが大きな肩へ続く。はだけた胸も、手も、顔も、渋紙いろに焼けている。ただ足のふくらはぎが白い。大きな耳の横でびんの毛が白く光っている。口ひげはごま塩だ。ときどきからだをゆする。

　クマは前かがみでどことなくこそこそと食っている。髪の毛をぶざまなひっつめにして、絣《かすり》の前かけをして、坐ったとも立膝ともつかぬ恰好をしている。鼻汁《はな》をすすったり、足を搔いたりする。眉を落している。小さい三角の眼が臆病そうに隠れて、そっ歯で、口を閉じるとおちょぼ口になる。上くちびると鼻とのあいだに縦皺がよっている。からだ全体痩せていかにも貧相だ。

　勉次は近眼鏡をかけている。短かめのオールバックで、横びんの毛が薄くて地が透いて見える。薄い眉、とがった頬骨、ややそっぱ加減の口もとなどは母親似だ。おとがいも小さい。細い首根っこが痩せた肩へつづく。からだは、肩も、胴も、腰も、手あしもこつこつに痩せている。足は鳥の足のような感じだ。眼玉は光っているが力がない。顔の右半分と左半分とが非常に違う。猫背加減である。はだけた胸は骨が見える。顔いろは青黒い。全体貧弱で神経質な感じだ。

　孫蔵は六十九、クマは六十二、勉次は三十三である。

　ひもろの木の蚊いぶしが渦巻いて煤だらけの部屋をいっそうくろくしている。そこへ藪から蚊が来る。藪のうしろをときどき電車が通る。電車は田んぼのあいだを走っている。

　ちょうど五年まえの冬彼らはやはりこうして晩めしを食っていた。そのときはまだトミも生きていたし、サダも家《うち》にいた。トミは嫁《かた》づいていた。サダは縁談が持ちあがっていた。

サダの縁談について勉次は差出口をしたがそうむきになってもいなかった。ひと月ほどいて東京へ帰って行った。が、春になってタミノと結婚したと知らせてきた。クマが、タミノがどんな女か顔を見たいから写真を送れといってやると、二人で写したあまりはっきりしない素人写真を送ってきた。その写真がきてから半月ほどして孫蔵は勉次が逮捕されたという知らせを受けた。孫蔵は十二年まえに大学を出たばかりの長男の耕太を失っていたが、十二年後の次男の逮捕ではこたえ方に自分の老いを感じた。夏になって刑務所の勉次から手紙が来た。孫蔵はクマに説明した。暮れに勉次が出てきたのでちょっと帰れといってやったが帰らなかった。そのあいだに、勉次たちといっしょにいる一番姉のツネが一、二度きたが、ツネの話は説明が頑《かたく》なでよくわからなかった。一年ちょっとして勉次がまた逮捕された。新聞記事の調子ががらりと変って、孫蔵も何かしら不安だった。六十七になって、大きなからだ相応に老衰が急激に感じられた。次女のトミが子供を生んで、前から悪かった肺病が重《おも》り、赤ん坊がまず死に、つづけてトミが死んだ。東京にいたツネが看病にきていたが、トミが死ぬとツネに病気がうつっていた。初めは勉次のことをクマに隠していたが、そうそう隠していられぬので孫蔵が説明した。この前と違って、孫の死、娘の死に重なったのでクマは半気違いのようになった。クマは真夜中に眼をさましては孫蔵をゆすり起して口説《くど》いた。孫蔵が説明する。クマが納得してねむる。しばらくするとまたゆすり起す。そして同じことを全く同じ順序で口説く。孫蔵は堪えられなかった。お寺詣りをさせようとしてもてこでも出ない。夜なかに叫ぶ。孫蔵は土蔵へ畳を入れてクマに一人でそこにおらした。タミノやツネは（ツネはまた東京へ帰っていた。）元気らしかったが、住所もつぎつぎに変って手紙などもなかなかよこさない。クマは時々よくなったり悪くなったりした。三町足らずの土地の大部分は自作農の親類に作ってもらって、孫蔵夫婦は食《く》い代《しろ》にも足りぬほどを作っていた。土地というものの始末の行かなさには孫蔵は閉口した。作れば作るほど食いこむ。売ろうにも売れない。彼は半気違いになれるクマをときどきうらやんだ。彼は七十年ちかい生涯を顧みて、前半生の希望が後半生へきて順々にこわされていったこと、その崩壊が老年期―老衰期にはいってテンポを高めたことを感じた。がらがらっとくる感じのなかで、もしあわてたら万事それっきりだと思った。彼は息子が刑務所にはいっていることに何のひけ目も感じなかった。しかし誰にでも知られてうるさく言われたくはなかった。勉次などその夢みていることやその仕事を彼は甘いと思った。ことに彼は、勉次が村をモデルにした小説のなかで、ある大地主の名をそのまま使ったことにいらだたしい感じを持っていた。「そんなで何ができるか。」手紙で書いてやろうと思ったが刑務所にいることを考えてやめた。「あれらはまだまだ苦労が足らん。何も知らん。」彼は虱《しらみ》だらけで大砲をうった日清戦争の経験を思い出したりした。しかし彼は勉次の父であるようにふるまわねばならぬと思いはじめていた。それは慰めでもあった。

勉次は割合い落ち着いた気持ちで日を送っていた。あすにも出られることは可能なのだと思い、しかし五、六年したらとにかく出られると思ってドイツ語の勉強も始めた。つよい読書熱が起き、一年間に読める量がなにほどでもないことを計算して、いろんな方面で基礎的な学問を得たいと思った。取調べにたいして誤らなかったことが彼を落ち着かしていた。二度目で勝手がわかり、看守たちにたいしても喧嘩せずにいうことを聞かせるようにできた。タミノやツネの暮しは苦しいらしかったが心配にはならなかった。自分たちのした失敗や誤りのなかで特に自分のしたそれらについて考えることもできた。彼は個人的にも親しくしていたものたちの態度が一貫して正しかったことを考え、また態度が悪かったと思っていたものもそれぞれ努力して問題をくいとめていたことを知りえた。もぐって働いていた桜井が警察で殺されたことを知ったときも驚かなかった。タミノがつかまって五十日たっても百日たっても出てこなかったときには起訴されるかも知れぬと思い、小学校しか出てなくて日本にどんな県があるかも知らぬ彼女のために読書コースを立ててみたりした。親たちについてもあまり心配しなかった。母はろくに新聞も読めなくなっていて全然手紙を書かなかったが、父の手紙は楽しかった。

「書面披見《ひけん》しました。身心ともに無事なるを悦《よろこ》びます。今日は七月二十四日、土用の五郎と云うて、土用に入ってから五日目の日ですが、百姓は五郎の天候の好悪《よしあし》で其年の豊凶が定《さだ》まると云うので、年中の一番大切な日として居ますが、今日は当地は快晴で正午は九十五度で田の水は熱湯の様になって居ます。父も午前五時から田の草を取りに行き、九時に全部の草抜きを了えて、午後からは所謂《いわゆる》修理上げとなった処です。また半日祝として午後は区全般が休みをします。まー、そんな具合ですから本年は豊作かと喜んで居ます。

トミは注射で一時可良に向かったが、子供が死んだのと暑気の為め（子供は七月十一日午後十一時死亡。高井病院内に於て入院八日目。病名腸カタル。）更に発熱し、苦悶の状態です。高井医師の言によっても、残念ながらモー回復の見込は絶たれた事と思われます。（父も年老いたる為め気弱くなれり。）次にサダは親子とも頗《すこぶ》る健全と云うよりも寧ろ頑健な方ですから毫《ごう》も心配はいりませぬ。

農村の困難は農産物の下落から来たもので、肥料と税金を差引けば殆ど残らぬ状態で、過般藤田氏一部の整理を行うたが、一坪五円で買うた田が七十銭で売買になったと云う事です。これで一般を想像出来ることと思います。

父は当年六十七歳でモー此の世の者でないが、生き残り居る為め心配斗《ばか》りしている為めか、本年に入り老《おい》の急に加わったのを感じられる。殊に農産物の下落と家庭内の不幸とに依り、収支計算合致せず大いに閉口して居ります。今の処《ところ》万事行詰り、羅針盤なき航海の如く成行き放題という始末です。此辺は御身《おんみ》も十分了解して置いて貰いたい。父は老年であるから仮令《たとえ》餓死するも運命とあきらむれど、母や女達兄弟どもは如何《いか》に成り行くや、又《ま》た堪へ得らるるやが心配である。母は昼夜愚痴のみをこぼし、病人の看護やらそれやこれやで骨と皮とに成果て見る目も辛き有様である。御身の書面には家庭を明るくとあれども益々暗くなり行く斗りなり。幸《さいわい》にして祖父母様達が他界せられたので、此の暗い家庭を見ずにすまれた事を喜んで居ります。斯《かか》る事を書けば限りがないから此《これ》で止《や》めます。トミの変事を報ずるも近きことと思う。」

「書面は到着しました。景気にもめげず元気の趣きを家内一同喜びます。父母はとにかく頑健にて農事に堪え居《おり》候《そうろう》間《あいだ》安神《あんしん》あられ度《たく》。十分なる健康を祈ります。父はモーロクを致し殆んど此の世の人を脱したる感なり。右まで。」

「一月九日の手紙を見ました。元気で厳寒を征服した事を悦びます。父母も無事に六十九歳と六十二歳の春を迎えました。雪は只今は平地二尺位の物でしょう。世間は少しも思うように行かぬものと見え、稲垣信之助《しんのすけ》さんが本月に入りてから、十歳を頭《かしら》に四人の子供を残して亡《ぼう》じました。高松定一《ていいち》さんは（高松の本家の養子）足掛《あしかけ》三年中気で床にあります。小野山登さんは足掛三年越しに発狂して居ります。松本金吉《きんきち》さん方には昨年夏次郎と云う男子と十八になる妹とが一ヶ月の間に肺病で亡じ、今は老夫婦丈《だ》けになりました。隣家と北はよく働くから少々づつ貯金が出来て行く様で喜んで居る。里窪の池内も一家こぞって努力するから大いに喜んでいる。

　堂本の子供達が少し頭が悪いので心配して居ります。俗に八文《もん》というが六文処《どころ》でないかと思う。尚《なお》寒さを大切に。」

　しかしそのころ勉次はからだを悪くしていた。熱が何度か医者は知らせなかったが、ひと晩のうちに三度も四度も汗で眼がさめ、病室がいっぱいではいれぬため寝間着を部屋のなかで乾かさねばならなかった。十二月にはいってからは決して乾かなかった。予審は終って公判が近づいていた。公判の近づきは下獄の近づきを意味した。彼は治療が今度の逮捕でまた中断された黴毒《ばいどく》のことを考え、それからくる発狂に恐怖を感じた。このころ近くの監房で二人ほど気違いの出たことが彼を刺戟していた。彼は繰りかえし断わられながら、看守、看守長、医者をとおして長い発熱と黴毒との治療を要求し、保釈願を書き、妻や父からも出させた。まず熱を取らねばならぬと思って病気治療にたいする要求の組合せをいろいろにもした。熱にうなされて汗だくで眼がさめ、雪の凍りついた窓の下でいろいろな恐怖と戦った。彼は死よりも発狂を恐れたが、恐怖の瞬間にはほんとうにはどっちを恐れているのか弁別できなかった。一度は自殺の恐怖とも戦った。発狂した彼が隠れたあらゆる醜悪な面をさらけ出すことを考え、また何年か前に留置場《りゅうちば》で見た気違い藝者のことから、平生ちゃんとしていれば気違いになってもみっともなくならぬことを考えて努力して気構えに気をつけた。

　公判廷に引きだされたとき彼は友達のあいだに父の顔を見つけた。保釈になろうとしてかなり無理をさせて来てもらったのだったが、すぐ控訴すると同時に、可能性の最後の片《かけ》らでもを使うために父に検事たちにじかに会ってもらった。帰る前の日に会いにきた父は、奔走が無駄だったことと、奔走が無駄でしかないことを思い知らされたためとで弱って見えた。勉次は父の左手が中気風にふるえるのに気づいた。

彼は再び保釈願を書き、政治的活動をせぬという上申書を書き、（しかし彼は、彼の属していた団体が非政治的組織であり、彼が非合法組織に加わっていなかったという彼自身の主張にはどんな意味ででもふれなかった。）一方病室にはいれるよう要求し、看守長に会って、下獄する場合東京もしくは東京近県で服役できるかどうかを検《しら》べた。

彼は病室に入れられた。隠されている病名は肺浸潤であることを知り、目方が四四・五キロにへったことを知った。

ある日彼は細い手でお菜《さい》を摘《つ》まみ上げ、心で三、四の友達、妻、父、妹の名を呼びながら顎をふるわせて泣きだした。

「失わなかったぞ、失わなかったぞ！」と咽喉声《のどごえ》でいってお菜をむしゃむしゃと食った。

彼は自分の心を焼鳥の切れみたいな手でさわられるものに感じた。一時間ほど前に浮かんだ、それまで物理的に不可能に思われていた「転向しようか。しよう……？」という考えがいま消えたのだった。ひょいとそう思った途端に彼は口が乾《ひ》あがるのを感じた。昼めしが来て受け取ったが、病気は食い気からと思って今朝《けさ》までどしどし食っていたのがひと口も食えなかった。まったく食欲がなく、食欲の存在を考えるだけで吐きそうになった。両頬が冷たくなって床の上に起きあがり、きょろきょろ見まわした。どうしてそれが消えたか彼は知らなかった。突然唾が出てきて、ぽたぽた泪を落しながらがつがつ噛《か》んだ。「命のまたけむ人は……うずにさせその子」――おれもヘラスの鶯《うぐいす》として死ねる――彼はうれし泪が出てきた。

「屋敷内《ない》の雪はまだ解け残ってあるが」という手紙を彼は受け取った。「田畑丈《だけ》はモーありませぬが、遠近《えんきん》の山は真白で、風が少しでもあれば、風向《かざむき》の如何《いかん》に係《かかわ》らず氷で打たるるようで、外は強い寒さです。我々の村は苗代《なわしろ》までにはまだ三十日もあるから心配もないが、西野、勝股方面では、雪が多いのに加えて二十日も苗代が早いので、見込みが立たぬので、名古屋方面へ苗代の代作を頼んだと云う事です。此《こ》んなことは前代未聞の事柄だと云うのです。昭和八年度は豊年飢饉と云われたが、本年は其《そ》の裏の本当の飢饉でなかろうかと心配しているのです。あまり仰山《ぎょうさん》に非常時、非常時といって騒ぎ廻るから、神仏の御咎《おとが》めで本当の非常時が到来するのではないかと思われます。本年は降雪中十分注意したので、樹木の被害は少なかったのは幸いでした。手紙の中に桐の話があったが、あれは経済的には此頃南支、印度《インド》等、甚敷《はなはだし》きは独逸《ドイツ》辺よりも輸入されるので極めて廉価となり、引合わぬので改植されるので此の地方では概して無くなりました。日本でも加賀白山下の産は火《ひ》鉢《ばち》材として珍重されたのであるが、之《こ》れさえも此節《このせつ》トント振わぬとの事です。それ故《ゆえ》我家のも抜切《ぬきき》りしましたが、青桐は一株は存せざるべからずというので残してあります。

樋口君（目下東京亀戸《かめいど》在住の末子《ばっし》定君）を田町の樋口方へ養子に貰う話を先般上京の際に世話役をつとめたる処《ところ》、双方共満足の間《あいだ》に纏《まとま》り、本日定君が田町へ来る電報受取りたる吉日です。定君は警視庁巡査にて柔道三段の腕を持ち、目下その専門の由にて、もう二年辛抱すれば五段となり、地方の教授になれる資格だと云いますが、とにかく結構なる事と思われます。杉内由太《よした》君は一昨年《おととし》物理学校終了の処、今般当地中学の先生になりまして、幡《はた》ケ谷《や》町の旧士族の家《うち》へ養子に行きました。本野惣太郎氏の長男は兵隊を再役《さいえき》し曹長になり、孫之丞さんの長男も再役し、両方とも特務曹長となり帰る考えらしく、彼等の家としては夫《そ》れ相当の成功と云うものならめ。長くなったから擱《お》く事にする。時下大切にあれ。
(保釈却下の通知はまだありませぬ。)」

「二十四日の書翰は二十七日受掌しました。元気を悦びます。保釈願は只今出しました。父母とも元気です。サダ一家も元気です。此頃《このごろ》暖かくなり、苗代の用意も出来ました。山形憲一氏の次男は朝鮮高等農林在学中にあったが死亡しました。園池実という十九歳になった園池世継男《よつぎおとこ》は、電車の下敷となったが幸いにして十日間の休養で全快の見込みで悦んでいます。世の中は自由にならぬもの。二十五日には神崎へ参詣《さんけい》したが、二万五千の参詣者で二十八日には五万を越した由。矢張り当地は本願寺の米櫃《こめびつ》に背《そむ》かぬらしい。牡丹桜が咲き朝露に濡れたる風情《ふぜい》何とも云い様もなし。本年は寒かったせいか鶯《うぐいす》は藪で二度聞いた丈け。雲雀《ひばり》はまだ一度も見ぬ。屋敷では椿が今が真盛りです。

　遠からず下獄とせば、今から其の準備が必要であろう。未決の様な衣食の自由は出来まいから、八月頃と云えば気候が良いから身も馴《なら》し易《やす》かろうと思うが注意専一と思います。

此の辺で筆を擱《お》きます。」

しかし勉次の容態は次第に悪くなった。面会は病舎でできたが、彼は残酷な気を蹴とばすようにして控訴公判のためにもう一度父を呼ぼうと思った。血液検査その他についての彼の要求は、所長の意見を含むものとして医務長から「発病した場合には検査する」という言葉で返された。

電報の行違いなどのあったのち彼は再び父を見た。再び左手をぶるぶるさせながら（父はそれを着物で隠していた。）「おとっつぁんもまだ十年だけはいるつもりじゃから。」と前と打って変ったことをいう父に彼はあわれを覚えた。父は第一審のときに比べて急に衰えて、日和《ひより》下駄のカチャカチャいう音がひどくあぶなっかしかった。

つづいて彼は弁護士に会った。弁護士は勉次の出した保釈願や上申書で保釈実現に「不足している部分」について説明し、勉次が非合法組織にいたことを裁判所側として「認定」する条件は他の人から十分出てい、もしその点を承認すれば二年と執行猶予ないし保釈が可能になることを説明し、早いのでは去年から出ている勉次の知人たちの名を出した。それは勉次も知ってい、彼の属していた合法的組織は解体してい、彼自身ももうすこしどうかしていれば、そのとおりにしていたろうと思われる事情はあったのだったが、初めてそれを引合いに出した弁護士の言葉は彼に錯乱を与えた。勉次は錯乱――新しい心の戦いを感じ、同時にこの戦いの性質の分析を避けている自分を感じ、さらにそう感じること自身を避けていることを感じ、その二重三重の無意識な努力の行先きに目くらむように感じた。「そんなことをするのは無駄ではありませんか。」という調子を弁護士の説明から感じ、事実そうなのか、それとも弁護士に責任をかずけようとしているのか自分を見さだめることができなかった。彼は確答を与えず、あす来るまでに考えておいてくれという弁護士から逃げるようにして帰った。確答を与えなかったことが確答だったことの意識から彼は終夜のがれられなかった。あすは控訴審に引きだされる日で、病気につき要求した延期にたいする返事は明日《あす》にならなければわからぬのであった。

あくる日朝早く弁護士が来た。勉次は問題の点を認めることにすると答えた。

タミノが来た。タミノと弁護士とは別らしかった。勉次はタミノに同じことを話した。初めぽかんとしていたタミノは途中でまっさおになり、「わたしは……」と言いかけたが、ぴょこんとお辞儀をしてそのまま駆けだして行った。勉次は自分を、撫でようとする人の顔を見い見い逃げる風来犬《ふうらいいぬ》のようなものに感じた。

延期の要求はきかれなかった。彼は水ぐすりと粉ぐすりとを渡され、白いマスクをかけて、急やといの普通の自動車で運ばれた。

裁判所の階段を彼は両あし一段ずつで昇って行った。弁護士が父の上京について話し、もう一度延期を求め、それが許された。同時に在廷証人として父がよたよたと歩み出、へたな言いまわしで転向後の勉次を守るように誓った。父は苗代《なわしろ》のことと刑務所の休日とのため、勉次に会わずにそのまま帰った。

最後の日ふたたび同じ恰好《かっこう》で勉次は自動車にのった。途中小学生の行列を追い越した途端に彼は自分の口を手でふさがねばならぬような衝動を感じた。裁判長の前へ出た自分が裁判長を反駁しそうに感じられたのだった。しかし法廷へ立ったときは中身を抜いた酸漿《ほおずき》のようになっていた。

仮監《かりかん》で水ぐすりをのんでからかなり長く横になっていた。まっくらな狭い板壁のなかで彼は息苦しかった。板壁には――いまは暗くて見えなかったが――「転向派」との戦いの言葉、悪罵がいっぱい書かれてあった。懲役二年、五年間執行猶予――そして即日執行で彼は出た。タミノとツネの姿を見つけた瞬間包みを担《かつ》いで逃げこみそうになるのを彼は我慢した。

彼はタミノが居《い》候《そうろう》している彼女の女友達の部屋へつれて行かれた。バラック建てアパートの四畳半の一室だった。彼よりも早く外へ出ていたものを入れて五、六人の客が帰ったあとで、タミノとツネの前で彼は手をついて頭をさげた。しかし、何を、なぜ謝るのかはいえなかった。

アパートは一方が軒並みの木賃宿につづき、ラジオ、煤《すす》、夜昼ひっきりなしの人おと、六月にはいってからのむし暑さで、寝ている勉次は朝から汗をかいた。帰ったあくる日彼は知合いの医者にからだを診《み》せ、血液検査をしてもらった。後者は陰性が出てあとは脊髄液をしらべればいいことになった。

　アパートの狭い部屋がますます苦しくなって、彼は大森の友達の家《うち》へ行った。ある日タミノが手紙をよこして話をしたいといってきた。彼は非常に不安のまま彼女に会い、今度の経過を手みじかに話し、今後の心組みについて説明した。しかしごまかしたという意識からは逃れられなかった。タミノはある曖昧さを残したまま納得した。

　ある日父から上京の電報がきた。東京にいる彼の恩人が死にかけてその死に目に会いにきたのだった。病人は危篤に落ちてかえって持ち直した。二夜《ふたよ》泊ってから、父は勉次にいっしょにちょっと帰省せよと言いだした。母も五年会っていない、親類どもも心配している。暑い東京より病気にもいい、病気も汽車に乗れぬほどではあるまい、家《うち》のことでいろいろ話もあるということだった。勉次は迷った。彼は一方でタミノの顔をまともに見られなかった。他方でいま東京を離れることに危険を感じた。タミノに話すと、彼女は「帰ってきたいんでしょう？　いってらっしゃいよ。」という。そういう口調に彼は反撥を感じた。まず勉次に納得させ、タミノには勉次からいわせようとしている父の心を知りつつ彼は帰ることにした。タミノとツネとが見送りにきた。「高畑《たかばたけ》孫蔵のバカ、バカ。」と小ごえでいうタミノの声を耳にはさんで勉次は車室へひっこんだ。

　あくる日の昼彼は五年ぶりで母を見た。隣りや前の家々へ挨拶して帰ってくると新聞記者が四人来ていた。「どこで聞いて来なすったいね。」と問う孫蔵に、一人が「それゃ商売ですかい……」といった。家《うち》じゅうあけっぱなしで勉次は仕方なく会った。転向したというのはほんとうか。事実なら動機は？　今後の方針は？　事実である、動機はいろいろある、当面病気を直すことだと答えた。彼は嘘をつきたくなかったと同時に、そのうちの特に或る一人に反撥を感じてそれに挑発されたくなかった。一人がさっさと切りあげて立つとあとの三人も立った。勉次は最初に立った一人が勉次をいたわってるように感じたが、そのことに惨めさを感じた。すべてがよくわからぬらしい母に彼は何でもないといった。

　畑で孫蔵の声がして、カンカン帽をかぶってゆかたを着た男がいっしょに家《うち》へはいってきた。

「里窪のじゃ。」という父の言葉で勉次はそれが駐在所の巡査なのを知った。経緯《けいい》を知ってるのか知らぬのか勉次にはわからなかったが、巡査の話はひどくおとなしかった。駐在所と村の人間とは普通の場合万事そういうふうでもあった。

　あくる日勉次は孫蔵の高い咳払いで眼が覚めた。孫蔵は春夏秋冬を通じて朝暗いうちに起き、（年取ってから特にそうだった。）草むしりをしてから朝めしにした。夜は一合半ほどの酒でいい機嫌になってしゃべった。大演習では県でだいぶ金を使ったこと、満洲へ行く軍隊が近所の町を通過するようになって町のものが喜んだが、兵隊、特に将校連中に御馳走せねばならぬので、えらい物いりで困ること、人絹工場が出来て村の様子が変ってきたことなど。あくる日一日休んで孫蔵は勉次をつれてサダの嫁《かた》づき先きをたずねた。夜は前夜と同じように晩酌とおしゃべり。共産党が出来るのは当りまえなこと、しかしたとえレーニンを持ってきても日本の天皇のような魅力を人民に与えることはできぬこと。その次ぎの日は死んだトシの嫁づき先きをたずねた。夜も同じ。そしてどの晩も、「屋敷の手入れなどもおとっつぁんは考えている。死んだ祖父《おじ》さんも木が好きじゃったが、おとっつぁんはまたいかにも作家の生まれた屋敷というふうにしたいと思《おも》てるんじゃ。」といって大ごえで笑った。勉次は答えるすべもなく、同時に父の精神的衰弱もそこに見えるように思った。そんな言葉にも父は我と慰めの一つを見だそうとしているらしかった。死んだ兄の耕太が祖父《そふ》のすすめで生命保険にはいったとき、朝鮮にいた孫蔵は反対してやめさしてしまった。祖父が家《うち》がぼろになったので小さい家に造り直そうといったときには、いや、小学校のような家を造るべきですといって反対した。しばらく前からその父が保険の村代理店をしていた。勉次はまだ中学にいたとき見た父の夢も思い出した。父が植物標本をつくっている夢で、父もそんなことにまぎれを求めているのかと思って覚めたが、屋敷の文士仕立《じたて》は話が現実的なだけ黙るほかなかった。

一週間ちかく同じ話が続いたが「家の話」は出なかった。勉次は一方では恐れ、一方では聞いてしまいたかった。熱は三十八度を越さなかったので彼は当座の金のためと思って翻訳を始めた。それが今日は、“An Trojanowski und seine Frau werde ich betreffs ihres Wunsches, sie wiederzusehen, schreiben. Das wäre wirklich schön” というところで止まった。彼はihresがIhresであるかsieがSieであるかのまちがいだろうと思ったが彼の語学では判断できなかった。

　クマが鍋をさげて暗い流元《ながしもと》の方へ行きかけたとき、孫蔵がうしろから声をかけた、「おまえ、どっか出てきないのれ。わたしア勉次にちょっと話があるんじゃ。」

「はえ？」といってクマはがたんと鍋をおろした。勉次は父の顔を見たが父は母の方を見ている。クマはうしろむきのまま、「何じゃろか。わたしアいて悪いんかいね。」と必死な声で聞いた。父は母の方を険《けわ》しい目で睨《にら》んだが言葉が出ない。何か追いはらうように黙ってもう一度茶をがぶがぶとやってから、ひと言でへこますような憎さげな調子で「悪いさかいちょっと出てきないというんじゃ。」といった。そして何もなかったように、「そこの徳利持ってこいやれ。」と勉次にいった。勉次はさっき母がさげた徳利を取ってきた。母が裾《すそ》をおろして暗い外へ出て行く。行くところがあるのか、そこらへしゃがむのか、勉次にはわからない。「おまえも一ぱい飲め。」といって父は勉次にもなみなみとついだ。

「おっかさんがいたっていいんじゃけどして、いたほうがいいんじゃ。しかしわからんさかいして。」勉次は聞いていた。「おっかさんに話してないこともあるんじゃ。家《うち》のことじゃって手紙にも書いたし、おまえも大概わかってるこっちゃろうが。それゃ、このまえの時はさほどでもなかったが、今度の二年半というものは、おとっつぁんの苦労もたいしたもんだったんじゃぞの。」

「ええ。」といって勉次は飲んだ。

「トミが死ぬじゃろいして。あれもかわいそうなもんじゃ。かわいそうじゃからって死ぬもな仕方ないじゃろがいねして。ツネの介抱はそれゃたいしたもんじゃったんじゃ。そのツネがじゃ、うらの考えなんかはてんとわからん。赤ん坊が生まれて乳がない。それで牛乳じゃ。しかしおとっつぁんは、いれんなことを検《しら》べて米の汁をやることにしたんじゃ。おまえら知ってるじゃろが、このへんの牛の乳ときたら何を飲ませるやらわかったもんじゃないがい。野々上《ののがみ》じゃろう。ああいう牛じゃからね。高井さんによく聞いたうえのことなんじゃ。ところがツネなんかア、牛乳をやらんさかい死んだんじゃというんじゃ。いうて説明してもわからん。挙句のしまいにゃおとっつぁんが吝《けち》なからだというんじゃ。そんなことというたっておとっつぁん怒れもせんがいねして。それで赤ん坊が死ぬ。トミが死ぬ。ツネがうつるじゃろ。うつったというたところで医者の話じゃ何でもないことなんじゃ。ツネはして、あのとおりの神経病《や》みじゃ。わが身もいつトミのように死ぬかも知れんというようなあんばいじゃ。それもさ、何とか片がついた。そうすると今度は歯じゃ。それも片がついた。そこへおまえじゃろいして。クマにゃ黙っておいたんじゃ。しかしいつまで隠してもおけん。また隠しおおせるもんでもない。だれがさべったやら、わたしゃそのとき聞きもせんが、どっかで聞いたらしい。聞いたは聞いたが、わたしが黙ってるもんじゃから、おとっつぁんにたずねもせんのじゃ。おとっつぁんはしかし考えたこともあるんじゃ。聞いてこんでも話そうとは思うていた。それゃ、結局は話すべきものと考えていた。それじゃから話した。これが一昨年《おととし》の秋じゃ。それからというものはどうじゃいして。うらは死ぬような目に逢うたんじゃ。村の衆《しゅ》に恥かしいというて外へ出たがらんのじゃ。外へ出たがらんたって、百姓の仕事ア外へ出にゃできん。恥かしいこっちゃないっちゅうことを話してもわからん。頭からわかろうとせんのじゃから手がつけられん。それで妙なもんで、わかることもあるんじゃね。それが一ぺんわかってもすぐけろっと忘れてしまうんじゃ。そうしておとっつぁんの教育の仕方が悪いからだというんじゃろがいねして。」孫蔵はがぶっとあおって、乾《ほ》してある勉次についだ、「うらの教育方針は決して悪うない。いい悪いは知らんがまちごうてはいぬつもりなんじゃ。耕太があのとおりじゃろう。嫁がほしいといえば田舎《いなか》藝者じゃろう。それゃアあんな嫁は、鉦《かね》太鼓で探したってあるもんじゃないざ。あるもんじゃないけどして、世のなかってアそういうもんじゃないがいねして。まあ仕方ない。死んだ祖父《おじ》もああ言いなさるこっちゃし、金をこさえてもろうたわけじゃ。そしたらどうじゃいして。一年もせずに赤痢じゃろ。それもウラジオじゃ。おまえも敦賀まで来たが、あのとおりじゃ。しかしおとっつぁんは泣かれもせんがいねして。村のものアみんなお気の毒なっていうじゃろ。しかし中にゃ肚《はら》で喜んでるものもあるんじゃ。それゃおまえらア知らん。百姓ってもなそんなもんじゃない。なんか人に困ったことがあれゃ、わが身が得したようにしてうるしがるんじゃ。先祖代々じゃからして仕方がない。おとっつぁんにはそれがわかる。わかったからって仕方がないがいねして。おまえがどうじゃ。せっかく高等学校にはいれたと思や落第じゃ。それも二度じゃ。おとっつぁん野島先生に聞きに行った。あれゃ、にいさんのほうアうらも昔兵隊でちょっと知っていたしね。野島先生の話じゃ、高畑《たかばたけ》君は頭は悪るないということじゃ。しかしちっとも勉強せんてんじゃ。試験の答案を見ても、自分の好きな問題しか書かん、好きなことなら先生の知らんようなことまで書いてある、きらいな問題は少しくらい知ってても書かぬ。ただわがままなんじゃ。あの時ゃおまえにもちょっと言うておいた。しかしおとっつぁんは落第についちゃ何もいわなんだ。よそじゃ入学試験で二度落ちる人もある。入学試験で二度落ちるよりゃはいって落ちたほうがまだしもましと思うて黙っていた。こんなこた言うたこたないが、小遣《こづか》いだって分相応に渡してある。いい家《うち》のこた知らんざ。それがじゃ、わたしらの知ってる家じゃ小遣帳をつけさしてるのがある。よそは万事そういうふうじゃ。おとっつぁんアそういうこたあまり好まんからそんなこたせん。おとっつぁんらア教育がないから学問のこたアわからんが、しかしとにかくそういう調子でやってきた。それをおっかさんらアみんなおとっつぁんの方針が悪いようにいうんじゃ。なんでもかでもうらに押しつけさいすれゃ気が休まるように出来てるんじゃさかい仕方ないがいのして。そうして口説《くど》くんじゃ。おとっつぁんア神経衰弱になってしもた。それゃおまえにもいうたとおりじゃ。いうは易《やす》けれど、それゃとてもとても堪ったもんじゃないんじゃぞの。おまえもいうし、お寺詣りなんかもさしょうというても行こうとせん。それゃ、クマも悪るないんじゃ。三座ある説教のうちきっと一座は共産党の悪口なんじゃ。共産党のことも何にも知らんでいて悪《わる》口《くち》じゃ。おとっつぁんじゃって何にも知らん。知らんけれども、坊主どもの話を聞いていて、やつらアおとっつぁんよりもまだ知らんことがわかる。わが身ア乞食《こつじき》にも劣った日暮しをしていて、いうことだけゃいうわ。おっかさんら女じゃからね。それゃとても聞いてやいられん。仕方ないがいねして。蔵へ畳を入れるやら。ま、そんなことじゃ。よその人が来れゃ、こんの息子さん東京でこの節どうじゃいのという、それがこんの家へ来てア、だれも勉次さんとも勉さんともいわぬ、親類のものも口に出さん――こういうんじゃ。それゃおっかさんのいうとおりじゃ。いうとおりじゃが当りまえじゃがいして。そんなことア誰がいえるいして。あすこの子ア警察へ出て柔道の先生じゃ、ここの子ア再役《さいえき》で特務曹長じゃ、そんなことが自慢じゃろうがいねして。そんなものは偉《え》ろも何ともないと思たかてして。こんの家《うち》のことさべってもらいたいが言えんじゃろがいねして。それがおっかさんらにゃわからん。わけがわかってもして、人の口に出ぬのが淋しいんじゃから仕方ない。それゃようわかってもらわねやならんのじゃぞの。」

「まあ、それゃそっでいい。こんだア家の資産じゃ。資産ちいっちゃ、田地が少しあるだけじゃ。二町何反。宅地やら何やら差し引いて米なら五十じゃ。一俵八円じゃ。この節食うていけるかいして。それで山崎屋に借金が二千円じゃ。農工銀行に二千円。そのほか小口のがかれこれ千円。都合五千円というものがそろって借金じゃ。これゃこんの家ばかしでもない。村一統のありさまじゃが、こんの家は五千円ある。祖父《おじ》さんの代から継いだものをだいぶ整理してまだこれだけあるんじゃ。何で新しい借金が出来たというと、ツネのときのはすんだが、トミの嫁入りが千円じゃ。サダの嫁入りが千円。その時分ア物《もの》気《け》も高かったが仕方ないがいねして。そこへもってきてトミの病気じゃろ。これなんかむこうで金を出すのが普通かも知らんが、この辺の土地の仕来たりとしてそうなってるんじゃから仕方ない。仕来たりでないところでじゃ、何かいいことなら仕来たりを編みだすのもよかろけっどして。肺病で寝こんだ、赤ん坊も死んだというような病人じゃ。大仕来たりじゃろがいねして。それにツネの生活費じゃ。これゃ、ま、おとっつぁんがおっかさんに隠すようにして送っている。あれじゃってかわいそうじゃから送っている。しかしむこうじゃ何とも思てはいぬらしい。思うてほしくもなけれど、そんなこってこれからどうするいして。それで元利入れてどういうことになるかっちゅうと、毎日一円入れて十五ヵ年たつと返済になる。いろいろ立てている。借金は五千円じゃが貸金もある。平塚に六百円、北沢に六百円じゃ。しかしこんな貸金ア、返ることア確実じゃがまさか利息取るわけにゃいかんじゃろいして。いかんどころか催促もできんがいして。できさえすれゃ走って持ってくる人なんじゃから。それからわたしの恩給がある。これが年三百六十円、月にして三十円じゃ。すっぽりこっぽりでこれだけじゃ。それで税金がどうじゃっていうと、なにもかもで三百円じゃ。これゃとても安《やす》なる気づかいアない。しかし出るほうアそれだけじゃない。これがほかと違う。今度でもそうじゃいして。おまえからもいうてくるし、おとっつぁんも一ぺん会いたかったから出かけたさ。しかし往復三百里じゃ。どこに路用があるいして。時計を質においた。あれゃ型ア古いが金《きん》はいいんじゃそうな。金が高うていいようなものの。そって九十円じゃ。こんだア山崎屋で五十円借りた。その次ぎゃこんだの恩人の病気じゃろ。これもほかのことた違うさかい行かんならん。そってこんだアまた山崎屋で三十円じゃ。この半期のうちに百七十円の借金じゃ。これゃ、さきの五千円た別じゃざ。こないだサダんとこへ行きゃ、みやげや何やらで汽車賃二人分も入れて十円じゃろいして。おたえさんの葬式があれゃ香奠《こうでん》が一円じゃろ。お神楽《かぐら》まで十銭やらねやいい顔せんのじゃ。土地の上《あが》りってもなてんで算用に見つもられんのじゃ。それがわからん。ツネらときた日にゃ、そんなことばっかり言いもせんが、おとっつぁん勝手に生んだんじゃさかいどうでも養うてもらわんならん、こうじゃ。あつらはなにもわからん。そって土地の整理でもしようかと思うても、これゃ手紙にくわしく書いたとおりじゃ。てんと売れん。売れんはずじゃがいのして。そんなもの買うたとこでして、くいこむばっかりなんじゃからア。それにおっかさんじゃ。おっかさんにいうてみたこともある。おっかさんアそれ聞くと三日くらいものも言わんのじゃ。三日くらいしてから、それだけゃ、うらの目のあるうちゃ売らんとおいてくんないのれと、こうじゃ。みすみす足《た》しまえせんならんものを離せんのじゃ。

それゃほかに何もないんじゃでの。くいこむものでもあれゃある気でいられる。仕方がないんじゃ。これゃもう、これだけは言うても聞かしてもわからん。ほかの家《うち》ゃどうじゃいして。尋常科出れや機屋《はたや》じゃろいして。人絹も永うア続かんというたところで、とにかく月々現金がはいってくる。それゃたいしたもんよ。家らア出るばっかしで、はいるってこたないんじゃ。それゃおとっつぁんが、なんぼやってみたところで、こんな『じよう』と『むば』じゃ手も足も出んのじゃ。」

　孫蔵はちょいちょい飲んだがまた大きく飲んだ。勉次も機械的に飲んだ。

「それがどうじゃいして。おまえの転向じゃ、今度はおとっつぁんは行かんつもりじゃった。しかし電報がカナラズコイというんじゃがいして。それもじゃ、イサイフミとして文《ふみ》がいくら待っても来やせん。なんせそんなこっちゃ。どうしたやらと思てるとこへキョウタテじゃがいして。わたしゃ田んぼにいた。おっかさんア顔の色変えて持ってきた。電報さえ来れゃ顔の色ア変るがいのして。とにかくじゃ、取るものも取りあえず行った。それゃとても、おとっつぁんの年でこんな目に会う人ア、あるかも知れんが決してないぞの。それで面会に行く前に会議を起《おこ》いたんじゃ。タミノ、ツネ、おとっつぁんと。タミノが、どうしても勉を出すようにしてくださいというんじゃがいして。あつらもそこがあかん。あれも偉い人間じゃ。偉いが、そこが足らん。どうでもして出《だ》いてください、おとっつぁんでなけにゃあかんというんじゃがいして。自分じゃしようと言わいで、人にばっかし頼りたがる。ソクラテスのような偉い人でもあかんだっちゅうが。嫁さんに釣瓶《つるべ》で水かけられたっちゅうじゃないかいして。去年の夏もそうじゃ。大阪が焼けて丸焼けになったという。おとっつぁんじゃと思うから火事見舞いを出いた。返事が来んがいして。タミノから聞いたとおりにしてもう一ぺん出いた。それも、着いたやら着かんやら梨《なし》の礫《つぶて》じゃがいして。返事が来たら、ちょっこりでも見舞いでも送ろうと思《おも》ていたんじゃがそれきりじゃがいして。ツネがまたわがままでいっしょな家《うち》に住もうとせん。そんなこってどうするかい。二人ともじゃ。それじゃさかい、転向と聞いたときにゃ、おっかさんでも尻もちついて仰天《ぎょうてん》したんじゃ。すべて遊びじゃがいして。遊戯じゃ。屁をひったも同然じゃないかいして。竹下らアいいことした。殺されたなア悪るても、よかったじゃろがいして。いままで何を書いてよが帳消しじゃろがいして。おとっつぁんらア、ああいう気違いみたいなおっかさんでも事わけを話して教育してきてる。それゃ口に出いてこそ言わね、一家《いっけ》親類みんながびっくりしたんじゃざ。あかんがいして。何をしてよがあかん。いいことしてたって、してれゃしてるほど悪るなるんじゃ。あるべきこっちゃない。おまえ、考えてみてもそうじゃろがいして。人の先きに立ってあのこうの言うて。機屋の五郎さんでも、わが子を殺《ころ》いたんじゃけど勤めあげたがいして。おまえらア人の子を殺いて、殺いたよりかまだ悪いんじゃ。ブルジョアじゃ何じゃいうても、もっと修養のできた人間はぎょうさんある。床山《とこやま》ア見いま。政友会へ行った。あれで大臣にゃなれるじゃろ。しかしもののわかった人間なら、たとえ政治屋でもじゃ、あれきり鼻汁《はな》もひっかけんがいして。あれで床山を奉るのア、ダニみたいなもんらだけじゃがいして。大臣になったとこで人間を捨てたんじゃ。利口ではあるが、人間を捨ててどうなるいや。本だけ読んだり書いたりしたって、修養ができにゃ泡じゃが。おまえがつかまったと聞いたときにゃ、おとっつぁんらは、死んでくるものとしていっさい処理してきた。小塚原《こづかっぱら》で骨《こつ》になって帰るものと思て万事やってきたんじゃ……」

　孫蔵は咳払いをして飲んだ。勉次も機械的になめた。

「いったいどうしるつもりか。」孫蔵はしばらくして続けた、「つまりじゃ、これから何をしるんか。」

「…………」

「おとっつぁんは、そういう文筆なんぞは捨てべきじゃと思うんじゃ。」

「…………」

「おとっつぁんらア何も読んでやいんが、輪島なんかのこのごろ書くもな、どれもこれも転向の言いわけじゃってじゃないかいや。そんなもの書いて何しるんか。何しるったところでそんなら何を書くんか。いままで書いたものを生かしたけれゃ筆ア捨ててしまえ。それゃ何を書いたって駄目なんじゃ。いままで書いたものを殺すだけなんじゃ。それゃ病気ア直さんならん。しかし百姓せえ。三十すぎて百姓習うた人アいくらもないこたない。タミノじゃって田んぼへ行くのがなんじゃい。そんなこってどうする。さきもいうたとおりじゃ。借金は五千円じゃ。そっでも食うだけゃ何とかして食える。食えんところが何じゃいして。食えねや乞食《こつじき》しれゃいいがいして。それが妻の教育じゃ。また家長たるべきもの、一家の相続人たるべきものの踏むべき道なんじゃ。」

「………」

孫蔵はまた飲んだ。

「よう考えない。わが身を生かそうと思うたら筆を捨てるこっちゃ。……里見なんかちゅう男は土方《どかた》に行ってるっちゅうじゃないかいして。あれは別じゃろが、いちばん堅いやり方じゃ。またまっとうな人の道なんじゃ。土方でも何でもやって、そのなかから書くもんが出てきたら、そのときにゃ書くもよかろう。それまでやめたアおとっつぁんも言やせん。しかしわが身を生かそうと思うたら、とにかく五年と八年とア筆を断て。これゃおとっつぁんの考えじゃ。おとっつぁんら学識アないが、これゃおとっつぁんだけじゃない、だれしも反対はあろまいと思う。七十年の経験から割り出いていうんじゃ。」

勉次はいろんなことがわかったように思った。家族関係のさまざまな糸、家《いえ》と家とのつながりへの生き方のいろんな反映、自分たちの眼の狭さ、父が上京して開いたという会議でのタミノの言葉の父による誤解——しかしすべてを彼の裏切りが与えていた。父の誤解をいくら解いても誤解を生ましたものにふれることはできない。父のいうとおりである。

タミノやトミや何十人かのその仕事仲間にたいしては責任を感じていたが、父親にたいしてそれと同質のものを感じていなかった自分の姿は見るにたえなかった。

「どうしるかい。」

勉次は決められなかった。ただ彼は、いま筆を捨てたらほんとうに最後だと思った。彼はその考えが論理的に説明されうると思ったが、自分で父にたいしてすることはできないと感じた。彼は一方で或る罠《わな》のようなものを感じた。彼はそれを感じることを恥じた。それは自分に恥を感じていない証拠のような気もした。しかし彼は、何か感じた場合、それをそのものとして解かずに他のもので押し流すことは決してしまいと思った。これは彼らの組織の破壊をとおして、自分の経験でこの二年半のあいだに考え積ったことである。自分は肚《はら》からの恥知らずかも知れない。しかし罠を罠と感じることを自分に拒むまい。もしこれを破ったらそれこそしまいだ。彼は、自分が気質的に、他人に説明してもわからぬような破廉恥漢なのだろうかという、漠然とした、うつけた淋しさを感じたが、やはり答えた、「よくわかりますが、やはり書いて行きたいと思います。」

「そうかい……」

孫蔵は言葉に詰ったと見えるほどの侮蔑の調子でいった。彼らはしばらく黙っていた。

勉次は自分の答えは正しいと思った。しかしそれはそれきりの正しさで、正しくなるかならぬかはそれから先きのことだと感じた。彼は何の自信もなかった。彼は多少の酔いを感じ、ふぬけのように労《つか》れた。

「ふうむ……」

孫蔵は非常に興ざめた顔をして大きな眼を瞼《まぶた》の奥の方へすっこましていた。勉次はこの老父をいかにむごたらしく、私利私欲のために、ほんとうに私利私欲――妻をも妹をも父《ちち》母《はは》をも蹴落すような私利私欲のために駆りたてたかを気づいていた。静かな愛想づかしが自分のなかに流れてきた。足おとが聞えて、臆病猫のように口をとがらした母がはいってきた。ちょうどそんなところへ帰ってきたことが勉次の気になったが、それ以上彼には考えられなかった。母はおどおどしながら、「田口へ行ってきましたア。保険の礼アやっぱしもろておきないといね。」といって卓袱台《ちゃぶだい》の方へ寄ってきた。

（四月七日）

広　重

私はこのごろ広重が好きになっている。しかしなぜ好きだかはわからない。わからないというよりも、そのなぜを突きとめるのを自分で恐れているらしい。同時に、いずれは突きとめずにはおけぬものという感じも持っている。これを突きとめることはもっと重大なことを突きとめることに続いていて、それは大ごとで、はたしてやれるものかやれぬものか、そこまで勇気が出せるものか我ながら心もとない。しかしそのことがそもそもおかしいとも思う。勇気が出るか出ぬか前もって心もとないなぞというのは、いざとなって勇気を出さぬことの予告でもなくはないからだ。そういう心の状態、つまり私の人生態度が、もしかして広重を好くということの原因になっているかも知れない。そうとなると話は厄介になる。いずれにしてもほうっておくことはできない。後《あと》は後として、問題の最初のところを書きつけておこう。

広重といえば話は絵のことになる。安藤広重、一立斎《いちりゅうさい》広重の画業ということになるが私のはそれではない。むろん絵をぬきにしてというのではない。ただ私は、広重といってもろくに絵を見ていないのだから、画家としての広重をどうこうというのではない。絵は少しは見ている。見ているといっても写真や複製でだが。だから私のは、広重が好きになっているといってもそれくらいの程度でのことだ。それだから、これは、文学なぞにあまり縁のない少年が、何かのきっかけでトルストイを読んで、それもたとえば「コサック」なぞを読んで、おれはほんとうにトルストイの「コサック」が好きだ、世界でいちばんトルストイが好きだと心から思いこむ場合なぞに似ている。いまはちがってきていると思うが、以前には、そば屋のねえさんなぞが雑誌を「本」といって呼んだことがあった。

「わたし、本で読んだのよ……」

けばけばした色どりの絵表紙をつけて、『何々世界』とか『何々くらぶ』とかいった名まえの女雑誌が彼女の「本」だった。そういった程度で広重が私に広重なのかも知れない。広重の絵が私に広重の絵なのかも知れない。

いっぽう私は広重の伝記なぞはろくに知っていない。だいたい徳川末の人だということを知っているくらいだ。広重のことを調べてなぞは無論いない。それだから、広重の絵を複製で見たといっても、広重のことを全く知らぬわけではないといっても、両方あわせて広重の何十分の一、何百分の一になるのかそれはわからない。

考えてみると、しかしそんなのが普通一般のことではないだろうか。横山大観が偉い画家だ、藝術院会員だといっても、そう誰でも大観を見ているわけではない。古美術といったものにしてもそれは同じだろう。法隆寺にしてもギリシャにしても同じではないか。それにしたところで、法隆寺が尊敬され、横山大観が奉られることを防ぐわけには行かない。法隆寺そのもの、横山大観その人にもそれはできない。つまり人は、自分がやぶにらみで愛されても、何百分の一の部分だけで愛されてもそれは拒めなさそうだ。それだから、広重にしても私の愛を拒むわけには行かない。そしていわばそのことすらが私に広重を愛させる。そういう、悪ではないがやりきれないもの、それにたいするある程度の妥協状況が広重にマッチするように私が思う。むしろそれが、広重と私との関係に現にマッチしてるというのが事の真相なのかも知れない。

いったい私は、いつ広重という名に初めて接したのだったろうか。それは子供のときだった。いまは小学校の教科事もどう変ったろうか。私の小学校時分には、歴史の教科書にも広重の名なぞは出ていなかった。私はそれを少年雑誌で知った。何かの少年雑誌に有本芳水が詩を書いていて、その詩のなかで「広重」という名を出していたのだった。ただし私は、広重というのが何の名なのかは知らなかった。考えてもわからなかった。なんでもそれは、瀬戸内海かどこかの風景をうたった詩で、海の色とか空の色とかいうものの美しさをあらわしたことになっていて、それだけはわかったものの、広重そのものには見当もつかなかった。色の名におなんど色というのなどがある。どうかしたら、ある青の色を広重というのかなとも思ったが確かめる術《すべ》はなかった。広重そのものは複製にしろ見る機会もなかった。いったい全体、富山の薬売りが置いて行くもの以外、盆に町の店屋がくれるうちわの絵以外、版画というものが家《うち》のなかにそもそもないのだった。版画という言葉さえ私は知らなかった。

　すこし大きくなって、中学生になり高等学校の生徒になりして私は初めて広重を知った。徳川期の画家だ。非常に名高い風景版画の作家だ。「東海道五十三次」の絵をつくった。「江戸名所図」とか「六十余州名所図」とかいう絵をつくった。浮世絵師というなかにはいっている。ほかの浮世絵師は遊女の図や芝居役者の絵をつくっているが、どういうわけか広重は風景ばかりつくっている。外国にも名が知られている。ほかに葛飾北斎といった偉い画家もあった。総じてそのころの浮世絵師は春画をつくっていた。それは世界にも名高いらしい。北斎さえもそれをつくったそうだ。広重だけがそれを作らなかったらしい。ざっとこんなことを知識として知ったが、すべてあいまいなもので、「江戸名所図」とか「六十余州名所図」とかいう名が本来のものかどうかも私はまるで知らなかった。だいいち、複製や写真を見ても、肝腎の広重そのものが少しも私におもしろくないのだった。

　それは、感覚の上でそこへ引きずられたくないものに私に見えた。そんなものから逃げだしたい——それがそこにあると私は感じた。現実、現実的、リアリズムということをどんなふうに考えていたか今わたしは思い出せない。なにしろ、広重は風景としてリアリスチックでないとように私には見えた。

「風景は広重の版画のようではない。それは油絵のような具合のものだ。」

細い線や、すうっとして人物の足もとに力がないようなところや、走っている人間も入れて人物が動いていないこと、小腰《こごし》をかがめていて、のっしのっしと歩いていないことなどが私に広重を好きにならせなかった。そのころ私はロダンの写真を見た。またゴッホの複製を見た。ロダンの「歩く人」といった調子の人間が広重のなかにはいなかった。ゴッホの青や緑の畑はそれがほんとうに畑だと思われた。ただ私は、そのころになって初めて広重の空の色のぼかしを美しいと思った。海の色も美しいと思った。しかしそれは、空の色、海の色の美しさで、広重の絵の美しさだとはまだ思えなかった。

広重の——それも複製で色があまりよくなかったが。しかも私は、それ以外には見ていないのだから、「あまりよくない」ということさえ勝手な解釈だったが。——青いろに気がついたとき、私は子供時分の記憶を思い出して興がったことがあった。子供のとき、たぶん小学校の四年か五年くらいのときだったろう、同じ村の同級生の一人が、彼の父親が春画を持っているという話を学校の帰りに田んぼ路でした。彼の父親というのは貧乏な百姓で、私のその同級生はなかなか賢い子供だった。彼がいうには、ある日彼がそれをおやじの箪笥《たんす》のなかで見つけた。その絵では、亀頭《きとう》が青い色になっていると彼は私に語った。

彼は春画という言葉はむろん使わなかった。何と言っていたか私も覚えていない。とにかく彼は事がらを秘密のこととしては扱っていたと思う。しかし二人とも、事がらそのものには興味を動かさなかった。ただ私は、亀頭が青いろだというだけでその絵がいいものでないと信じた。青いろの亀頭？　そんなものがあるものか。「してみると、あのときとにかく亀頭という観念はあったのだな……」私はそう思って、そんな小さな知識から見もしない絵の美を否定したその梨《なし》あたまの少年の判断に微笑した。それにしてもそれきりの話だったが。

それきり私は広重がきらいで来た。きらいというほどではなくとも、好きになれずに二十になり、三十になり、四十になった。そしてある日から、その広重が不意に好きになっているようになったのだった。不意に広重を好きになっている自分を見だしたといったそれは具合だった。

ある日私は日本橋を丸善の店へ歩いていた。私の心は、単純にいうと屈していた。空も曇天だった。しかし元はというと治安維持法に関係していた。もっと直接には保護観察法に関係していた。そのころ私たちは、新しく出来た保護観察法という法律に「付される」ことになって、その日そのことで第一回の集まりに召集されてそこからの私は帰りだった。治安維持法に触れたことのあるものを、逆もどりしないように絶えず見張って保護して行くという法律は私にいぶせかった。千駄ヶ谷駅で降りてしばらく行くとその保護観察所というのがあった。玄関をはいると左手に受付がある。若い男や若い女が事務をやっている。前に検事をやった人間や刑務所の役人をやった人間が保護観察所の役人になっている。そういう人間が私たちを呼びだすのだったから、それは、こっちが被告として、相手を検事として、うまく行く行かぬにかかわらず対立者として出会うのよりも気持ちがよくなかった。それは質のちがったものだった。

受付の若い女が帳面を私に出す。そこにペン、インキが具《そな》えてあって、私を呼びだした相手方を、その人に私が面会を求めるという形でそこへ名を書くことになっている。見ると、何人かの人が私より前にそれを書いていて、その人びとが、私がめくった最後のページに関するかぎり、そろいもそろって相手を「何々先生」と書いているのが私に迷惑の感じでかぶさってきた。私としては、どうにも「先生」とつける気になれない。異を樹《た》てたように取れる書き方もしたくない。いったい相手は役人で、私たちはそこへ法律関係で出ているのだから、役の名を書くのなら格別、「先生」とするのはどうにも困る気がして私は「何々様」として窓口の女に返した。

女は鄭重な調子でそれを受けとった。そして左手にそれを開いたまま持って、右手で電話機をはずしてどこかへ電話をかけはじめた。

「もしもし、もしもし。何々先生に御面会ですけど……」

人が「様」と書くか「先生」と書くかは、そこでは上役人を「先生」で呼ぶことに何の関係もないらしくて、それは私に小さいながらこたえることだった。

　役人を入れて三十人ばかりの人が二階の部屋に集まった。ところで私には、文学関係の人間がいないことが意外だった。政治評論家、国際事情紹介の専門家といった系統の人が集まっていて私には顔なじみが少なかった。かねがね地味な学者と思って一人で尊敬していた学者なぞも呼ばれている。私は、とかく軽率なところがあっていらぬ口をきいて後悔する癖があるので気をつけて黙っている。文学の世界でなくて口出しする話題もあまりないのだった。

　そのうちに、私の尊敬してきたあの学者が怨《えん》ずる口調で言いだして私は心が萎《な》えて行った。

「私たちは、もはや今日では反共の立場に立っております。これは明らかな事実なのですから、ソヴェート関係、中国関係の資料類を、官で独占しておかないで私たちにも見せてくださるよう観察所のほうでお世話願いたいと思うのですが……どうも、あまりに継子《ままこ》あつかいが過ぎはしないか……」

　言葉としてはかなり強い非難の調子でそれは言われた。私の感じとしては、それはこれほど尻尾《しっぽ》をふってるのにということの裏側からの言い方だった。そこまで行っても、その学者を学者として尊敬する気は私のなかで減らなかった。私の気持ちにしても、突きつめて行ってどれだけその学者とちがうか私のなかではっきりしているわけではなかった。ただ私は、知る知らぬにかかわらず、肉親的に仲間うちとして考えられてきたものが、その圏《けん》のなかでそのままで変化していることに肉感的に気づかされた。屈したなりに、中腰のままでも何とか助けあって行こう、以心伝心ででもこれ以上の被害は互いに防いで行こう――そう考えているそのことが、そのままそっくりで災害となってかぶさってくるかも知れぬことが受けとられた。「先生」の一列横隊が「様」を押す。その押される感じで私は顔いろもにごって丸善の店へふらふらとはいって行った。

ここに目的があってのことではなかった。用足しはすんでいて、私は店の模様ががらんと変っているのに刺戟されて二階へあがって行った。本屋としてのさびれ方、それにせきたてられて昇っただけにすぐそれでも残っている本が目を射た。ガラスの陳列棚のなかに、見覚えのある立派な『広重』があるのに気づいて私はその方へ寄って行った。

突然ななつかしさが私をつかんだ。そのため私は立ちどまった。私のからだが強く引かれる。あれは内田とかいう人の書いたものだったろう。ずっと前に神田の本屋で見た。そのときは中をあけて見た。いろいろの絵も眺め、文章もあちこち拾い読みしたはずだ。それがあれだ……しかし私はそこから遠ざかった。そして、足はのろのろと、心は後《あと》をも見ずにという調子で二階から降りて家《うち》へ帰って行った。なさけないような、いかにも中途半端といった日本人らしい日本人の姿が広重のなかにあって、それがそっくり自分のなかにあるように思えてそれが我ながらあわれだった。

そのころの私は前田寛治《かんじ》という作家を好いていた。ほんものは一枚くらいしか見ていなかったが、美術雑誌で見た複製なども入れて、ほんもので見たその一枚が特に私には泣きたいほど気に入っていた。ずっと前に、法隆寺へ行ったとき私は盗みたい感じにおそわれたことがあった。五重塔のいちばん下に並んでいる小さい塑像、あれは塑像というのかどうか私は知らなかったが、あのなかに坐像の女がいて、それは東京でもごみごみしたへんの線の電車に乗っているような顔をしていたが、あすこには格子《こうし》が張ってあった。盗みをしたいと思ったというのでなく、そんなことは思わなかったが、しかし手が自然に出る思いで実際私は手を出したのだった。出したけれども、格子の桝目《ますめ》が狭すぎて手は通らなかった。だから私は手を中までは入れなかったのだった。盗みたいというのとはちがった感じでの欲しいという感じ、その同じ感じで私はそのときその前田寛治がほしかった。全体としての青緑《あおみどり》の色どり、その前で、ひとりの肥《ふと》った日本人女が裸体で横になっていた。光線がどんなふうに扱ってあったものか、絵全体から私は音楽のようなものに襲われた。非常に鋭敏な神経の束、しかしそれによって組みたてられたものはどっしりとして落ちついている。というより、ぼってりというほど、動くままで——その動くのがシンフォニーのようにほんとに音としてひびく。——創《つく》りだされている。自分にも説明できないそれが私を捕えた。「こうでなくちゃならぬ！」と私は独断で感じた、「これだ。こう、おれも、行くべきだ……」その一枚は、それが私の手もとにあっても正《まさ》にしかるべきものと私には感じられた。私は「盗む」という観念をぬきにした意味でそれが盗みたかったのだったがむろん私は何もしなかった。

　前田寛治心酔はそのまま私のなかにあった。少なくとも自分ではそう思えた。そしてそれがそのままでありながらそこに広重がはいってきたのだった。そしてはいってきてみると、それは、前田よりももっと根ぶかく私のなかにある何かのように思えてきた。百姓町人のかなしさ、そんなものとして意識される以前での政治権力にたいする恐れ、雨や風や洪水やにいたぶられどおしの生活とその連続、そこから自然に出てきた軽口《かるくち》による逃げ、ほんのちょっとしたものに見だす娯しみとそれを見つけだす知恵といったもの、そんなものが広重という人だという感じが私のなかに自然に出来てきていた。

　それから大分《だいぶ》して私は父を失った。父は七十六になっていたが元気で百姓をしていた。父の死は突然だった。私が駆けつけたときは尿毒症をおこしていてうわ言を言っていた。そして死んだ。父の突然の死は私に打撃だった。しかしむろん、父の死に打撃を受けるようなていたらくで私が四十を越していたというべきではあろう。葬式のあと、私は香奠帳をしらべたり、医者の払いをしたり、寺のことをしたり、酒屋や豆腐屋の払いをしたりの細かい仕事で忙しかった。ある日私は町へやはり支払いに行った。葬式万端の支払いも、金のことを考えると、いろいろ段取りを考えて行かぬと下手《へた》なことになりそうで私は苦心した。そして帰りかけてひょいと電柱の貼紙を見た。そこに、どこかの新聞社の、けさ日本はアメリカとの戦争にはいったというニュースが筆で書いてあるのだった。弱ったことになったなと思って私は家《うち》へ帰った。町の様子、その田舎町の様子が毛ひとすじほども動いていないだけに私には先きが思いやられた。

私が家へ帰ったところへ追いかけて電報がきた。東京の妻からのもので、「ケサキタイサイフミ」として検挙のことを知らしていた。「もひとつ面倒になるな……」と思って私は葬式の後始末の残りのことを考えた。

こうして大戦争になった。大戦争に苦しめられるいろんな人のなかにまじって私も苦しんだ。むろん、苦しみのことはここでの話ではない。

ある日私は銀座裏にある本屋へ出版の用事で出かけた。私たちは、日米開戦で検挙されて、私は警視庁へ通いで行っていたから、出版のこともいちいち許可を受けねばならず、それもこれがしまいになりそうでとにかくその出版だけはしておきたかった。本屋の話がすんで私はぶらんとして帰ってくるところだった。そして数寄屋橋の上でしばらくぶりの友達に出くわした。私はこっちから行った。彼は向うからきた。ふたりは橋の上で立ちどまって同時に「どうしたい。」といった。「きょう呼ばれてね、いまその帰りなんだ。」といって彼はその日の話をした。

彼はその日警保局から呼びだされた。しかし行ってみると、警保局そのものが呼びだしたというより、内務省の下っ端の人間がおどかしに警保局を使ったのらしかったがとにかく普通ではなかった。いろいろ説教のようなことをした挙句、彼らのような人間を集めて工場《こうば》へ入れる、その工場についてはいろいろ予定を立てていると向うで言っていたということを彼がそこで話した。

「どこだかね、ある島にそんな工場があって、そこへみんなかためて持ってくなんて言っているんだよ。島は弱るなア……」

それは、ちょっと考えられぬことだったが話だけとも思えなかった。何をやるかわからない――それはいろいろ重なってきたことがあって私も「島は弱るなア……」と思った。私は取調べちゅうだったが彼はそうでなかった。してみると、島へ持って行くというのは保護観察のものだけかも知れなかった。しかし現に取調べちゅうのものが、観察法関係のものよりも自由でありえるとは私にしろ考えられなかった。ふたりは橋の上で苦笑いをして右と左とに別れた。私は家《うち》へ急ぎながら、家にある何かの本で広重を見たいとしきりに思っていた。これも、広重を見たいとしきりに思っている自分を見だしたという調子のものだった。

私は美術書といえるようなものを持っていなかった。しかし何かかにか挿絵のある小物などがあり、家へ帰るなりそういう一冊を私は開いてみた。そこに唐崎《からさき》の松をかいた黒っぽい色刷りがあった。はじめて気がついてみると、いかにもある重たさで雨が降っている。ことに湖水が、よくも見ずに思いこんでいたのとは違ってやはり重たさのある紺で刷ってある。ずっと向うの方へ、湖水の水面《すいめん》が波だっているのが初めてのように目についてくる。全体として、いかにも重たくものさびしい。そう思ってばらばら見ると、どれもこれも心に沁《し》みるように思えてくる。「見付」というのが五十三次のなかにあり、くわえギセルで腰の後《うし》ろで手を組んで立っている船頭、こっちの渡し船を降りて向うの渡し船へ乗ろうとしている質素な恰好の旅行者、そこの何もない河原、ずっとさきに見える森、そういうものが、その森の向うにも同じような淋しい生活があることを見せている。この旅人らの行くさきざきにも同じようなものがあることを見せている。露骨でなくそれがしずかに出ている。どこかの雪の夕暮れの絵などもある。どこでも、人間の生活が貧しくておとなしい。反抗というものなどがない。自然にたいする人間のほうから押しかけて行く関係がない。牛肉をしこたま食って、それから匂いの強い野菜をむしゃむしゃ食って行動するというようなところがない。それがそのときの私に慰めのように働くのだった。

　そんなこんなで、要するに何ということなしに私は広重が好きになっていた。戦争はますますひどくなって行った。それはひどいことになって、大事なためよそへ疎開さしておいた品物が逆にそのためで焼けたり、食いものに困って浅ましいようなまねをしたりもした。しかし私の経たことなどはまだまだ気楽なほうで、戦争のすむちょっと前に兵隊に持って行かれたのなぞもごく楽なありさまだった。そうして戦争がすんだ。私にしていえば、私の警察通いは兵隊に取られて打ちきりになり、八月十五日で自然消滅の形になった。世のなかが行きなり明るくなった。言論はおどりはじめた。じっさい私は大いに自由になったと感じたのだった。

ただしかし、あんな状態で広重が好きになったその好きのほうには変化がなかった。世のなかが明るくなり、明るくなったようにいろいろ思えるなかで私はますます広重が好きになった。ただし私は、広重の版画一枚手に入れたのではなかった。後刷《あとず》り一枚手に入れようとも思わなかった。アプレゲールということが問題になってきて、そのアプレゲールと広重とが私のなかで関係するらしかったがはっきりしたことは自分でもわからなかった。

それからしばらくして私の郷里の方に地震があった。私の村は震源地のうちだったからぺしゃんこにやられた。私の家《うち》もつぶれ、私のいとこなぞも二人三人と死んだ。幸か不幸か——むろん幸にちがいなかったが——私の母、ふたりの妹、妹の子供などはからだに別状なかった。私は無理をして郷里へ行った。汽車も自動車も駄目になって、私は真夏の汽車線路みちを歩き、割れ目に足をとられぬ用心をして歩いて母親たちのところへたどりついた。そこへ大雨が来た。大雨は三日降りつづき、そのあと小雨《こさめ》になってまだ降りつづいた。二日目にはもう洪水になっていた。一里ほど南にある二十里ほどの川の堤が切れて、水は夜なかにはいって、提灯《ちょうちん》で見ている下で五分、一寸と高くなって行った。

屋敷の立木に棒をくくりつけて、仮小屋をつくってやっとしのいでいた私たちは見すぼらしく弱った。仮りの便所で弱っていたところへ、すべてが水づかりになって食事のこともろくすっぽできなくなる。つぶれた家財道具が、引きだせば使えるものがあるかも知れぬまま、濁水《だくすい》にひたされて行くのを雨漏りの下で見ているのはつらかった。私はそういうなかで、人間の知恵のことで私たちが欠けていることを感じた。知恵とか知識とかいってはあたらぬかも知れない。鍋も釜も炭もないときどうして食うものをつくるか。寝る屋根がないときどうして小屋がけをつくるか。水で村がひたされたときどうやって筏舟をつくるか。鉈《なた》も鋸《のこ》も流れてしまったときどうして竹や木材を処理するか。そういうことで私に知識がないのだった。それはほんとうに無力ということを私に感じさせた。そういう無力感のなかでまた私は広重を思い出した。広重のなかの人間の弱さは、いまそれ以上のものとして私のなかにあるらしかった。

　地震は人の悪い面もたくさんつきだした。それは、とっさにはどうしようもないものに私に思えた。原因はいろいろにあった。ことにアメリカ軍政部が非道なことをしていたため、日本人のはしばしは自衛的にも無理しなければならぬ点があった。原因はともかく、しょうことなしに出てくるその人間の弱点がまた私に広重を思い出させた。

　あるとき私は大阪にいた。朝はやく友達に誘われてパチンコ屋へ行ってみた。まだやったことのない私に友達が二十円玉を買ってくれて私はやってみた。そのときそこに板裏草履の青年がいてパチンコをやっていた。彼のやり方は私のなどとは全くちがっていた。玉を一つ入れてぱちんとやる。ぐるぐるまわる玉を追うて自分の顔をぐるぐるまわす。駄目とわかってそれからまた玉を一つ入れる。そんなやり方を彼はやっていない。半歩踏みだした恰好で、左ポケットから左手でどんどん玉を取りだして穴に入れる。そのあいだじゅう右手は弾《はじ》きどおしにぱちんぱちんやっている。盤面を同時に五つも六つもの玉が飛びまわっている。感心した人間が私以外にも後ろに立ってみている。青年は全然そんなものに気がつかぬらしい。その痴呆《ちほう》のような姿がまた私に広重を思い出させた。これは、無関係で無理だと自分で思いながら自然自然にそうなってしまう。

　あるとき古本をばらばらやっていると、いままで気づかなかった「一立斎広重旅日記」という活字が目についていて私は読んでみた。体裁《ていさい》のととのわぬ日記で、書いてあることも正確にはわからない。何にしてもそのなかに甲州の方へ仕事しに行った日記がある。いい加減での読み方ですると広重はやかまし屋のような点のある人らしかった。そうかと思うとひょうきんなところのある人らしかった。

　宿屋でいっしょになった男の「のろけ咄《ばなし》」を聞いてやって、その男の女へやる「いやみの狂歌」などを代作してやっている。そうかと思うと、道連れになった江戸ものがきゃあきゃあいうのが気に入らなくてわざとはずしてしまうところがある。広重は江戸の人に似あわず気むつかしく淋しいところのあった人かも知れない。山奥地方の人の純朴なのが気に入ると、感心してよろこんで大酒を飲んで川におっこちる。どこかでは、相宿になった桑名藩の侍と夜ふかしをして話をする。侍は妻子を連れているがそれは寝てしまった。寝かしたあとで二人で話をして、それからその侍が、「私はたのしみに居合いをぬくのですが、あなた見てくださらんか。」というようなことを広重にいう。広重が承知してそのきたない野田尻《のだじり》の宿の真夜中にそれを見てやる。

　しかし私には、広重の仕事ぶりが強くこたえた。それは勤勉そのもののように私に見えた。また彼が、甲州くんだりまで、芝居か何かの幕かきに行ったことがおもしろかった。私として、広重にたいして、おもしろかったといってはふさわしくなかったがそれは興味ふかかった。あの時分の画家の稼ぎの面が見えるように思えた。彼は芝居の看板なぞも旅先きでかいた。そのあいまあいまには自分だけのためのスケッチなぞもしていた。

　私は、崋山がどこやらで田舎画会へ行ったときのことを書いていたのを思い出した。何村何兵衛のところで画会をやるというので崋山が出かけて行く。行けども行けども当の家《うち》が見つからない。いくら田舎といっても、崋山を招いて画会をやろうというのだからそれらしいものが見つかるはずと思って行っても見つからない。

　そこへ百姓が来かかったので崋山がたずねる。

「何の何村というのはどのへんでしょうか。」

「それはこのへんでごわすよ。」

「その何村で画会があるということですが、それはどこの家でしょうか。」

「それは、それ、そこの家でごわすよ。おまえさまも画会へ行きなさるか。わしといっしょにおいでなされ。」

そして行ってみると、つまりそれは法恩講のようなありさまで、百姓たちが煮しめで一ぱいやりながら、しかし崋山という絵かきに絵を一枚かいてもらって、扇などにも絵をかかせて、それで何がしかの金を出して崋山にやってそれで心から楽しむのだった。

崋山や広重がどんな日暮しをしていたか私は知らなかった。またこれだけで何かを想像しては大いにまちがう危険があるのを私も知っていた。しかしこんな断片も、あの時代の二人の絵かきのありさま、そのジャーナリスチックなありさまを私に想像させた。なんだか広重は、ぶすっとして淋しく生きていたように私には思える。

（一九五四年六月二日）

米配給所は残るか

学校の前を、学校敷地にくっついて往還がはしっている。往還は石ころ道でちょっとした勾配になっている。道路の反対がわにくっついて溝川がはしっている。この川底も石や小石が多い。溝川といっても水はすきとおっている。この川底も勾配を持っている。水は流れているというよりも走りくだっている。ところどころに川藻の株があって、そのほそい葉が髪をすいたような恰好になびいて水の下で揺れている。おりおり、川のあちこちでつつましい音がする。がぼっ、がぼり……ごくりとものを呑みこんだときのように鳴るのもある。水が、大きめの石をおどり越すときにそんなふうに鳴るのだろう。

この川に木の橋がかかっている。橋は幅のほうが長さよりも倍以上ひろい。その橋をわたったところに石の門があり、門の奥に村役場がある。役場の門は、橋と往還とをはさんで小学校の正門と向きあっている。

往還を奥へのぼって行くと床屋などがある。豆腐屋、虫くだしや農薬も売っている雑貨屋、それからかわいらしい郵便局がある。往還を下へくだって行くと田んぼになる。村をだいぶ離れたところに大きな堤がある。田に水をひくための、土堤《どて》でかこった大きな貯水池だ。この手の貯水池は、学校の真裏にも中《ちゅう》くらいのが一つある。そこをさらに三十分もあるくと電車停車場に出る。電車の行きどまりは、山の方へでは小さな温泉場、里の方へでは県で三番目の中都会だ。この往還の上を、からだの小ぶりな鶏がけけけけ……といって走って横ぎったりする。つまりそこは、山国の山奥の村で、村では中心地の、学校もあり、役場もあり、町屋のおもかげもあるといった信州の奥地のとある部落だった。一九四五年夏八月の末に、この学校に東部独立第一八六五部隊という部隊がとまっていた。

　この部隊は三つの小隊で出来ていた。学校にいるのはその第三小隊で、第二小隊は半みちほど東の村の分教場に、第一小隊はやはり半みちほど東南の村の小学校にいた。中隊本部はさいしょ第三小隊といっしょに学校にいたが、いろいろまずいことがあって、つまり、中隊本部のものが、中隊長を中心に品物をこかしたり、じゃがいもを食ってる兵隊に牛肉を食ってるのを見つけられたりして、八月一日から役場のほうへ移っていた。役場の二階をにわかに造作して、書類やら荷物やらを運ばせて移って行くのを兵隊がふんという顔で二階の教室の窓から見おろしていた。

　ここの部隊というのはおかしげな部隊で、鉄砲も射《う》たなければ弾丸《たま》も射たない。毎日千《ち》曲《くま》川ぞいの高い畑地へ行って、桑ばたけやさつまいもばたけをつぶして大穴を掘るのがその任務だった。その穴が出来あがればそこに工場《こうば》が出来るはずだった。工場が出来たらまたその上へ土をかぶせるはずだった。工場というのは飛行機の組立て工場で、その飛行機はB二十九をうちおとすための特殊な専門の戦闘機という話だった。

それを信じているものはしかし誰もなかった。それは兵隊自身、自分らの怠け具合から知っていた。穴掘りはいっこうすすまず、計画もつぎつぎにかわり、本部が本気でやってるのかどうか兵隊にも怪しいかぎりだった。だいいち彼らには、穴掘り部隊とはいっても、一本の剣も一梃《ちょう》の銃もなかった。彼らには茶碗も汁椀も箸さえもなかった。彼らはそれを家《うち》から持ってきていた。箸は自分でそこらの枝を削ってつくっていた。肝腎の道具さえ、ショベル、バール、かけや、のこぎり、かんな、かま、といし、くぎぬき、くわ、まんのう、レール、トロッコまで、「軍」で出したのもあるにはあったが、兵隊が自分で持ってきていた。

部隊は東京で編成され、東京世田谷区の人間だけで出来ていた。こんな道具のあるものはいるか、いたら家へ行ってもってこい。そうすれば、取りに行くために休みをやる。レールやトロッコの分はひと晩とまってきてもいいぞ。その分は契約書にして、現物はあとで輸送していい。そういう命令が出て、そんなものを持ってる連中はよろこんで家へ、一日、半日、ひと晩とかえって行った。だからここでは、土建屋のような連中が幅をきかせていた。土建屋といっても、社長などは東京にいるうちに召集解除で帰されていたから、使われているといった連中がおもだっただろう。大工、左官、車力、引越屋、そば屋、魚屋、ガス会社の鉛管係、貯金局の集金人、学校教師、神主、都電の従業員、トラック運転手、小間物屋、百姓などが雑然とかたまって土方仕事をした。大工連中は自分の箱お膳をまずつくった。それから降りの兵隊にもつくってやった。美男の宮大工がいて土方仕事に閉口していた。第三小隊では隊長も准尉の写真屋だった。この小隊にＱという小説家がまじっていた。

　Ｑは、自分が召集されたことをよく呑みこめなかった。以前彼は革命運動にはいっていたことがあって、二度ほど検挙されたあとそれはもう止《や》めることにして、その後ひそっとして生きていた。しかし一九四一年末にはまた検挙され、それから足かけ五年、ずっと毎日警察に通っていた。そして今年六月末になって召集された。ちょっと来てくれということで世田谷の砲兵隊へ行き、そのまま信州へ連れてこられたのだったが、大工や土方の道具がなかったから一日外出もできなかったままだった。召集の仕方がとことんまでだらしなくなったせいかとも思えた。文学者もたくさん召集され、なかには懲罰の気味でいやなところへやられたものもあるらしかったが、何年ごしの警察通いでＱは消息にも通じなかった。

　ある日東京の友だちから手紙がきて、そのなかにこんな文句があった。

「Ｒさんが、作家というのは家を建てる人間だと思ったのでしょうと真面目に言いました。

笑いましたが笑いきれませんでした。」

それが、検閲を考えての単純にした文句なことはQにもわかった。Rという中年の女の作家の人がらもQは知っていた。Qはその場のことをこんなに空想した。

「Qさんが持ってかれたんですって？　土方部隊ですって？　どしたんでしょ。どしたんでしょ。あ、そうだわ。きっとそうよ。作家というのを見て、家を建てる人間だと考えたんだわ。そうよ。それゃアそんなふうなんだから……」

部隊はときどき押しかけ手伝いに百姓家へ出かけた。彼らは、山国のおそい麦秋《むぎあき》の刈入れを手伝って握り飯にありついた。麦刈りなぞになると、農家育ちのQはぱりぱりの東京の土方よりも上手だった。

戦争の終るのがそう遠いこととはQは思わなかった。さりとて、条件がどうなったら終るかということも彼にはわからなかった。むしろ彼は、それをわかろうとしなかった。そのことを研究しようとしなかった。ある日彼は、思いたって、東京の検事局に手紙を書いた。これこれの状態のままここへ来てしまったが、事件はどうなっているのか。必要があるなら、軍の許可を得て東京へ出頭することもできるが、うんぬん。……返事は来なかった。Qには、もう一歩ふみこんで、もう一つ底まで消息子《しょうそくし》をおろす気組みはまだできていなかった。

Qは四十三だったが六つになる子供があった。四月から国民学校のはずを、区役所が焼夷弾で焼かれたあと、学校が臨時区役所に使われて閉鎖していた。Ｑは子供を百里ほどはなれた郷里へやった。子供の祖母と叔母とがそこにいる。子供は七月一日からそこの学校へはいったはずだった。Ｑの妻は東京にいた。そこは焼けそうに見えたが焼けのこるかも知れなかった。世田谷は焼かぬとアメリカの飛行機がビラを撒《ま》いたという話もあった。よしんば焼けたところで自分のものではない。保護観察所が、Ｑのような人間をひとかためにして兵器工場へ入れようとしたことがあったが、彼はそれを断わって、やはり保護観察になっている小さな町工場主をみつけて頼んでそこでナマシをやっていた。だから彼は食糧は丙を受けていた。どうなるにしろ、東京の模様を東京にいて目で見たいというのがＱ夫妻の心持ちだった。それにしても、それをどうするかということはここ何年考えもしない癖にいつのまにかＱはなっていた。

　仕事ちゅう彼らは野ぐそをした。ある日Ｑは自分の糞をみて虫がわいたのではないかと思った。白ゴマのような虫がなかでうごめいている。虫歯のこともあって彼は医務室へ出かけて行った。

　頭のきれいに禿げた、しかし頬も口ひげもよほど若々しいギッチョの男がＱを椅子にかけさせた。その医者はやはり二等兵だった。はげ、口ひげと星ひとつとはおかしくＱに見えた。左手で注射針を差しこむのがＱにはへんに気にかかった。

「あなた、レフトのＱさんですか。」という声が耳たぶのところでＱに聞えた。

Qには何のことやらわからなかった。

「レフト?……」と彼は考えた。そして「そうです。」と答えた。

そして、答えたものの、レフトという片かな言葉は感覚的にぴったりこなかった。

虫か虫でないかは医者にもはっきりしなかった。虫にしても、虫くだしの薬が部隊には一つもないのだった。医者は、雑貨屋へ行って何でもいいから買ってきて飲んでみろといった。

虫のことをしらべている三、四日、Qは二つのことを思い出した。

ありもせずやりもしなかったことを、あった、やったと書けという警察の「手記」要求にはQは困っていた。一日一日とそれが延びた。一年のび二年のびしてるうちに、警察のほうが怒りだした。Qは何とか辻つまをあわせようと考え、伝手《つて》があって或る出版屋の家《うち》へ泊りこんでやってみようとした。その家へ行った晩、その男がQに酒を飲ませて将来の出版についてQの意見を求めた。

「この戦争もいつかはすむでしょう? 勝ち負けは別としても……そうしたらまた出版が復活しましょうかね。」

「それア復活するでしょう。」

「そのときは、いまとちがって、国粋主義じゃなくって、デモクラチックになりゃしないでしょうか。」

「そうネ……」といったが、Qは確《しか》とした答えは出せなかった。そんなことが一つあった。

それからまもなくその男の家が焼かれた。店も爆弾でやられた。ただ人間が殺されなかったので、その男が命拾いの祝いをやるといって或る日Qをよんだ。その店に関係のあるジャーナリスト、文学関係の人間、一―二の学者などが集まって、ろうそくの灯《ひ》で無理に都合した酒を飲んだ。酒のない時期でみんなすぐ酔った。

「そうなったら、アメリカニズムとのたたかいだ。」

そういう言葉が、Qから、ごく自然に、しかし割りにはっきりと出た。

「ふうん……」と若い批評家のSが言った、「Qさんなんかが、そんなふうに考えるんですかねエ。」

若い批評家は続けてまた言った、「僕の知ってる或る老人が、それとおなしことをいってるんですけどねエ……」

「そうなったら」というのは、どうなったらというのだったかQは覚えていない。その言葉の後《あと》も先きもてんで覚えていない。「そうなったら」の中身は別の人が何か言ったのだったのかも知れない。それでも、アメリカニズムがはいってくるということではあったのだろう。してみれば、アメリカが勝ってはいってくるということではあったのだろう。してみれば、日本が負ける、アメリカが勝つという話が出ていたのではあったろう。しかしその後、そのことをQが考えてこなかったこと、その先きを考えなかったことは、Q自身知っている事実だ……

　ソヴェート参戦のニュースが新聞に出た午後Qは事務室の連中によばれた。

「Q二等兵。事務室へちょっときてくれ。」

　事務室というのは下士官のたまりだった。それは二階廊下のつきあたり、いつかの医務室のもひとつ向うにあった。そこは裁縫室か何かだったらしく、畳敷きになっていた。そこに伍長とか軍曹とかいうのが六、七人かたまっていた。もっともQは、二等兵、一等兵、上等兵まではわかるが、それから少尉、中尉、大尉となるとまたわかるが、そのあいだの階級が皆目《かいもく》わからなかった。特務曹長などというのはもうないらしかった。つまり准尉というのが、昔でいう特務曹長らしい。事務室の連中は、写真屋で准尉の小隊長の下にいるというのともちがって、なんだか、中隊本部と兵隊とのあいだにいるといった形に見えるがQにはよくわからない。何だろう。Qはとにかくと思って事務室へ出かけて行った。

「Q二等兵か。ま、はいってくれ。」

　Qははいった。

「ま、坐れよ。」といって一人が畳敷きへ招《しょう》じた。その一人の顔をQが知っている。名は知らない。階級も知らない。

　ただQは、隣りの松本という鳥屋から聞いたことがあった。松本が手ぬぐいをなくして、Qが予備にもっていた新しい越中を貸してやったときに松本がQに話したのだった。その顔を知ってる何やら伍長は——伍長だったが——どこやらの戦争に出て、そしてそれは「シナ」にたいしてか「ソヴェート」にたいしてかの戦争だったが、うしろから上官を撃った。上官は死にはしなかった。誤ってあたったのだったろう。それ以来、その男はずっと軍隊にいる。そしていつまでいても昇進しないのだ……

五、六人あつまって坐っているところへＱは坐った。

「ところでニュースは、君、読んだか。」

「読みました。」

「どう思うかね。」

「どうって……」

Ｑの検挙関係は小隊長にはわかっていた。女学校教師でトルストイヤン風の分隊長にもわかっていた。それが事務室に通じているかも知れぬ。作家としてのＱを知ってるのがいたかも知れぬ。しかしＱに、用心の気持ちが出てきた。

「つまり、戦争はどうなるんだね。」例の一人がＱの顔いろを見ていった。わかい男からそんなふうに見られるのがＱには陰気くさくすぐったい。「ここは遠慮せんでいいよ。戦争はすむかね。」

「すむだろうと思います。」

「ふうむ。いつすむね。じきすむかね。」

「まもなくすむだろうとは思います。」

「まもなくって、うんとまもなくかい。」

「それは……」といったがQにはわからなかった、「わかりません。」

「すんだらどうなるね。」

その隣りの、いつか医務室で見かけたひげの濃い長っぽそい男が口を入れた。

「どうって……」

「つまり政治だよ。政治はどうなるんだ。」

「それは……」といったがQにはわからなかった。彼には見当がつかなかった、「どうなるかってことは私にはわかりません。」

「ふうん……」といって彼らのうち二、三人が顔を見合わせるようにした。

なんだキサマ、白ばっくれるのか。相手にして不足だってのか。馬鹿にするのか。そんな色が、強くはなかったが彼らの面上をはしるのをQは見た。Qはあてなく淋しかった。じっさいQにはそれがわからなかった。それを考えるに先ず考えねばならぬのはどれどれの条件かということがすでにわからなかった。能力の失われていることがQ自身でわかるのだった。

追っかけて八・一五がきた。

Qたちは直立不動の姿勢で仕事場ちかくの百姓家の土間にいた。天皇の声は出てこなかった。何の音も出なかった。停電だとわかってもまだ彼らは立っていた。

「どうだ……休めして聞け。」と分隊長がいってみんな足を出した。

やはり何も声が出なかった。

「じゃ、やっぱり駄目なんだろう。もう時間すんだからな。気をつけっ……」

彼らは、ラジオ器とその上の天皇の写真とに、踵《かかと》をかちっとうちつけて敬礼して土間を出た。二、三軒むこうの百姓家からも兵隊が出てきた。またその向うからも出てきた。どうしてだったかはわからなかったが、「無条件降伏だとよ」、「降参だとよ」、「……ンでえ。無条件降伏か……」という言葉が軒を出たとこでもう列伍を走っていた。

小隊は仕事場からトラックで引きあげた。

学校へ着くなり肩章をひきちぎるものがある。道具をほうりだすものがある。だれも分隊長のゲートルを巻いてやろうなどとしない。

その夜のうちにほとんど騒動になった。

家《うち》のことがいっせいに兵隊に思い出された。焼けない家、焼けた家、焼けだされた家族。疎開にやってある子供。畑のこと。召集で中断された何かの厄介が、またぞろ復活することにたいするいまいましさ。

「帰るぞ……」

「帰ろ、帰ろ……」

今度は全部肩章をちぎってしまった。

「Q二等兵……」とそのときQがよばれた。

それは事務室の人間だった。

「Q二等兵、奥さんがきたぞ。役場の小使《こづかい》さんとこへ行け。」

「はっ。」といってQは部屋へかえり、班長と隣りの松本とにいって学校建物を踏みだした。

もう暗くなっていた。衛兵の机のところで、くらい提灯《ちょうちん》の下でQは役場へ行くことを話した。

「ええっ？　東京から出てきたってエ？」

「はいっ。」

「えらいやっちゃなア……」

きのう朝、ここで、学校からちょっと行ったとこで機銃掃射があった。けさまだ熊谷《くまがや》が燃えているのを、みなここで知っていた。東京の兵隊は、ここと東京とのあいだの今日あたりの様《さま》を手に取るように見ることができた。

いくらか冷やかすように別の声がいった。

「うれしくってワクワクか。」

「そうであります。」

わっとあがった声は朗らかには聞えなかった。なんにしてもワクワクとはちがっていた。なさけないようなひびきでそれをうしろ手に聞いて、校門を出て、橋をわたって、役場の玄関へはいって、「ごめんください。」とQは言った。炉ばたの、斜め向うむきに坐った女房のからだがこっちへねじれるのがQに見えた。

ひととおり話のすんだところで、「どうですかね、Qさん……」と小使の曾禰《そね》さんが寄ってきた。曾禰さんは小諸《こもろ》義塾の出で、小柄の、若いころよほど美しかったろうとみえるおばあさんと夫婦で役場をあずかっていた。どんな人なのかQは知らない。二階の中隊本部を扱う仕方など見ていると、何かにつけて今までに見えていたが、したたかものにも、いくらかニヒリスチックに隠居めいても見えていた。

「これからどうなりましょうか、ニッポンは。」

「ニッポン……？」曾禰さんの問いはQにショックだった。ニッポン……ニッポンのことをQは考えていなかった。まるで考えなかったわけではない。しかし、天皇の放送ですぐその形で問いが出るような性質では考えてこなかった。この問いが行きなり飛びだすための、撃鉄のバネがいつのまにかQのなかでゆるんでいた。

「共産党の言ってたとおりになりますな……」

それは第二のショックだった。Qがまだ胸のなかで言葉にして言ってみていなかったもの、それが七十ほどの役場の小使の口から出たのだった。曾禰さんはQのことで何かを聞き知ってるのだろうか。もしかしたらそこに、小諸義塾があったかも、長野県教員組合と農民組合とがあったかも、伊那合《いなだに》共産主義運動があったかも、高倉テルがあったかも知れなかったがQにはわからなかった。

Qは恥かしかった。Qらは夫婦として目を見かわした。一歩しさりにひそっとして生きてきた十一年間、何かを守ろうとしてきた年月《としつき》は、それだけずつの現世からの隠退になっていたのだったろう。しかしQは、曾禰さんといっしょにもなれなかった。天皇放送の中身はすぐあとで公式に聞かされた。老兵部隊でも、割りに若いもの二、三人が鼻汁《はな》をすすりあげた。しかし油断ならぬぞという気がQにはした。まず用心してかかるという、十年来やしなわれてきた信条のせいとも思えたがそればかりでもない。何かある。からくりとか取引きとか言っては言いすぎかも知れぬが、ある。でなければ、あんな文句が出ようないではないか。何だかはわからない。共産党が言っていたようになるとも思う。ならぬとも思う。何より、こうならせねばならぬ、そうしようというものがQの胸に出来ていない……

曾禰さん夫婦はQの妻のために床を用意してくれていた。Qにも休んで行けという。泊って行きなさいという。Qも、泊って行きたいと全く思わぬではなかったが是非にとは思わなかった。女房のほうは、こんななかでの旅ごしらえの上、あす未明に立って子供のところへ行くことにしていた。Qには、東京へ帰ろうという部隊の動き、トラック動員の手はずがどうなったかも気づかわれた。道徳からでなしに、そんなことは仲間にたいして悪いと思われた。だれに損も迷惑もかけぬにしても、つつましく話しあうほうがつつましく楽しかった。曾禰さんたちは二尺四方もある金あみで握り飯を焼いてくれた。

二時間ほどして隊へ帰ると形勢は逆転していた。中隊本部との激烈な議論の上で兵隊はひとまず止《とど》まることになった。

そのあくる日から、形勢はさらに変って行った。銃も剣もなかったところへ三八式村田銃が幾組かはいってきた。どこか中学校かから持ちこんできたのらしい。それを分けて、当番であちこちに衛兵が立つことになった。半みちもはなれたへんの山のどてっ腹の横穴、そこに「火薬」が入れてあるのだった。やはりどこかの、反対がわの山の林のなかの小屋、そこにドラム罐が積んであるのだった。学校のうしろ庭の御真影奉安所にも衛兵が立つことになった。そのときになって、仕事場への行きかえり、六里ほど先きに出来た天皇避難所工事場への上乗《うわの》りの行きかえり、第二小隊へ食糧取りに行ったときの途中などで見た朝鮮人飯場《はんば》のことが兵隊の口に出るようになった。

あちこちに朝鮮人飯場があった。彼らは黒い顔をして、女房子供をつれて、ジプシーのようにしてやっているらしく見えた。兵隊トラックがわきを通ると、チマの女や子供が手をふったりするのが見えたが、兵隊とは全くちがった世界が通りすがりにそこに覗かれた。Qたちは、米がなくなって亀頭《きとう》ぐらいのジャガイモや地しばりを食っていた。朝鮮人飯場では、魚のアラ、カマが、生ぐさく煙を立てて焼かれていた。一ぴき丸ごと吊した鱒《ます》だか鱈《たら》だかも見えた。日本軍人と日本人親方とのもとで、そこに別の王国が出来ていた。「飯場の朝鮮人連中が火薬を盗みにくるのを警戒するのだ。」という意味に取れることを中隊長自身老兵たちに訓辞した。

　兵隊はもう百姓家へ押しかけ手伝いには行けなかった。それは恥かしかった。Qはある日、道路ばたで、三十五、六の働きざかりの女から、「兵隊さん、どうしたんですか……」といわれて返答できなかった。何もかも出してきた。残っているものがあればまだ出すつもりでいた。兵隊のいうことなら、無理に無理をかさねてきた。兵隊を気の毒だとさえ思ってきた。兵隊さんを思えば——そう思っていっさいやってきたその兵隊が、あんたがたが、わたしたちにかくして降参して、降参してしまってからラジオで広告するんですか……からだの頑丈な、容貌の立派な、全く見知らぬその百姓女の目がまっすぐQの目を見てそういっていた。

「はい……」とQはいった。自分らの責任ではないと思えたが、やはりその女たちに悪いことをしたという気は拭えなかった。兵隊としてではない。しかし悪いことをした……

　一日米が一粒も出なかった晩めしのあとで、兵隊が代表を出して役場二階の中隊本部へ乗りこんで行った。彼らは学校そなえつけの木刀をさげて行った。

出る幕でないと感じたQは、しかし手ぶらで、本部の窓下へ行って、交渉がすんで兵隊が降りてきかかるまで立っていた。あくる日になると白い米の飯が出た。昼めし後には酒が出てみんな飲んだ。

「Ｑさん、ちょっと来てくれ。ちょっと話しましょう。」

ぼんやりとしているところへ、第二分隊の佐々木という男が、どうして手に入れたかいっぱいになった一升びんをさげてやってきてＱを校舎裏へ連れだした。佐々木はあるとき、Ｑの分隊の酒巻という男と喧嘩して、それが見当ちがいの誤解からだったことを見かねてＱが説明してからＱを見知るようになっていた。

裏の貯水池のもう一つ裏へ彼らは行った。そこの桑ばたけで坐って佐々木は栓をぬいた。佐々木の分隊の、Ｑの知らぬ、顔の大きい兵隊がいっしょにいた。

「Ｑさん、どうします。」としまいになって佐々木が言った。

「東京へ帰ります。子供をつれてきて東京へかえる。」

「いえ、ね……」といって彼は続けた、「わたしは青森の方に土地があるんですがね、Ｑさんは、代議士には立たんのですか。」

「代議士???……」

Ｑはどぎもをぬかれた。用心ごころがかつてない強さで出てきた。何をいうんだろう、この男は。ダ・イ・ギ・シという言葉は、その音《おん》からしてＱはきらいだった。

「いえ、ね……」と顔の大きい兵隊が口をいれた、「佐々木はね、ぜひ立ってひとはたらきしたいっていうんですよ。こないだうちから肚《はら》をきめてるんです。そのときは、Qさん、応援をひとつおねがいしたいんですが……」

目が開《あ》いてきて、しかしどう開けていいかわからぬようなマゴツキ方でQは「いやア、とても……かんべんしてください。」と逃げた。てんで夢想してみもしなかった範囲で、みんな、見当ちがいにしろ何にしろ動きだそうとしている。Qはただぼくっとしている……

そのあくる日の昼まえ、Qは村を歩きに出た。まっさおに、東京とちがって澄んで晴れている。空が、なかに何か詰まっているような輝きで青くすきとおっている。いつか虫かと思ったのは虫ではなかった。あれは野ぐそへ、たちまち蠅がきて卵を生んで、それが見ているまに成長するのだったことがその後わかっていた。こないだのように、道で村の人に会いたくなくてQは人かげの見えぬ方へ歩いて行った。そこに林が見えた。信州の夏八月は秋八月と言ってもいいようにその林が見えた。

不意に、林のかげから、女教師に連れられた国民学校一年生ぐらいの子供が、男女二十人ばかりでこっちへ来るのが見えた。女の子のおかっぱ、洋服の恰好でひと目で東京からの疎開学童とそれは見えた。白い顔、細っこい首、細っこい足、その足にはいた信州の草履——子供たちは細みちを縦一列になってやってくる。教師がQを見つけたらしく顔をそむけた。ほとんどそれ以前にQが顔をそむけ、それから横へ切れた。

あの、電車の行きどまりの温泉場でもQたちは疎開児童に出くわしたことがあった。東京の兵隊と知ると、彼らは、大人でいう「おなつかしい!」という目をした。それは見ていられなかった。しかしそれはまだしも八・一五まえだった。

ほしがりません、勝つまでは。いまとなって、教師は何と子供たちに説明するのだろう。説明しないわけには行くまい。先生の説明だけを子供たちが待ちうけている。非道な、凍るような無残さ。そして子供たちは、手でさわれるようなその心に話を受けとりきれまい。受けとれぬように話が出来てるのだから。子供たちといっしょに細っこく痩せた若い女教師を見送って、Qは口をきゅっとつむいで泪ぐんだ。

その晩彼は衛兵に立った。場所は裏手の御真影奉安所で、相棒は小林だった。

小林とQとはほとんど話していない。兵隊にきてみると、おれは金持ちだ、おれのかかあは別嬪だ、おれは何人部下を使っていたのだといったことをみな自慢するのを見てQはおどろいていたが、つまりは慰めの一種だったのだろう。ほんとと思えぬのが多く、八・一五すぎると実地にも嘘がばれた。そんななかで、小林は一つもそんなホラを吹かなかった。

それは吹いても無駄だっただろう。彼は背が低く、頭が、あのギッチョの医者のとちがって年寄りくさく薄くなって禿げ、ぷくっとした小粒の目をして、頬が赤いためにひどくお人好しに見えた。言葉つきは吃《ども》らぬのに、ごとごとしてわかりにくく、鼻汁水《はなみず》を垂らしていることなどがあり、こうかああか決めるとき、ほんのちっぽけなことでも最後まではっきりしなかった。Qと隣りの班だったから用事もなかったが、その班の連中からも軽くあしらわれ気味に隣り班から見えていた。

　奉安所はコンクリートづくりで、まわりが芝生になり、またそのまわりに檜葉《ひば》が植えてあった。そこへ行くには校庭を横ぎり、それに続いた学校用の大きなトマト畑を横ぎり、それから水田を一つ越したから、そこは出島になっていた。

　Qは前からこのトマトを食いたいと思っていた。みんな大分《だいぶ》ちぎって食っているらしかった。

　Qと小林とは芝生に腰をおろしてたばこをつけた。芝生が、奉安殿の裾のところで傾斜になっていて、そこへ寄りかかってぼそぼそ話していると、校舎の影を入れて風景全体がQをぼんやりとさせた。

「小林さん、トマト食おうじゃないか。」とQはさそった。

「ううん……」と、小林はやはり煮えきらない。「食ってもいいけど、わるいだろう。わるかないかな……」

　小林の言葉は、ごとごとひびく分を除いてきけばきれいな東京言葉だった。

　Qは猛烈に食いたくなった。小林に食わせたいという気も猛烈にしてきた。

「君、待ってろよ……」といってQは銃を寝かして立ちあがった。やはり悪事という気がする。学校の子供にわるい……

　だれも見ているはずはないと思ったが、Qは首をちぢめて畑へはいって行った。腰をかがめて、うす闇《やみ》をすかしておいてからつつうっと横歩きして大きいのを五つポケットにちぎって入れた。割りに大きなばさりという音がしてQはひやりとした。

「食おう。」といって出すと小林は取った。ふたりは口の隅から滴《しずく》をたらしてうまがって食った。

　非常に静かだった。部落も寝てしまい、校舎の兵隊も寝こんでしまったらしかった。

「Qさん……」と小林がいった。

「………」

「米配給所は残りますかね。」

「米配給所？」

　さしあたりは残ると思われたが、Qには、小林の思いつめたような問いぶりが気にかかった。米配給所はQには全く唐突だった。

「どうして。」とQはきいた。

「おれア配給所にいたんですよ。配給所が廃止になると、おれア……」といって小林はそこで詰《つま》った。泣きだしたのでなくて、恐怖のようなものに捕えられたらしかった。

「あれアね、俵をふるっただけでもいくらかになるんですよ。Qさん、子供いくたりだね。」

「ひとりだ。」

「どこにいるの。」

「田舎の家《うち》へやってある……」

「いいなア……」といって小林は溜息をついた。

「小林さんは何人だ。」

「ふたりだ。まだちいちゃくてね……」

そして彼は、ぼそぼそと、へたな話し方で行きつ戻《もど》りつして話した。彼には四つと六つの女の子がある。彼はおととし細君に死なれた。わるい女だったが、死なれてみると難儀な目にあうことになった。彼は米配給所につとめていた。女房が死んだあと、人のあわれみで住居も配給所のなかにあたえられた。もと川崎在のものだったが、そこにある親類にも縁者にも子供をあずかってくれるものはなかった。だれにも、不可能だったからだ。爆撃で死んだのも何人もいる。ただ配給所でのごまかしと——これはどこでもやっている。——俵のふるいとで助かっていた。いまは子供は配給所にあずけてある。それだから、配給所が残るだろうか。日本が負けて、改革になって、配給所もなくなるだろうか。仕事は土方でも何でもやる。何でもやれる。でも、住むところがあろうとは、とても思えない……焼けた上にも焼けた。世田谷はどうなったろう。渋谷、目黒方面はずいぶん焼けたそうだ。配給所がなくならぬとしても、主任にひと口いわれたらそれでしまいなんだ。これから秋ぐちになって、それから冬になったら……彼には、食いものもだがいっそう住まいが気になるらしかった。話だけではＱにわからぬ、何か経験がきつくあるらしかった。配給所、残るだろうか。

　小林は小林なりに、日本にくる何か大きな変化を肉体で感じていた。Ｑも感じていた。しかしそれは、曾禰さんのよりも、学校の先生のよりも、事務室の連中のよりも、代議士に立とうという佐々木たちのよりも、もと米配給所員の小林のよりも薄ぼけているらしかった。まわりに警戒しながらきたＱが、十年のあいだに、学校の小使よりも、配給所の少し足りぬような配給員よりも現実感覚がうすれているのだった。そのことがＱにうすうすわかるらしかった。それにしても、Ｑは、そこから出て行く強いバネが自分のなかにないのを感じていた。

（十二月一日）

第三班長と木島一等兵

わたしはふた月ほど兵隊に行った。正確にいうと戦争に行った。「大東亜戦争」つまり「太平洋戦争」に行ったのだった。弾丸《たま》は射たなかったが。それは、弾丸も鉄砲もなかったからのことだったが。

わたしたちは一分隊一教室で暮らしていた。それぞれ十人ばかりの一列横隊、これが班で、第一班は第二班と向きあい、第三班は第四班と向きあい、だから第二班と第三班とは背なか合わせ、この背なか合わせの二列をあいだに、やや離れて第一班と第四班とが向きあうという形だった。めいめいの尻には米俵《こめだわら》が一枚ずつ敷いてあった。そのめいめいは四十越したのが多い。列の端の班長が上等兵か一等兵、列中に一人か二人一等兵がいるきりで、あとはずぶの国民兵だったから、東部独立なになに部隊第三小隊第三分隊といっても兵隊らしいものではなかった。

それだけにのんきでもあった。仕事のない日には、仕事は土方だったが、ことに第二班あたりでバクチが始まった。

「おい、西田二等兵……」

班長に呼ばれて、呼ばれ方に未経験なせいか、本人で気がつかぬものもあった。そこで油をしぼられたかと思うと、一時間もすると、しぼった班長が、しぼられた二等兵をつかまえて、「なにしろ、あたしんちじゃ口が多うござんしてネ……」という調子で、うっちゃってきた畑作《はたさく》の愚痴《ぐち》を聞いてもらってたりもした。

一週間もすると、自然ウマの合った同士というのも出来てきた。たばことビスケットと取りかえこするものも出来てきた。班ちがいのもののあいだにもそれが出てくるようになって、第三班長の厄介な性質もわたしたち全部の目に見えてきた。

わたしは第四班にいた。第四班と第三班とは向きあわせだから、第三班長の顔を一日見ずにすますことは事実としてできない。一日見られずにすますことも事実としてできない。わたしは、また全部が、次第にいらいらしてくるようになった。

最初は、苦痛は精神的なものだった。

「おい、甲二等兵……」

「はいッ。」

「おい、丁二等兵……」

「はいッ。」

「おまえとおまえと入れかわれ。」

こうして、第三班の兵隊が、三日にあげず座席を替えさせられた。朝替えたのを晩また替えることがある。それが全く理由なしだった。かわったからといってたいしたことはない。たいしたことはなかったが、本人には人生的に唐突だった。米俵一枚は全住居だから、本人の意志なしに、また理由なしに替えられるのは、いわば人格的につらかった。またたきほどの躊躇が出る。と、島田班長が野獣のように飛びかかって行った。

「おい、乙二等兵……」

「はいッ。」

「おい、丙二等兵……」

「はいッ。」

「おまえとおまえと入れかわれ。」

「はいッ。」というなり彼らが立ちあがるか、ほんのちょっと間《ま》が出来てひどい目にあうか、その一瞬がこっちで見ていられぬということが私たちにつづいた。どうやら島田班長は、甲、乙、丙、丁の二等兵どもが、俵一枚ではあっても、そこにめいめいの生活の落着きを見つけることに我慢ならぬのらしかった。理由あって替えるのでは満足できない。全然無理由に、自分にさえ唐突に替えることができるのでなければ生理的に安心できない
……

ある日もそれがあった。

「おい、甲二等兵……」

「はいッ。」

「おい、戊《ぼ》二等兵……」

「はいッ。」

「おまえとおまえと入れかわれ。」

そこに間ができて、わたしたちはハッとした。

そのとき、「聞こえねのかこの野郎……」と言葉を切らずにどなって、戊の隣りの木島一等兵がいきなり坐ったまま肘《ひじ》で戊を突きとばした。木島の声は非常に大きくて甲高《かんだか》かった。

「なめるな。軍隊と地方タちがうぞオ……」と、いくらか声を低めて木島はつづけた。それからなお低めて、「なめてると思われんようにやれ。」といった。それは、「こんなまねはしたくないが、おまえたちが気がきかないからやってるんだ。おかげで蹴られずにすんだじゃないか。これからも気をつけろよ。」といっているように、むしろ「そう受けとれ。」といっているように見えた。

じじつ戊二等兵は蹴られずにすんだ。さすがの島田班長も機先を制せられたらしかった。しかしわたしたちは、木島の押しつけが素直には受けとれなかった。木島の突きとばし方は邪険《じゃけん》すぎた。戊は二、三日まえから加減をわるくしていた。木島は、どなるとき、戊の顔を全く見ないではなかったが、おもに前を見たまま、だから第四班のわたしたちに向きながらどなっていた。島田班長の耳が計算にはいっていたのだったろう。わたしたちはいやないやな気がした。

島田班長には妙な癖があった。それが教室のなか、作業場、休憩ちゅう、ところかまわず変態的に発揮された。おかしなことに「知識」ということにそれが関係していた。

ある日彼は「こら、三班……」とどなった。

「きょうは散髪するぞ。理髪だ、理髪……」

四班には四班の仕事があったから、第三班のひげ剃《す》りを何から何までは見ていなかった。わたしは出たりはいったりもした。

「ゾーリンゲン？　ゾーリンゲンならドイツだろ？」

木島が島田の顔を剃《そ》ってやって、そのあと二人でしゃべくっているのは知っていたが、こういう片かな言葉が、サディスティックなひびきで島田の口から出たのでわたしは目をあげた。

島田があぐらで、木島は正坐で、盛りあがった膝へ両拳《りょうこぶし》を置いて向きあっていた。島田は西洋かみそりを開いて逆に持って、左親ゆびの腹でさわりながら粒目《つぶめ》を見張っていた。

口まわりはきれいに剃られて、人中《にんちゅう》の両わきに島田特有の縦じわが寄っている。

「むウ？　何でもドイツ、ドイツと思ってると、アテがはずれるぞ。第一がスウェーデンだ。第二がイギリスだ。それからがドイツだ。スウェーデン、知ってるな？　どこだ。北？　北のどこだ。何半島だ？　いってみろ。何半島だ。むウ？　いってみろてんだ。北の半島なら下北《しもきた》半島か。知床《しれとこ》半島か。おい、いってみろオよオ、こいつ……」

　左親ゆびが引っこみざま右うでがいっぱいに伸びる……そんなあり得ぬことが気づかわれるほど島田の調子はねつかった。部屋の目が二人へ集まった。島田は生理的に満足したように「むウ？……」と顎を引いて「スカンジナヴィヤ半島だよ……」といった。

　しかし、「日本じゃ、どこだ。」とまた島田は始めた。

「新潟県三条です。」と木島が答えた。

「三条ナ、うむ……ほかにどこだ。」

　三条は予期していなかったのかもしれなかった。

「堺です。」

「そうだ。泉州堺……よし。」といって島田はかみそりを閉じた。わたしは小便に立った。それにつづく島田と木島との心理的いちゃつきも見たくなかったからだった。

　それは、わたしとしてはそう名づけていた。ふたりは、元来は合わぬたちらしかったが、ここへ来てまもなく、第三班のもう一人の一等兵吉岡が班長と喧嘩して、島田は吉岡を残酷に蹴りつけて水汲みへまわしていた。水汲みは苦しくて、使役に出されるのをみんないやがっていたのを、吉岡は専門にそこへやられたのだった。吉岡は、班としては第三班に属していたが、飯あげ、酒・たばこ・航空菓子の配給、別所《べっしょ》や戸倉《とぐら》の温泉につかれることもあるトラックの上乗り使役のあんばいなど、班長以外、第三班のことはすべて木島の宰領にうつった。ところが、水汲みの吉岡は、炊事の食糧倉庫係になっていた。そのほうで決めたことで、島田として口出しはできない。吉岡がいい気になっているかもしれぬだけに、島田としてはいっそう木島を大事にするほかはなかった。肌のあわぬ二人は、あやうく衝突しそうになるたびにそこで妥協した。そのやりとりが、いやないやないちゃつきに見えてわたしにはしようがないのだった。

　班長が「木島一等兵！」と呼ぶと木島は「はッ！」といって答えた。「おい、木島。おれの脚絆《きゃはん》を取ってきてくれんか……」といったふうに頼むと木島は「へ、ヘッ……」と答えた。「へ、ヘッ……」――非常に軽くて、檀那《だんな》にたいする出入りの小者《こもの》という調子だった。

「おい、木島。おれの頭をやってくれんか……」

「へ、ヘッ……」

そしてすんで、へたにかみそりでもほめたのだったろう。木島の媚《こ》び方はしつこかったから、気違いのような島田にも癇《かん》にさわることがあるらしかったが、すると木島は、いっそう馬力をかけてねばねばとほめかけた。結局島田が敗け、その分が何かのことで二等兵の頬げたへ飛ぶのだった。木島は班長の持ちものをほめるだけでなく、二班や四班のものでも、二等兵がいあわすかぎり理窟までつけて一等兵の品物をほめたてた。

屁理窟つきの島田の踏んだり蹴《け》たりは他の班のものにも及んだ。第一班の二等兵がやられるのはわたしは見なかったが、第二班とわたしたち第四班のものとは大なり小なりあらかたやられたのを見た。

夜になると、三《み》つ畳みしておいた米俵をいっぱいにひろげてわたしたちは毛布を敷いた。班の配置関係から、第四班が東枕で第三班が西枕、第二班が東枕で第一班が西枕の形でわたしたちは寝た。板壁にくっついて、各班別の端にそれぞれの班長が寝た。

ある晩、第四班長の酒井のつぎにへっつい屋の浅岡が寝、その一人おいて隣りにわたしが寝ていた。浅岡の頭は第三班長島田の頭から一尺ほどにあった。わたしはとろッとしかけていた。

まっくらななかで、ぴしぃりという肉を打つ音がしてわたしは目がさめた。

「むウ、きさま……」

押さえた島田の声につづいてまたぴしぃりと鳴った。

「すみません。勘弁してください。すみません。勘弁してください。」

浅岡はうつ伏《ぶ》せになって打たれているらしく、わたしが覚めてからは四回ほど同じことがくりかえされた。わたしは機関車ほどの腕力を自分に妄想した。黙って島田の手くびをつかむ。立って引く。何とわめいても口はつむっている。万力《まんりき》でくわえたようにして廊下へ引きずりだし、とっとと講堂へ引きたてて行く。そこでボキリと手くびを折って、そうしておいて帰って寝る……

折檻《せっかん》ちゅうもすんでからも、わたしたちの酒井班長は身動きをしなかった。分隊で酒井だけが一等兵班長で、酒井がおとなしいので今日までも第四班は幸福だったのだった。

浅岡にはおろかなところがあって普通に文字が書けなかった。その日の作業の帰り、分隊全部がある村で休んだとき小屋があって親子の牛がいた。

「牛一頭で編上靴《へんじょうか》が何足取れるか知ってるか。」

運わるく浅岡がつかまった。あてずっぽうでもいいから言ってみろといって島田から責められ、冗談と思っているうちに島田の粒目が霞んできた。これは前兆だったからへっつい屋はひょうきんなことを言ってその場から逃げた。いったん寝かけてから、島田が、追いつめた自分のことは忘れて逃げた浅岡の軽口《かるくち》を思い出したのだったろう。わたしたちには、なんぼ一等兵でも身動きしなかった酒井班長が残念でうらめしかった。

ある日やはり帰りに、第二班の眼鏡《めがね》をかけた兵隊がかなりの丸太を首と肩との角《かど》へ受けた。話は「面《めん》」から出ていた。「面」とは何だというタワイないところから出て、朝鮮で村とか部落とかを指すのだということを島田自身明かしてから話が面倒になった。その男は一等兵だった。眼鏡と一等兵とが癇にさわったのか、島田は、相手が知らぬということをしつこく嘲笑した。わたしにわたしの碁の経験が思い出された。

中学にはいったときわたしはお寺に下宿をした。加藤という少年がやはり下宿していた。わたしは県立中学の一年、加藤は本願寺系私立中学の五年生で特待生だった。ある日加藤が、碁をやろうと言いだした。わたしはやったことがないからいやだと言った。加藤はこんなことを言った。だれにしろ、初めてやるときはやった経験がないんだ。だからこそ「初めて」だ。おもしろいからやれ。知ってるも知らぬもない。おれのやるとおりにやればいいだろう。むかしタイコ様もそうやって勝った。まんなかへぽんと一つ置いて、あとは相手のとおりにやってその一つで勝った。そんなこともあるからやってみろ。

わたしはやってみる気になった。タイコ様のせいでなく、覚えたら楽しかろうと思ってだったがさんざんに負けた。負けも自分ではわからなかった。加藤がそう言ったのだった。碁笥《ごけ》の蓋へ石をこぼしながら、加藤は、ホ、何目《もく》、ホ、何目と数えて——そのことが私にはわからぬのだったが——最後に、わたしがいかに弱いかといってわたしを何分間も嘲笑した。敗けだと宣告されたのは何でもなかったが、「弱い」というのは受けとれなかった。加藤がわたしはいやになった。わたしはひどく不愉快になり、それきり碁にさわっていない……「面」を知らなくたって、馬鹿にされる必要はないだろう。

ちょうどそれを一等兵がいった。

「なにッ！」というなり丸太が飛んだのだった。

これは、そのあくる日、班長同士の喧嘩にもなった。

埋立《うめたて》作業の休憩で、背の低いこちッとしたからだの島田が、背の高い、ちょっと猫背の、島田よりずっと美男の第二班長の胴へショベルを食らわせた。ふたりとも、ズックの、馬の腹帯のようなごつごつしたバンドで、それに結《ゆわ》えつけた革の守り袋が、彼らの尻のところで踊っていた。勝負は小隊長がまわってきたためにつかずにしまった。

ほんとうのところ、島田は、話題の豊富な人間というのかもしれなかった。もしかしたら彼は、朝鮮で巡査のようなことをやっていたのかもしれなかった。学校の教師とか、下級の文官試験とかいうことで、小型の表のようなもので世界地理だの世界歴史だのを覚えたことがあったのかもしれなかった。靴会社につとめたことがあるのかもしれなかった。元来は人間好きで、なにかにつけて話が出て、それが、彼のなかのえたいのしれぬものに結びつくと粒目が霞んでくるが、そうでさえなければ、気のいい話好きの世界が出来るのかもしれなかった。

　しかし、何にしても危なかった。

「おい、中野二等兵……」とある日島田がいった、「これゃ何てえか知ってるか。」

「あぜ豆です。」

　それでそのときはすんだ。

「おい、中野二等兵……」とまた別のときに彼がいった、「おまえ、男結びできるか。」

「できます。」といってわたしは結んで見せてそのときはすんだ。わたしはまだ島田になぐられていなかった。

　ある日作業場で石ころを片づけながら、朝からくっついている島田にわたしは不安を感じてきた。作業場では分隊で働いたから、各班の人員は入り乱れて、第四班だから全部酒井が監督するというわけではなかった。

　島田がわたしのそばへきていて、自分のショベルによりかかってわたしに次ぎ次ぎと指図するのがわたしに気にかかった。彼はしきりにわたしを移動させようとした。ここをやれというのでそこをやる。そこがすまぬうちに今度はそこをやれというのでそこをやる。またその横手をやれという。それが一時間も一時間半もつづくとわたしはいらいらしてきた。気違いのようになる島田が私はこわかった。しかしショベルの柄《え》に力を入れながら、それで島田を横に払うイメジもたえずちらちらした。午後すっかり付ききりになられて私はへとへとになった。何ごともなかったけれども、島田にねらわれているという気がしてそれがいやだった。

兵隊に取られてひと月ほどして、八月の初めからわたしは分隊長当番というものになった。しかしこれには格別の仕事は何もなかった。特別のことをさせるのが、この分隊長はきらいなのらしかった。

ある夕方小隊全部がいっしょになって仕事から帰ってきた。玄関、廊下、入口へごちゃごちゃになって殺到したなかを、食事当番のものは食事がすぐだけに特別にいらだってあちこちする。

「だれかいる……背なかにくっついている……」

わたしにほんとうにくっついて、そこに島田が恐ろしい粒目で立っていた。

「おいッ……」といって彼はわたしを衝《つ》いた。片あしかけて脚絆《きゃはん》を解いていたわたしはよろッとして足をおろして直立した。

「貴様ア、分隊長殿の脚絆巻かんかッ……」

彼が言ったのでわたしは分隊長を目でさがした。

分隊長はすぐみつかった。解きかけの垂れた自分の足を気にしながらわたしは近づいたが、分隊長はいつもどおり自分でやってしまって分隊長溜《だま》りの方へ歩きだしていた。

「いい、いい。いいよ。島田班長……」

わたしは仕方なく島田の前へもどって立った。わたしは覚悟していたが拳骨は飛ばなかった。

「なんだ、それゃ……」

垂れたままのわたしの脚絆を目で指して島田はくるりと向きかえって歩きだして行った。

それから四、五日して八月十五日になった。分隊全部、小隊全部、中隊全部が騒動をした。食事のことで中隊本部へなぐりこみをかけるものなぞも出た。それからそれが収まった。部隊は九月四日に正式に解散することになり、ものすごい物資の取りこみ仕事が始まった。トラックに乗れる連中が下士官以上と結託して活躍した。同時に、解散になった朝鮮人飯場の連中を警戒して、ドラム罐貯蔵所、火薬貯蔵所、部隊などに初めて衛兵がつくことになった。衛兵は「奉安庫」にもつくことになった。衛兵に立つものにだけ、部隊編成以来はじめて、上田の中学から借りてきた日露戦争のときの銃が渡された。

中隊本部系統が全体としてきょときょとしているなかで、島田班長ひとりびくともせずに相かわらずなぐったり蹴ったりしていた。彼は、なぐろうが蹴ろうが忠義のことでそれをしたことはなかったから、忠義がひっくりかえったことは何ひとつ島田を拘束しなかった。どしどし始まった夜遊びの人間を彼はぶんなぐった。衛兵のごまかしを蹴りつけた。衛生とくに洗濯のことでやかましくどなりちらした。取りこみのほうも相当やっているらしかったが、洗濯や夜遊びを取りしまるものがなくなっていたから、彼は他の班はおろか他の分隊の分まで一人で引きうけて制裁してまわっていた。忠義関係でなぐってきた連中への恨みが何となく消えていったにたいして、島田には、なぐられることについてそのまま恨みが積みあがっていった。

酒の配給のあったある晩、わたしの班では滝二等兵が衛兵に出て班にいなかった。第三班では島田が出ていていなかった。今夜は二合ずつ渡ったからみんな酔った。島田ぬきの両班は差しむかいの形でいい気になって滝を忘れていた。

三十分以上おくれて、わたしの番だったから、飯盒《はんごう》の蓋と茶碗とに入れた酒と食事とを持ってわたしは降りて行った。入口の階段の陰に滝はいた。

「すまなかったナ、滝……」

しかし滝は手をひっこめた。島田が噛みつく勢いで飛びこんできたからだった。

「何ぼやぼや今ごろまでしてやがったんだ、この野郎！」

島田はほんとうに怒っていた。

「衛兵に立ちゃナ、腹ア余計へるんだ。酒の配給のことア朝からわかってるんだ。滝が好きなことアおまえ知ってるんだろ。」

「知っています。」

「知ってて何だ！　いったい何分おくれたと思うんだ。」

なぐられるとわたしは思った。それは仕方なかったが、酒をこぼしてはならなかった。わたしは島田に寄るように寄るようにして飯盒をささげていた。

「お、滝。気の毒したな。やれ……」

わたしはなぐられずにすんで九月一日《ついたち》になった。九月一日には一升びんがわたって、第三分隊として送別宴会をやることになっていた。午後になって会は始まった。

みんな飲んだ。それから歌った。それから踊った。島田は八木節《やぎぶし》をやった。木島は泥《ど》鰌《じょう》すくいをひどくワイセツにして踊った。やがて、分隊全体かたまりになって踊りだした。かたまりはまわりだした。かたまりは何となく二つになって、一つが島田を取りこむ恰好《かっこう》で崩れて行きそうになった。

「どうしたんだ。」とわたしは浅岡にきいた。

「やるんだよ。やるんだよ。ふ、ふ……」

両拳《こぶし》で恰好をしながら浅岡は笑った。島田を徹底的に今日伸ばすことになっている。倉庫の吉岡が工面して、島田には茶いろのほうのをちゃんと飲ましてある。あれは南方用のもので、腐らせぬため濃くしてあって、飲むときは三倍にして飲むのだが、島田はそのままで飲んだのだ。わきの分隊からも加勢にくるはずだ。ふ、ふ……

「浅岡自身はそれほどやる気がないんだナ……」

そうわたしが思ったときそれは始まった。始まっていたといってよかったかもしれない。

「よう、よう。島田班長！」という声といっしょに島田が担《かつ》ぎあげられた。

「よう、よう……」

胴上げされながら、島田自身叫んでいる。

胴上げのままでなぐっているのが見える。

かたまりはそのまま、ど、ど、ど、という勢いで黒板の方へ行き、島田のからだを黒板にたたきつけた。島田のからだは落ち、つづいて黒板が落ちた。

同勢がまた島田をかつぎあげた。そして第三班の席のあたりへ持ってきて床にほうりだした。

もう一つのかたまりのほうは混戦になっている。だれかを取りこんでなぐっていたのが、互い同士のなぐり合い、組打ちになっている。第二班で最初に花札を出した男が、宮大工の岡という兵隊に顔を踏まれている。その顔が美男で濃いひげなものだから、いっそうみじめに見える。岡はいつまでも踏んでいる……

そのとき島田が大力《だいりき》を出して暴れだした。勘づいたのかもしれない。そうでなしに、例によって、いきなり昂奮してきたのかもしれぬ。よほどなぐられているはずのが、のしかかった二、三人をはね飛ばして起《た》ちあがった。のしかかっていたほうも酔ったうえに疲れている。島田は誰彼かまわず腕を振りまわしはじめた。逃げだすのもいる。逃げる姿、それが島田をたきつける……

そのとき吉岡がはいってきた。もう酔っていて、何か残酷なことをもくろんでいるような目をしてはいってきたが、そのとき大ごえをあげて木島が島田に飛びかかった。

木島は、十五日からこっちで一貫目ほども肥えている。木島は、自分で自分をほうりつけるようにした。島田が後ろ正面にたおれて、後頭部がゴツンと音を立てた。木島が両あしで飛びあがって、島田の上へからだで飛び落ちた。そして馬乗りになっておさえつけた。

「何しやがるウ、こんちくしょう……」

持ちまえのかんだかい声をあげると、木島は拳《こぶし》をまっすぐに島田の頭へ落した。

「おれはどこまでもウ、木島一等兵は飽くまでもウ……」とどなってまた木島は打ちおろした。

「ひとりになっても、たった一人になっても班長殿をまもるぞウ……」と叫んでまた木島は打ちこんだ。

それは恐ろしい力らしかった。振っていた島田の顔が振らなくなって膨《ふく》れて見えた。

「木島一等兵はア……」……ゴキン……

「たった一人になってもウ……」……ゴキン……

「班長殿をまもるぞウ……」……ゴキン……

せりふのぶざまさがいっそう木島を残酷にした。

わたしは部屋を出ようとした。

「あんなふうにやられたくないナ……」

吉岡がちらりと私を見たが、何か表情をして——表情をしたようにわたしが思った。——眉の根を盛りあがらせて向うへ歩きだした。

いまでもわたしは、むしろ今ごろはますます、あの島田のように、あの木島からのようにはやられたくない。

（十一月二十三日）

軍　楽

一九四五年九月すえのある日、ひとりの兵隊服をきた男が渋谷から日比谷の方へあるいていた。

男は一週間まえに兵隊から出てきていた。彼は、日本が降参する二月《ふたつき》まえに召集され、ある山ぐにの村へ行き、そこで八月十五日をむかえ、それからなお一月《ひとつき》その村にいて、そのあいだに——つまり戦《いくさ》に負けてから一等兵にすすみ、一週間まえ、毛布一枚、雨外套一枚、ゴムの水筒ひとつ、玄米二升、「栄養菓子」すこしなどを荷物にして東京の家《うち》へかえってきたのであった。

男の家には留守居がいた。子供の五人ある夫婦の印刷屋で、手でうごかすタイプライターほどの機械をつかって、名刺だの保険会社のハガキだのを、朝はやくから夜おそくまで音をたてて刷っていた。

印刷屋と男とのあいだにはもと縁もゆかりもなかった。戦争がそれを近づけたのであった。強まってきた爆撃、かためて焼けだされた人びと、その人びとは、東京のなかで、また近くで、焼けのこった親類・縁者をさがして身をよせた。男の住んでいた地区は最後までのこったから、こうして新しくはいってきた人びとで人口がふえてさえいた。男の隣《となり》組《ぐみ》にも何軒かそういう家があった。ふた間か三間の小家《こいえ》で、受けいれたほうと逃げてきたほうとのふた所帯の全員が、夜ごと、闇のなかで、鳴りやんで行く警報の下でだまって身支度をした。

そこへ第三の所帯がおちのびてくることがあった。第二の所帯とでいっぱいのところへ、七人家族の印刷屋が、仕事道具と紙とをかかえて今朝《けさ》たどりついたという家がここの隣組にもあった。男の家でいえば、それは、二十何年まえの検査で丙種合格になった男が、四十五にもなって思いがけず兵隊に取られるということになって四日目であった。男の妻は、ひとりの子供をつれて田舎へ行こうとしていた。家をどうするか。下層の隣組で、事は手がるに運んだ。男とその家族とが帰ってきたときには空《あ》けるということにして男の家へ七人家族が移ってきた。

このことで、男の妻と印刷屋とのあいだで証文は取りかわされなかった。男の妻が男に相談するということも、男の行きさきがわからなかったからできなかった。

面倒・厄介の予想される家の問題で、ふたつのことがあって約束の実行を保障していた。戦争がまもなく終るだろう、日本が負けて終るだろうと思われていたこと、印刷屋にも男の妻にもそう思われていたことが第一であった。戦争がすんだらすぐにも市内へもどらねばならぬ。寺や畑や雑木林の多いここいらで、まったく新規に、七人口《しちにんぐち》を印刷屋でやしなって行くことは印刷屋に考えられなかった。また印刷屋には、三十年以上やってきたものとは別な仕事をはじめよう気も毛頭《もうとう》なかった。彼は、市内ではどこらへ家をさがそう、それからこうしてこうして……という目論見さえ或る程度はっきりしていた。男の妻のほうでも、すぐにも東京へまいもどる肚《はら》でいた。双方のつもりは、結局戦争がもう終るだろうという考えに基づいていた。そのことが最初の話しあいで双方に読めた。口にも出さず、頭にも自覚しなかったが、お互いに読めたという心持ちが事をすらすらと運んだ。いまから二十年ほど前、東京で非常に大きな印刷工のストライキがあった。それは規模も大きく、性質も深刻なものであった。そのときのストライカーのなかにこの印刷屋がいた――印刷屋のこの経歴が第二のことであった。首きられた印刷屋はそれから二十年を個人経営の印刷屋としてやってきた。そのとき首きられた一人は、首同士共同ではじめた印刷屋をしながらそのストライキを小説に書いた。それは名高い作になり、たくさんの人に読まれた。しかし戦争の波が、ますます高まりながらその小説と小説家とを呑みこんで行った。その小説は古本屋の棚にも見えなくなり、いまでは、小説というもの、小説家というものが変っていた。その後その小説家には個人としての不幸も重なり、いまは政府にたいし小さくなって、妻にさえ死なれてからく生きていた。二十年まえのストライカーはその小説を読んでいた。彼にはその作に不満と意見とさえあった。彼は小説をくりかえしては読まず、その後その小説本をなくしてもいたが、不満と意見とは、言いかえればこの小説家についての誇りと親愛感とは、生活の変化で少しずつかわりながら彼のなかで生きていた。それだから、二十年間ハガキ一本かかず、ここへ来てからも訪ねて行こうとはしなかった元のこの仲間が、つい近所に住んでいることを印刷屋はよく知っていた。兵隊に取られた男と小説家とは近しい間柄であった。男は社会主義者だったから、戦争になったあくる日検挙されて、それからずっと通いでしらべられていた。わたしは社会主義者である。わたしはこの戦争を帝国主義侵略戦争として認めてこれに反対する。わたしは日本に社会主義革命を成功させねばならぬと考えている。いままでのわたしのすべての言動はそこに集中していた。そのことをわたしは改めてしかと認める。そう警察は男に言わせようとした。それは社会主義者として認めていいことであった。しかしそれを、労働人民にはかくして、警察にだけ認めることはよくなかった。ひと月、ふた月、三月、半年《はんとし》、一年、二年、三年と続くうち、男には、相手の言いなりに認めようかと思う瞬間があった。いまに戦争が終るだろう、日本が負けて終るだろう、そのときまで引っぱらねばならぬという考えが男を思いきりわるくささえてきた。召集令状が来た日まで男は警察へ通いつづけた。印刷屋はそこまでは知らなかった。しかし印刷屋は、話しあっている女の亭主があの男であり、その男は、あの小説家と近しい間柄であるにちがいないということを、二十年ほどのあいだの何やかやから知っていた。そのとおりであることがじきに知れた。小説家を入れて、ひとつの連帯、ひとつのソリダリテが帯のように彼らをくるむのを印刷屋と男の妻とが感じた。それは、家のあけわたしには関係なかったが、もっと土台のことであった。男の妻は安心して子供をつれて汽車で立って行った。

このことが男には十分には知らされていなかった。男には、兵隊から帰って、はじめて見た留守居の印刷屋から聞かされて全体がのみこめた。多くの人間のあいだを裂いた戦争が、一方ではむすびつけた組の一つがこれであった。

男は汗をふいては歩いて行った。男はある知合いを訪ねるためにあるいていた。あの小説家はいま東京にいなかった。食う仕事をどこに見つけるか、社会主義者としての仕事をどう組みたてはじめるか、そのメドをつけるために訪ねるのであったが、それよりも、メドをつけようという気を自分のなかに起させるために訪ねるというほうが正確であった。ながく孤立してさいなまれてきたため、男の精神は一人前らしくないものにしなびていた。仕事を国民の手にわたすまいとして、春以来秘密に事を運んできた大資本家階級の目論見はこの男にも利《き》いていた。戦争の終結は、国民にたいする最大の不意打ちとして絶対に上から打ちおろされねばならなかった。ころあいを見はからっていた大資本家階級が「よし！」と命令した。天皇が幕を切っておとした。新しい内閣がすべてのものをかくしこみ、腰くだけですわりこんだ人びとを追いたてて証拠書類を焼かせた。山のなかの村で、男の部隊も二日間書類を焼いた。そこから何かを取りだしてくるため、「よし！」といって立って行く気に男はなれなかった。よろこびが来たときに戸惑いが来たのでもあった。男は書類焼きすての使役《しえき》を断わって筵《むしろ》の上でごろごろしていた。しかし食うものと着るものとが逃げるだろう！　印刷屋のほうは家《いえ》さがしをはじめていたから、男のほうは、食う仕事、息をふきかえすための準備の手だてにかからねばならなかった。

　久しぶりに東京を見たいという欲望も大きかった。まる一年以上男は街なかへ出ていないのであった。

　想像していたとおりともいえたが想像以上だったともいえた。すべてが乞食のようにつぶれて、うすぎたなく無気力に横たわっていた。見かける人という人が衰弱して見えた。大転換が夕立のように空で鳴っている下で、見覚えのある街が、いっそう破れ、いっそうみじめになっただけで、大転換などは上で鳴っていないかのような姿で下にあった。男は、次第に市の中心へ近づきながら、外国の街へはいって行くような心持ちでくだって行った。「ここだったナ……」と或るところで男は立ちどまった。一年以上まえのある日、男はここで真上を艦載機に通られていた。警視庁に呼びだされての帰り、前をあるいていた男がいきなり伏せたので本能的にならったのであったが、おそれる暇もないほどすべてが速かった。その飛行機はあまりに低く飛んだため何かに衝突して落ちた。

「ここだった。あすこだ……」

広い通りは元どおりに、一年まえにはあった片側もなくなっていっそう広くなってあった。暑い日の照る下で、一面の焼野ガ原が焼野ガ原のまま、元は大きな建物の並んだ繁華街であったおもかげを残して広いコンクリート道路を谷間の方へ走らせていた。見晴らしのきく高みで、そこに人かげがまったく見えぬため、一年まえのことを夢のようだと思いかえすことさえ嘘のように男に見えた。毒々しく伸びたヒマの葉がさわるのを避《よ》けて男はあるきだした。

「兵隊であるいたから脚は大丈夫だぞ……」

そういうことをうつけて思いながら男はあるいて行った。そのとき飛行機の音がきこえた。男は隠れるところがないのに隠れようとする衝動を感じて思いとどまった。雲の一切れもない空を、見たことのない型の飛行機が一つ、三―四間右手の見当で音を出しているという恰好で美しい銀いろで飛んでいた。戦争はつまりすんだんだよ、飛行機が来てもあわてるには及ばんのだよと男は自分に言いきかせた。人はどうなのかまだよくわからなかった。

あたりが賑《にぎ》やかになってきたのに男は気づいた。さほど大きくない店屋がかたまって両がわ残り、人の出入りが見られ、店さきに水が打ってあるのに活気が感じられた。店のものとみえる若い男が出てきながら笑顔をした。男は、それが自分にむけられたものでないとわかったがそこの店を見た。飾り窓に焼物《やきもの》類、塗物《ぬりもの》類が見えた。近寄ってみると、小さな段々の上に、人形、ヒナ、袋物《ふくろもの》などが並べられ、奥わきには鼓と飾り太刀とが置いてあった。気がつくと軒並みに同じ店で、いかにも珍しいと見えるものにまじって、素人にもひと目でにせものとわかるものが独特の粗末さで並んでいた。店によって外国人のうしろ姿が見えた。どの店のものも衰弱して見えぬのが男の目についた。笑顔のまま向いがわの店へはいって行ったさっきの男は、伸びてきた髪を青々と光らせて、つんと筋の張ったズボンの下で真新しい草履《ぞうり》を白い素足につっかけていた。

「そうだ……」

日比谷が近くなったことに気づいて男はそこで弁当を使おうと考えた。公園そのものも見たかった。木かげ、ベンチ、飲み水があるだろうと期待された。晩めしにはまだまだ早かったが、朝めしをおそくして、昼とも晩ともつかぬ弁当を持って出ていた男は腹がへっていた。

「それから警視庁と裁判所とを見てやろう。」

男は八月のはじめに検事局へ手紙を出していた。事件はどうなったのか。憲兵隊へ移すのか移さぬのか。必要ならば隊の許可を得て出て行ってもいい。なにぶんにも返事をくれ。それは一歩踏みこむというほどの強さのない瀬踏みであった。妻が田舎へ行ったあと男は東京と連絡が切れていた。検事局は戦争がすんでからも返事をよこさなかった。男には、帝国降伏で警察・検事局がわが解放された気になってほっとし、この四、五年じゅう、それ以上拘束されぬため男のしてきたあれこれの努力がそっくり醜さとして残された思いがして口惜《くや》しかった。ハガキの返事でもいい、文面で気のすむ取りかえしができようにと思えたが、強要する手続きがわからず、帰ってから外へ出かけて行く暇も今日までなかったのであった。

「あいつら、まだいるのだろうか。歯のあいだへ火箸を打ちこんだり、無垢《むく》な娘の陰毛を焼いたりしたあいつら、まだいるのだろうか。まだいるのだろうか。」

　目まいのするような感じと、ひと思いに乗りこんで行く気になれぬ気持ちとが男のなかでまじり合った。爬虫類のような警視庁……外がわからだけ、見ておくだけでも見ておきたいと男は思った。三つほどの情景が男の頭をよぎった。調べ室での一幕《ひとまく》を終えて休憩室へ出ている男がそこにいた。そこは二階で男は窓ぎわに腰かけていた。隣り屋敷の木が見え、ぬか雨の降っている舗装道路の一部が見えた。道路は窓ぎわに接していた。ここへ自動車をつけて、飛びおりるなり走りだす。逃げられる……逃げたい！……生まれてはじめて男はほんとうに「逃げたい！」と思った。すると男は、自分のしている仕事、自分の考えている労働者階級に、いままで知らなかったほとんど肉体的な愛着を覚えた。腕を彼は射投げるように伸ばしたかった。「おお……」と彼は長く引いて心で叫んだ、「おれは逃げたいぞオ。逃げて働きたいぞオ……」。つぎに、自動車で走っている男がそこにいた。男のほかにもう一人の男と女とが乗っていた。一月末の夜であったから、彼らは厚着をしたうえしっかりと外套にくるまっていた。前ランプの灯が扇型にひろがって動いて、車は広い大カーヴを曲がろうとしていた。上体を曲げてつぶした声で、女が「いるのよォ……」と低くいった。警視庁前であることが男ふたりにもわかった。そこのどこかの部屋で、女の愛人が、裸にされた背なかへ手錠をかけられた両腕をくくりつけられて、まったく火の気なしで口を閉じているのであった。いま思い出している男は、裸にされている男たちをある程度裏切っていたのであったから、そのことを思い出してもいない女の短い訴えは錐《きり》のように男に刺さった。つぎに、三階の部屋へ代りの炭酸紙を受けとりに行っている男がそこにいた。三階の様子はすっかり変っていた。カーテンはすべて灯《ひ》の通らぬ厚地の黒幕になり、部屋全体の書類が非常に減り、私服のものも残らずゲートルをつけていた。彼らは以前よりもずっと横柄《おうへい》になり、炭が足りぬため押収してきた本類を火鉢で焚いてあたっていた。煙のなかを、モンペをはいた給仕の娘が男に茶を持ってきてくれ、ついでというようにしてわきの棚から本を取ってびりっと破いてくべた。男は、両方の表紙からちぎってきてまんなかだけ残った分が娘の手にあるのを見あげた。ひとつだけ大きいAgrarfrage というドイツ語が目にはいった。「農業問題か……」。男は、その本を取られた人間のためよりも本そのもののために顔をそむけた。

「まだいるんだろうか。まだいるんだろうか……」

そのとき男はおびえたようにして電車線路を越して道路を反対側へ渡った。

「こら、日本の兵隊！」

そういうことをいわれはすまいかという気がして男は二十間《けん》ほど先きへ来る外国兵のかたまりを見た。男にはどの国の兵隊とも見わけられなかった。兵隊は五、六人で、非常に清潔な、洗いたてのような着物を着て、どれもまだ若く、もつれるようにして話しながら近づいてきた。

「そんな……はずがない。」とも男は思った。道理に合わぬようなことが、合わぬようにも合うようにも思われて男の頭を走った。

そんなはずはない。そんなはずはなかろう。男は、部隊そのものがそうなのであったが、一度として外国兵とたたかったことがなかった。外国兵を見たことさえもなかった。彼らは、戦争のあいだじゅう、一挺《いっちょう》の銃も一本の剣も持っていなかった。敵の飛行機が来ると、山地にはさまれた隠れ場のない河原《かわら》で、彼らはただしゃがんだだけで飛行機の去るのを待った。河原つづきの飛行場にいた四台の練習機は、警報が鳴ると勢いよく舞いあがってどこかへ行き、警報が解除になるとどこからか帰ってきた。八月十三日になってほんものの戦闘機が二台来た。十四日の朝、敵の飛行機が来て、練習機には手をつけずにその二機だけを焼いて行った。男たちは決して外国兵を苦しめていなかった……

しかし男は、外国兵たちの正式の軍服が平和的に、自分の星を取った帽子、肩章をむしり取ったかばかばの夏衣《なつい》袴《こ》が軍国主義的に見えるという意識から逃れられなかった。戦闘帽、その下の坊主刈り頭、汗にまみれた汚い黒い顔、やせたからだ、洗濯で筋になって剝《は》げた上着、ズボン、膝下《ひざした》のつぼまり具合、そういうすべてがすべての弁解を越えていた。それはつまらなかった。それは野蛮であった。

「君ら何でじっとしていたんだ。おれたちあすこまで来てたじゃないか。」

そういわれたら一言もないという感じが男のなかに出ていた。服装の清潔さと美しさとがそう言っているようにみえた。

「そんなこと言ったって仕方がなかったじゃないか……」といって苦笑することが、国内的には通っても国際的には通らぬひろい間《ま》に合わなさが男によくわかった。外国兵たちは男に目もくれずに反対側をすれちがって行って男は市政会館のところへ出た。

「ほ、残っていたな。交番も残っていたな……」と男は見まわした。大きな建物がそろって残っていた。たくさんの自動車が走っていた。外国兵、外国人の姿が目についた。日本人も急にたくさん歩いていた。交番の巡査は見えなかった。

「こっちから行こう。」

男は並木みちへ出た。ここでは、さっきと違ってたしかに、ざあッと鳴っている下で転換が行なわれていた。破壊されなかった見覚えのあるままの街、それがそっくり見覚えのあるままで別ものになりつつあった。男自身、自分が場ちがいのところへ来ているような感じから逃れられなかった。

「これだけが元のままだ。」

男は、とちの葉を食いあらしている昔どおりの虫に気づいて市政会館まえ広場へ切れた。その端に、築山《つきやま》寄りに飲み水とベンチとがあるはずであった。

「野球かな。」

しかし野球ではないらしいと思いながら男は人だかりへ近よった。人だかりは矩形の人垣をつくっていて、矩形のなかで外国兵が動いていた。そして音楽が聞えていた。

矩形の向う端に三隊の兵隊が見えた。ふたつの隊が、一隊は四十人ほどずつで、音楽をしていた。残りの一隊は、そのほうが大人数に見えたが、銃を持って止まっていた。

指揮者が先頭を進んで、第一の音楽隊が吹奏しながら前進した。第一の隊が或る地点まで進んだとき、第二隊が同じく吹奏しながら前進に移った。銃を持った隊が第一音楽隊の元いたところへ動いた。そして第一音楽隊が第二音楽隊のいたところへ、第二音楽隊が銃隊のいたところへ移った。全隊形が逆になったところで別の音楽が起った。音楽はどれも、ジャズなどとはちがった、行進曲などともちがったものに男に聞かれた。

音楽が終ると銃隊から小隊長のようなのが出てこっちへ歩いてきた。見ると、矩形の対辺のところに壇が出来ていて、小学校の教壇のような質素な壇の上に隊長と見えるのが立っていた。小隊長のようなのがその前まで来て止まった。そして両方で、非常に速い、挙げたと思ったとき下がっているような敬礼をした。それから小隊長のようなのが何か言った。報告をするという形に男には見えた。

人垣のなかにはアメリカ兵がまじっていた。服装からして中の兵隊もアメリカ兵と思われた。人垣のなかのアメリカ兵は、腰に手をあてがって見物しているのであった。第一の報告者が帰って行って第二の報告者が出た。それから第三の報告者が出た。男は非常な違いを発見したと思った。

それは敬礼の仕方にあらわれていた。報告の仕方にあらわれていた。歩き方にあらわれていた。報告者は、「ものをいう」声で、いわば話していた。男には、距離もあったが一語もわからなかった。

「えへッ！　なんだその声。大きく、もっと大きく、もっと大きくだッ……」

短い兵隊のあいだ、年とった新兵たちがはたきこむようにどなられて、大ごえを出そうとして用向きを胴忘《どわす》れするというようなことはここにはないらしくみえた。二等兵が折箱のように手をあげ、それをじろっと見た軍曹が指をばらばらにした手をあげ、それをさげ、それから二等兵が、ズボンの縫目へばたっと音を立てて手をおろすというようなこともここにはないらしくみえた。彼らの歩き方は、靴底がちがうのでもあろう、音を立てなかった。地面を踏みつけるというより、からだを進めることがここでの目的であるようにみえた。ひとりのときも隊のときも、人間がすっすっと動いてどたりどたりしなかった。男は目をはなさずに汗をふいて見つづけた。

もう一度あたらしい音楽がおこった。第一音楽隊、第二音楽隊、銃隊とも静止した形でそれがひびいた。それは、さっきまでの、それとても静かであったのよりいっそう静かなものであった。曲が或るところまで進んだとき、男は、旋律が万力《まんりき》のような力で彼をつかむのを知った。音楽を知らぬ男は、それをどう自分にすら言いきかせていいか知らなかった。男はふるえあがるような、痛いようなものを感じた。それは、男に西洋的なものでも東洋的なものでもなかった。民族的なものでさえなかった。それは、人のたましいを水のようなもので浄《きよ》めて、諸国家・諸民族にかかわりなく、何ひとつ容赦せず、しかし非常にいたわりぶかく整理するような性質のものに見えた。

旋律がある部分をくりかえしていっそう進むように見えた。それは進んだ。そして高い階《かい》が——男は「階」という言葉を頭でつかった。——見えた。

「あれだ。」と男は思った、「あれ……」

頭の地肌がすっと冷えて、目《ま》ぶちに涙がたまってくるのが男にわかった。

「そいつては違うのだろう。違うにちがいない。しかし、つまり、慰霊祭なのだ……」

殺しあったもの、殺されあったものたち、ゆるせよ。殺され合うものを持たねばならなかった生き残ったものたち、ゆるせよ……はじめて血のなかから、あれだけの血をながして、ただそのことで曲のこの静かさが生まれたかのようであった。二度とそれはないであろう……諸国家・諸民族にかかわりなく、何ひとつ容赦せず、しかし非常にいたわりぶかく……

旋律が終った瞬間の静かさのなかでいっせいに手があがるのが見えた。兵隊は、こんどは、手をおろさずに一点を見ていた。隊長のうしろに、もうひとつ高いところに旗が立っていた。風が全くなく、旗は完全に垂れて絵柄《えがら》は見えなかった。それに挙手が献《ささ》げられていた。隊長がやはり手をあげていた。人垣のなかの兵隊がやはり手をあげていた。広場にいたかぎり、矩形からずっと離れて、たまたま通りかかったとみえる兵隊がやはり立ちどまって手をあげていた。

合図が何かあったか男は気づかなかった。兵隊はいっせいに、「はた……」というほどの音で手をおろした。男は人垣をはなれ、もう一度とち並木の下へ出、写真の記憶からそれと思える驚くばかり尨大な水陸両用戦車が、ほとんどなまめかしいほどの腰つきでロータリーを曲がるのを見、そこを突っ切って目あての知合いのところへ心を急がせた。

（十一月十六日）

会えなかったのは残念だがそれでよかったか知れぬとも思う。会えば書かぬことになっただろう。会って話したのでは話が外《そ》れて行ったろうと思う。このごろ部分的にモーロクしてそういう傾向が強くなった。久しぶりで会ったときの空気は古い知合いに強くひびく。字でかけば幾分でも外れが防げようと思う。とかく書いただけは独立するというものだ。

何から書いていいか、書いても書きつくせぬ、話しても話しきれぬといった具合だ。しまいのところへ「この項つづく」と入れるつもりだが、忘れてぬかしてもそのつもりで読んでほしい。未練《みれん》がましいが初めにお願いしておく。

未練、未練。まったく僕は未練がましくなった。何にたいする未練か。万事万端べた一面の未練だ。家族の顔、見おろす生徒の顔、わが半生、何もかも未練だらけだ。老醜という言葉があってわかったつもりでいたが、どの辺から老醜がはじまるか考えてみたことはなかった。未練が老醜のはじまりでないだろうか。半生でなく三分の二生だ。もっと五分の四生だ。この三分の二生、五分の四生をふりかえって、残りの三分の一生、五分の一生に未練が出る。「十七歳、フランスが目の前にぶらさがっている……」ぶらさがってはもうおらぬこと、そういう、返せぬ過去への未練でない。将来への、未来への未練だ。行住坐臥、霧のようにのぼってくる未練にむせむせ、未練を感じだした年齢から、これからの年齢を円筒のようにのぞきこんで感じる精神のよろめきだ。君は知るまいが、僕はむかし新人会へはいろうとしたことがあった。しかしはいらなかった。警察署長というおやじの職業が取次ぎの学生を逡巡《しゅんじゅん》させたのだ。彼は拒絶するかわりに僕をさけた。あからさまではなかったが僕はさびしく身をひいた。それから僕は教師になり、生徒にいい評判をとり、校長になり、いまや追放か、でないかというところへきた。新人会幹事はまちがっていただろう。しかし僕はなぜ、さびしい思いなぞを抱《だ》いて教師になっただろう。さびしい思い、馬鹿め……僕は地だんだを踏んであと十五年かそこらの残りを考える。

　僕は実際のところ、僕らの少青年時代の親たちや教師や校長があったようにはありたくないのだ。少年たちを理解し、忠言をあたえ、出て行く彼らを窓から心で手を振って見送るというようなのがいやなのだ。這ってでも彼らといっしょに行きたい。むしろ彼らを鼓舞激励したい、彼らをみちびきたいのだ。教師になった僕はペスタロッチだのフレーベルだのルソーだのを読んだ。アメリカの教育法、ソ連の教育法から、中江藤樹、山鹿素行、松下村塾などいうものまで読んだ。そして最後に残ったのがコロレンコの小説の某という家庭教師だった。小説の名も忘れ、コロレンコでなくてゲルツェンだったかも知れぬ。とかくそれはロシヤへやってきた渡りもののドイツ人青年家庭教師だった。ロシヤ貴族特有の半アジヤ的空気のなかで、身分の低い若いドイツ人が一心に子供を教えて、子供がまたなつく。馬鹿にされながら、居候《いそうろう》あつかいされながら、子供を、持ってきたヨーロッパで教育して、師弟は学友になり、この師弟・学友関係がもうひとつ高い段階へのぼろうとするところで或る朝教師が逃亡してしまう。私は君を私の能力の限界まで教育しました。これ以上君に教えることは私にありません。私はほかへ出かけましょう。こう置き手紙をして手ぶらで逃亡してしまう。どんなにその美しさが僕を打っただろう。おれの持ってるものを少年たちに与えてしまおう。そしたら逃亡だ。こうしてこの青年は、教師になった僕がたえずうしろ姿として行く手に見てきたものとなった。生徒たちによかった僕の評判には、この逃亡ドイツ青年の影響が実にあったろうと今思う。

　そこでどうかというと、なま若い僕がそんな気でつとめてきたことを僕は今あわれむが、持っているものを与えられたかどうか、まわりがそれを許したか許さなかったかとなればそれどころかだ。自分全部を与えることが許されぬとわかった僕は五分の四の自分を与えようとした。それが許されぬとわかったときは二分の一を与えようとした。それが駄目とわかったときは三分の一、つぎは四分の一、つぎは五分の一を与えようとした。最後には何分の一でなくただ僕自身の僕による何かを与えようとした。僕は慄然《りつぜん》とする。五分の四を与えたと思ったとき他の五分の一を僕が与えなかったろうか。二分の一を与えたと思ったとき他の二分の一を、三分の一を与えたと思ったとき他の三分の二を与えなかったろうか。何分の一でなくて、せめてただ何かを与えようとしたとき全部を他で与えなかっただろうか。すくなくとも僕は——戦争、戦争——すべてが、他で与えられるのを見送ってきた。すべてを与えて逃亡する、その逆が僕に道として与えられた。僕はただ、征伐・出征の征を「ゆく」とよむのは間違いだといって生徒たちに教えられただけだ。（英語はなくなって僕は国語をときどき見ていた。）また応召という言葉がはやって「応召される」という受け身の形が生徒の作文に出てきたとき、それは間違いで応召「する」でなければならぬ、受け身なら「召集」されるだといって主張できただけだ。そしてそれさえ、僕の説を受けいれていた若い国語教師が召集されて、その送別会のかえり、思いつめたような「校長先生……」という呼びかけで呼びかけられたとき完全にへたばってしまった。彼はそのときも僕の説を認めていた。ただ彼は、「征」を「ゆく」と、このさい、彼のためによませてくれといった。燈火管制でまっくらな垣根みちをたどりながら、「校長先生……」というよびかけにショックを感じなくなっている僕を僕は認めた。「それだけは勘弁してくれ。」というかわりに僕は彼の乞いを入れた。

　僕はこの話が誰かにしたかった。だれかに聞いてもらって、その誰かから、むしろ何ものかから、諒解が得たかった。僕は焼けだされて以来きていたよし子を相手にえらんだ。

しかし、実行はしなかった。サイパンのことは報道されていた。生きてるかも知れぬという希望をもっていたが、三人の子供を並べて立たして、頸《くび》の線が斜線になるなど言っている妹にそれはできなかった。（玉木は確実に死んだことがわかった。四四年春、蘇《ソ》満《まん》国境からまわされるとき一月《ひとつき》ほど東京にいたがよし子も誰も面会はできなかった。サイパンへは横浜から立った。その船が小笠原沖でやられ、七百人ほどのうち四百人ほどが救われて改めてサイパンへ渡された。そのなかに玉木はいた。そのうち四人生きのこってその一人が最近きてくれた。よし子は君を、玉木から聞いて知っているそうだ。よろしくと言っている。彼女はせっせと稼《かせ》ぐが知れたものだ。どうしたわけか、玉木家は子供三人ともこっちに置いてほとんど援助してくれぬ。本人も考え、僕も苦しいので、今度の上京はよし子の仕事口にも関係していた。あのとおりの玉木は男だった。義理の弟だからではないが、彼は少数のいい出版をした。そう墓に書いてもおかしくはないだろう。このごろ僕はよし子が新聞広告を見るのに気づいた。本屋の広告を丹念に読んで知らぬ顔をして台所口から出て行く。もともと彼女は本屋のことには口出ししなかったらしい。玉木の召集後は玉木の指図で店を売り、それは食ってしまった。彼女を特別あつかいしようとは思わぬが、出版が自由になったための彼女の口おしさは僕は見てやりたいと思う。）

　しかしまもなくきたグライダー練習開始が最大の失敗だった。国語教師の「征く」以来僕はまいっていた。原因はいろいろにあったろう。内原《うちはら》のかえり、君に会ったときほどの元気はその時分もうなかった。内原では頑張った。県にたいしても文部省にたいしても頑張った。予科練、兵学校の割当てでも前青春防衛のためには猿知恵をしぼることも辞しなかった。しかし今やまいり、猿知恵の余地もなくなっていた。

ある晴れた日にグライダーが飛ぶことになった。全部の試験が終って教官が声をかけた。どんな言葉だったか忘れてしまった。軍人教官へたいする反感は今まったくなし、そのときも、すくなくもそれに関しては微塵《みじん》なかった。ただ彼は、ひとついかがですという意味の言葉を軽いからかう調子で言った。僕が受けて立った。それまでに僕は永いことこの男とやり合っていた。教師をしていると、子供たちの前青春が感覚的にいとおしまれてくる。それを取られまいとしてやり合ってきたのだ。いきさつがヒヤカシ言葉に絶対なかったとは言いきれぬか知れぬ。しかしその時のかぎり、それを根に持ってこの男がそれを言ったのではなかったし、僕も挑発でそれに乗ったのでは決してなかった。僕は自然で、多少うろたえつつ教官もごく自然にしたがった。

僕は飛んだ。大胆に。何と説明しようか。僕は死にたかったのだ。死のうと思ったのではない。死を恐れなかったのだ。恐れなかったというのが、じつは無知識からもきていたのだが。飛びながら僕は全くたのしかった。雲、丘、河原、すべて色が美しかった。ええい、飛べ、突っこめ、（そしていうならば死ね）……一種の放蕩だ。悲壮ぬき、責任まったくぬきで上《うわ》の空で僕は飛んだ。ひどい結果が来た。生徒たちが無言で昂奮して行った。

しんとした彼らの昂奮が眼のなかが乾いてくるほど僕へ吹きつけた。玉砕精神、いまでは誰もつかわぬこの言葉のかさかさした音《おん》が僕に疼《うず》いてひびく。彼らの小さい肉体、手のひらをくぼめて受けられるほどのたましい、その完全な染め。かてて加えて長女が豊橋の海軍工場へどうしても行くと言いだしてとめることができなかった。

　未練、未練。とめどなく僕は未練がましくなる。その証拠にこれを書留で出す。よし子のことで役場だ、留守業務局だ（なぜただ留守局とせぬのだろう。）とさんざんやった挙句、僕はハガキ一枚でも書留で出すことにした。はじめ局の娘たちが、不思議がって見た。ハガキまで書留にする中学校の校長。半年来《はんねんらい》彼らは笑いをかみころさなくなった。かわりに不愉快な目、わざと厄介をかけるやつという顔をする。軽蔑、小さい憎悪、低能者にたいする寛大な憐憫。それ以上娘たちを刺戟せぬことで僕は満足する。僕の長女のほうが彼女たちより年上なのだ。東京も遠くなり、旅行もつくづく重荷になった。何彼《なにか》につけて年を考えるようにもなった。笑われるか知れぬが、笑わば笑え、おのれの年で誰は何をした、だれはどんな地位にいたなどということが頭へ来てかなわぬ。それも誰々が偉大なやつででもあればだが。

　しかし無論、未練は未練だ。どうぞして未練から解放されたい。僕は決心をする決心をした。そこで君に相談しよう、議論しようというので訪ねたわけだ。今夜は憲法特配の残りを五勺飲んだ。そして酔った。もともと僕は酒好きではなかった。学生時代君らと飲んでも格別うまいとも思わず、酒が飲みたいともさほど思わなかった。いまは飲みたい。じつに酒が飲みたい。「破戒」に出てくるよぼよぼのやくざ教師、あれが酒の香をかぐというところがあってわからなかったが今やシンパシーでわかる。銚子《ちょうし》の口の上へんを迷うすぐ消える湯気みたようなもの。あれを鼻で吸うと、微粒子のようなのが粘膜へくる。それがしびれるほど誘惑的だ。全くよぼよぼのやくざ教師だ。このやくざ教師は按摩《あんま》の味を覚えた。按摩がないときは末の子供に背なかを踏ませる。それで足りぬで灸《きゅう》をすえようと思うことさえある。酒を飲むとも飲まれるなというのの反対、飲まれたいという欲望だ。教師生活、戦争生活、最初の妻の死、再婚、大きくなる子供たち、玉木の死と、よし子の、出もどりでなく、何というか、肩も腰も石をみたようになり、そして一ぱいの酒が飲みたい。訴えようのない、年齢からもくる全く日常的散文的ないぶせさ、とかく一ぱい飲んで、とかく寝てしまいたい。酒飲みには別の飲み方があるか知れぬが、僕はそうだ。職責（？）がら国民酒場の行列には立たぬが、ああして並んで、恥も外聞も忘れたように待っている人生の敗残者といった人たちに面《おもて》をそむけて僕は同情する。僕はこのごろ子供ころの在郷《ざいご》歌《うた》を思い出した。童謡だ。「雀すずめ、なしてそこにとまてだ。腹コすぎで（腹がすいてだ）とまてだ。腹コすぎだら田つくれ。田つくればよごれる。よごれだら洗え。洗えば流れる。流れだら葦《よし》の葉にとまれ。とまれば手きれる。手きれだら麦の粉《こ》をふりかげれ。振りかげれば蝿とまる。蝿とまたらあうげ。あうげばさびょ（寒いよだ）。さびがらあだれ。

あだればあづいよ（火にあたれば熱いだ）。あづがらひっこめ。ひっこめばとぜね（とぜね、さびしいだ）。……ひっこめばとぜね。とぜねがら（さびしけれや）酒飲め。酒飲めば酔う。酔ったら寝れ。寝れば鼠にひかれる。起ぎればお鷹《たか》にさらわれる。」だ。だれがこの文句をつくっただろう。とぜねがら酒飲め。さびしければ酒飲め。酔ったら寝れ。つまりこれは、日本の「家《いえ》」を歌ったものだろうか。僕は末の子を溺愛しているがこれは二度目の妻の子だ。二度目のは、まだいわなかったが最初のの妹だ。最初のが娘ふたりおいて死に、実の妹と再婚した僕は子供を避けてきた。しかし出来たとわかったときは男をほしいのと男であってくれねばいいがというのとで挟まれて悩んだ。しあわせと女が生まれ、男であってくれたらと思う一方、女で大っぴらに溺愛できて助かってきた。そしてやっとこのごろそれを妻に語ることができた。妻を愛せよ。二度目の妻をわけても愛せよ。一度目の妻、その子供、二度目の妻、その子供、それから父、うちそろって最初の妻の記憶がなつかしく語りあえねばならぬ。あわれな父、あわれな母、それをしょいこまされるあわれな子供たち。とぜねがら酒飲め。君のところではどうだか。僕はこのごろ、日本の女という女がつけている、足の甲の、くるぶしのすぐ下の坐りだこ、あのあざのような皮膚の部分が眼をはなれぬ。年ごろになるまであんなものはない。嫁入り支度、そこでそろそろ出来、結婚、母親、それで完成する。最初の妻にもあった。いまの妻にもある。娘たちにはまだない。僕は娘たちにだけはあんなものを出かせたくない。それだけ妻の足の坐りだこを撫でてやりたいよ。すべて日本の女の足の坐りだこを撫でてやりたいよ。日本の女の取りあつめたあわれさ、たこ。そして女という女の足に坐りだこをつくるものの男への反射が酒を求めさせる。ただ、末の子のことで語り合ったため僕らは新しい境地へ来られたようだ。これはたいしたことだった。これ以上生まれるはずもないが、仮りに今後男が生まれるとしても僕はらくに愛せそうに思う。とぜねがら酒飲め。酔ったら寝れ。その年にきて、僕らは、坐りだこの出来た妻を新しく愛せねばならぬのだ。妻への不満、夫への不満、それを思い捨てるべきでないのだ。女で四十すぎ、男は五十ちかくなって、孫を生むほどになって、尾骶骨《びていこつ》の下のくぼんで皺になった皮膚がうすぎたなく黒ずんできて、そのときになってあらためて求め求むべきなのだ。

　そこできたいが、僕の学校にも青年共産同盟が出来た。だいぶまえに出来た。見ていて僕が気がもめてならぬ。まずこんなことがあった。共産党が合法になり、天皇制議論がはじまると、中学生がいきなり賢くなった。頭のわるくない質朴な生徒、それが戦争ちゅう頭がわるかった。それがよくなってきた。ちく、ちく、針がもう一度うごきだしてきた。中くらいの子供が、成績があがるのとちがって賢くなった。ある日クラス自治会をつくることで教師生徒、議論になったことがあった。そして衝突した。生徒は自治会は自治的につくらねばならぬ、先生は入《い》れぬ形にせねばならぬと言いはった。教師は、それはいかぬ、監督の責任上入れてもらわねばならぬと言いはった。生徒は、それは教師が各クラス自治会の常任議長になることだ、教師連合が自治会を指導しようというのだという。教師は、自治会を圧迫する気は毛頭《もうとう》ない、しかし指導・監督の責任はどこまでも負わねばならぬという。とど教師側でおこってしまった。それは責任を負うことの拒否だ。責任を放棄するのがどこが民主主義だといわれて生徒側がへこんだ。教師側に圧迫する気がなかったことは事実だ。ただ判断は僕にできなかった。僕に気づいたのは、腹を立てたのが教師側だったこと、腹を立てなかったのが生徒側だった新しい事実だ。教師側は立腹して、生徒を言いまくり、やりつけた。この点になると教師側は一致していた。生徒側はばらばらだった。ただ彼らは、腹を立てずに、監督の責任が別の形で負えることを教師たちに説明した。特に非秀才型の生徒が、どうしたら教師側にうまくのみこませられるか手さぐりで話して行ったのが目立った。教師側が大ごえになるほど、彼らが、それはそうじゃない、先生が圧迫しようとしているとは取っていない、そうじゃない、そうじゃなくてと、子供頭をふりふり、全体として受け身で攻撃を受けとめていたのが目立った。教師団が駄々っ子になって、教師・生徒がすっかり位置を顚倒してしまっていた。僕はヌエ的司会者として、もっぱら教師たちのために生徒側をなだめた。教師側をなだめたというのがいっそう正しいだろう。教師もはいれる折衷案が出来てケリはついた。

　ただ僕はこんなことではじまった生徒の活動が、その後停滞してきたように見えるのが気になるのだ。停滞してるように僕に見える。生徒たちが、賢くなりかけたまま中途半端な形になってきたというのが僕の気のもめる観察だ。僕は圧迫ということも考えてみた。適度に圧迫することでかえって彼らが伸びるだろう。むろん僕は、あまりに教師・校長くさいのに気づいて苦笑したがやっと原因がわかってきた。とかく共産党がわるいのだ。先きへ先きへと指導せぬのがわるい。

　僕はあの日、君のところへ、抗議でないまでもそれに近い気持ちからも駆けつけていた。僕は午後の祭をみていたのだ。そして君の顔もみたく、ほかに行き場もなくて君のところへ出かけたのだったが、あれはどれくらい集まっていたろうか。新聞には十万とあったが、記事そのままで嘘はなかった。僕はおのぼりだからリュックをかついでうしろにいた。天皇が来て、帽子を取らぬものもいたが、僕は取った。天皇が台へのぼって帽を取った。万歳がおこった。仕掛け鳩が飛んだ。天皇はかえって行った。僕の時計で出てきたのが三時三十五分、おかえりになったのが三十六分、正味一分で、すべてが終った。そして終ったとき始まったことが僕をおどろかした。

　まったく、まったく同じだった。例の暁天動員。僕のほうは四時半の集合だったから、竹棒・木銃《もくじゅう》で市の八幡社へ集合、点呼その他型のごとく終って夜あけとなるのが常だったが、そこで終っていざ解散というときの人波のうごきだし。生活のめいめいの方角へ走りだそうとする。他人にかまっていられぬせちがらいせかせかしたひしめき。自転車へ——弁当のゆわえてある——木銃をくりつけるなり工場へ駆けだすもの。そのまま電車停留所、汽車の駅へむかうもの。ふうふういって家《うち》へ朝めしにかえるもの。それもはやくかきこんではやく出かけねばならぬ。折りしき、ホフク前進、いまやったまんまのなりでそのことをすっかり忘れている。いい年でしかられたいまいましさなど思い出そうものなら、何をぜいたくなと、我と振りおとして急ぎだす調子。瞬間でやられるぎょっとするほどのその精神のはやがわり。それと全く同じものがそこの広場にあった。散って行く十万人、その姿、足並み、連れとする会話、僕の耳のかぎり誰ひとり憲法のケンの字も口にしてはいなかった。あらゆることがあってそれがなかった。たぶん天皇たちも、あれから帰って憲法のケンの字でも話題にしたかよほど疑わしいと思う。たしかに泣いてた女学生はいたが皇后で泣いたのだ。憲法ででではなかった。中身を詰めこむべき、ぎゅうぎゅう詰めてタガをはじけさして行くべき憲法、そこへからだごと詰めこんで行こうとて泣きたい気になったものは国じゅうにもたくさんなかったと僕は断じる。

あの日はうつくしい晴だっただけ、終ったとき日の暮れがくる感じがきつかった。仕事場へ行くか、映画見に行くか、闇商談のつづきへ行くか、家《うち》へかえるか、とかく家路をいそぐという姿がそこにあった。家路、家路、なんとそれが日本的に、あわれに、なつかしく、貧しく、見えるように見えただろう。家路、どこにこの人たちに家路があるのだろう。「せまいながらも」という歌が僕にうかんできた。「せまいながらもたのしいわがやア……」なんとかなしい文句、そしてなんとおかしな、大きな対照がそこにあっただろう。憲法のことがあったのではなかったかのような顔で、そこへ集まったのが憲法のためだったことも、いま憲法で鳩が飛んだことも皆なかったことかのようなふうで散って行く人びとのわが家《や》と、天皇皇后両陛下のかえって行くわが家と、家の大きさでなく、すこしおそくなれば出もせぬ追剝ぎに頸を引いて気をつっぱってとっとと急いで行く、電燈が切れて蠟燭《ろうそく》がないような細かい板がこい区切り、そこで、買物ぶくろをほうりだして、スカーッをまくって、ふくれなかったかどうか向う脛《ずね》を親ゆびの腹で押してみてほっとひと息つく娘たち、おやじたちと、あれから馬車で砂利みちをきしって行って、松の木のむこうへ見えなくなって、玄関、敷台をとおって奥へはいって、街のひびきも人間の声も聞えなくなったところで、生活がこだまを呼びださぬところまで引きこんで顔を見合わしてほっとひと息つける天皇たちと、わが家の感じ方、その何にほっとするかでの皮膚感覚の人間的なちがい、それをこそ、共産党が、国民に、しかし感覚的に教えるべきものではないだろうか。じっさい憲法でたくさんのことが教えられねばならぬのだ。あれが議会に出た朝、それとも前の日だったか、あの下書きは日本人が書いたものだと連合軍総司令部が発表して新聞に出た。日本の憲法を日本人がつくるのにその下書きは日本人が書いたのだと外国人からわざわざことわって発表してもらわねばならぬほどなんと恥ざらしの自国政府を日本国民が黙認してることだろう。そしてそれを、なぜ共産主義者がまず感じて、そして国民に、訴えぬだろう。あれを天皇は枢密院にかけて発布させた。発布「させる」。何だろう、これは。そして枢密院は、みなで百三条ある憲法を二十分で片づけてしまった。あれは、どんなものでそれがあれ、あの禿《はげ》あたまたちが二十分で片づけていい百三条だったろうか。手続きかも知れぬ。手続きならそれでよし。それならば、あれは、うしろのあの金屏風は、別の屏風だったろうか。焼けて新調したのか。あの前で御前会議があり、大将会議があった。それから右脇の帽子台。それからテーブルかけ。焼けて新調したのならなぜせめて天皇服なみに別品《べっしな》にしなかったろう。羞恥ということのない金屏風。いったい共産主義者は、写真でもわかる金屏風独特のあの光り方、あの上品で落着きのある照りに、胸がさされぬだろうか。メーデーは五十万人召集した。食糧メーデーは二十五万人召集した。憲法は、天皇、皇后、総理大臣、警察、学校、鳩まで動員してやっと十万人かきあつめて一分で忘れた。国民のこの実行による批判、せめて結果としての批判、それをばなぜ『アカハタ』が国民に確認させぬだろうか。それは共産党が、その主要任務の一つ、民族道徳樹立の仕事を、サボタージュしてることではないだろうか。

　このことで、教師・生徒のあいだで実に考えさせられることが多いのだ。僕としては教師にも生徒たちにも言い分がある。僕は問題は正しく扱いたいと念願しているつもりだ。そしてこのことで、僕が心ひそかに重んじてるような生徒と衝突することがままあり、彼らが僕を軽蔑して、モーロクあつかいして右翼的だなどということがままあるのだ。——

彼らは面とむかってさえ言う。むろん悪気ででないことはよくわかるが、それでどれだけ傷つけられて僕が感じるか子供たちにはわからぬのだ。かと思うと、読みもせぬ本の言葉で左翼小児病的だなどという。僕は笑いだしたくなる。来春《らいはる》は孫が生まれるのだ。それはかまわぬが、長年教師をしてきて、つねづね重んじているような生徒から軽蔑されるのはつらいものだ。畜生、と思う。圧迫してやろうか。ほかに弾力をつけてやる方策がないと思うからだ。問題は天皇制と天皇個人との問題だ。天皇制廃止と民族道徳樹立との関係だ。あるいは天皇その人の人間的救済の問題だ。僕は反省してみてやはり僕が正しいと思う。その点『アカハタ』には、だから不満を持っている。その鼻さきへ、僕が内心重んじていて、彼らから軽蔑されるのが特につらいような生徒がガサガサがさつかせて『アカハタ』をさしつけにくる。

だいたい僕は天皇個人に同情を持っているのだ。原因はいろいろにある。しかし気の毒という感じが常に先立っている。むかしあの天皇が、僕らの少年期の終りイギリスへ行ったことがあった。あるイギリス人画家のかいた絵、これを日本で絵ハガキにして売ったことがあったが、ひと目見て感じた焼けるような恥かしさ、情なさ、自分にたいする気の毒なという感じを今におき僕は忘れられぬ。おちついた黒が全画面を支配していた。フロックとか燕尾服とかいうものの色で、それを縫ってカラーの白と顔面のピンク色とがぽつぽつと置いてあった。そして前景中央部に腰をまげたカアキー色の軍服型があり、襟の上の部分へぽつんとセピアが置いてあった。水彩で造作《ぞうさく》はわからなかったが、そのセピアがまわりの背の高い人種を見あげているところ、大人に囲まれた迷子かのようで、「何か言っとりますな」「こんなことを言っとるようですよ」「かわいいもんですな」、そんな会話が——もっと上品な言葉で、手にとるように聞えるようで僕は手で隠した。精神は別だ。ただそれは、スケッチにすぎなかったが描かれた精神だった。そこに僕自身がさらされていた。「まるであれだ……」立ちあがって腰をまげた恰好《かっこう》で見られている姿から連想されたその「あれ」を、そのときも僕は、言葉では、心のなかでも言わなかった。ここへも書かぬ。それはできぬことで、またしてはならぬことだ。かくそうとしておさえた手は僕の人種としてのそれだった。それは純粋な同胞感覚だった。どうして隠さずにいられたろう。僕は共産党が、天皇個人にたいする人種的同胞感覚をどこまで持っているかせつに知りたいと思う。

もう一つ僕は同情することがある。いくつもある一つで、あれはいつだったろうか、天皇が病気になって皇太子が摂政《せっしょう》になったことがあった。僕らはいろんな噂を聞いた。クラスにいた或る代議士のせがれが、天皇発狂時の模様を手まね入りで自慢たらしく吹聴《ふいちょう》したりした。しかし僕が覚えているのはそれではない。新聞の隅にのった小さな水兵の口から出たエピソードだ。読んだ場所までちゃんと覚えている。それは改築まえの駅の待合室のベンチでだった。それはこういう話だった。いよいよ摂政が立ったので新聞記者が町の気分をききに行った。実はそのこと自身僕に新しい事件だった。天皇の病気で皇太子が摂政になるのはあたりまえではないか。何のため町の話などききに出るだろう。それは東京では、田舎《いなか》とちがってこれが事件であるらしいのを僕にわからした。大事件であるらしい。あちこちで感想をきいた記者が最後に駅で水兵を二人つかまえた。（問題には無関係だが僕は錯覚におちているかも知れぬ。僕は新聞を僕が駅のベンチで読んだと覚えている。しかし記者が水兵を駅でつかまえたことも同様よく覚えているのだ。）そのとき水兵がこういって記者に語ったのだった。「皇后さまがお気の毒です。」この言葉が実は僕にはよくわからなかった。記者が感動して書いていただけよけいそれがわからなかった。ただ何となし、政治権力にからまれた、あるいはそれにからんだ、そして法皇とか院とか、お家騒動、押しこめ隠居、陰謀とか毒殺とか、大名、貴族、王室など、外国でも日本でもあるそういうもの、それが森のように繁っているなかでの不幸な中年の女主人、そんなものを、多少陰気に、ただぼんやりと感じることができただけだ。それは水兵が、主人が病気になった——何とかいうだろう。法律に言葉がある。それを気の毒がっているのでなくて、摂政が立って生じた女主人の身分の変動、おもにそれを指して、実の母親がわが子を子とよべぬ仕組みのなかでの女主人というものを気の毒がっていたからだ。もしかあの水兵は、彼の家庭から特にそれを感じていたのかも知れぬ。このことで僕は実に彼らに同情する。このことでといってきちんと限定はできぬが、要するに家庭という問題だ。つまりあそこには家庭がない。家族もない。どこまで行っても政治的表現としてほかそれがないのだ。ほんとうに気の毒だ。羞恥を失ったものとしてしか行動できぬこと、これが彼らの最大のかなしみだ。個人が絶対に個人としてありえぬ。つまり全体主義が個を純粋に犠牲にした最も純粋な場合だ。どこに、おれは神でないと宣言せねばならぬほど蹂躙《じゅうりん》された個があっただろう。実地僕は、終戦後新聞に出る彼らの写真ほど同情できるものはほかにない。明治天皇などは写真屋をよせつけなかったものだ。だから彼の写真は（肖像画ではない。）非常に少ないのだ。しまいには、神武天皇の肖像を明治天皇に似せてかき、ほとんどおかしなことだが神武天皇に似せて明治天皇をかく画家さえあらわれたほどだ。終戦後の写真をどれ一つでも見たまえ。皇太子などでさえ笑って写しているだろう。どこかやんちゃなとこもある坊《ぼっ》ちゃん。彼において、それは実在だ。それだのにそれをデモンストレートせねばならず、またデモンストレートさせずにはおかぬのだ。三日の『読売』の写真を見たまえ。皇后は彼女の責任で太っているのではないのだ。こっち向きなさい。そこで笑ってください。写真屋の表情までの指図の図以外の何でこれがあるだろう。せめて笑いを強《し》いるな。強いられるな。個として彼らを解放せよ。僕は、日本共産党が、天皇で窒息している彼の個にどこまで同情するか、天皇の天皇制からの解放にどれだけ肉感的に同情と責任とを持つか具体的に知りたいと思うのだ。

なぜこれをいうかというと、僕の問題でもあるが生徒たちの問題でもあるからだ。最近こういうことがあった。生徒がニュース映画を見てきて議論してるところへ行きあわせて、彼らが間違っていると思ったので僕が僕の意見を述べた。彼らがむちゃくちゃに反対した。できるだけ僕は譲歩したが、いかにしても彼らが非論理的だ。それを指摘すると今度は昂奮して喰ってかかってくる。ただ僕はニュースを見てはいなかった。しかしそれとこれとは別だからやっつけたまでだ。とうとう一人が言いだしてまだだと僕が答えた。凱歌、爆笑。僕は信念は動かなかったが見には行った。彼らが誤っている。彼らは誤っていた。しかしそれ以上僕がすっかり憂鬱になった。

それは千葉県行幸で学校だの農業会だのへ行く写真だった。そして、あいもかわらぬ口うつし問答だった。しかしそのとき、僕はあらためて、言葉はわるいか知れぬがこの人を好きになった。少なくとも今まで以上好きになれる気になった。新聞が書くようにこの人は底ぬけに善良なのだ。善良、女性的、そうなのだ。声も甲高《かんだか》い。そして早くちだ。そして右ひだり顔を振って見さかいなしに挨拶する。愛敬《あいきょう》を振りまくのではない。そんな手くだのあるものではない。何かを得ようとて媚《こ》びてるのでは決してないのだ。口うつしだ。それ以上、そうするのが本人に気がらくなのだ。満洲国皇帝日本来訪のときのニュースを僕は思い出した。あのとき天皇は駅へ出迎えに待った。そして皇帝を迎えて握手をして、それから宮様連中へいちいち皇帝を紹介した。それが善良そのものの図だった。つまり、威張ることを知らぬのだった。フォームで宮連中は一列横隊で並んでいる。天皇は、一歩ずつ横歩きして、かたかたっと止《と》まって、顔をぴょんと落して一人ずつ引きあわせる。ところで、一歩でとどかぬことがあり、そこで、一旦一歩で止まったのがもう一歩か半歩つけ足《た》さねばならぬことがある。すると必ず大急ぎでかたかたっと一歩横、半歩横をやり、上体をねじるとか、そういった才覚をいっさいせぬのだ。そうやって、横隊のむこう端まで、サーベルをおさえて、かたかたっ、かたかたっとやって行った。見ていてはらはらするほどそれが善良だった。満洲国皇帝対日本皇帝、皇族対天皇、この関係からも、それは、この人が、見えを張る、外見を気にする、威厳をつくろうというような点で普通人以下の感覚だったことを証拠だてていた。むろん同時に天皇の大様《おおよう》でもあっただろう。両者の統一、それの学者としての無頓着化ともいえばいえたかも知れぬ。この学者でも、世間以上僕は同情するところがあるのだ。それは、何というか、知っているからのことだ。僕の義理の遠縁（？）の男に舅《しゅうと》さまがあり、もと内務省につとめていた。衛生の仕事が専門だったが、軟体動物のほうの民間学者でもあった。いまは故人だが、それが正月年始まわりの途中ででもドブザラエをやることがある。よさそうなドブに出くわすといきなり紋付をぬいで鼻汁《はな》をすすりすすりかいぼりをやるのだ。おばあさんの細君がののしってよく愚痴をこぼした。それが天皇に標本を貸したことがある。天皇は学会の報告かなどで標本のことを知っていたらしい。しかも献上などさせずにむしろ早目に返してきた。骨董好きの貴族などに比べて淡泊《たんぱく》なほどそこが学者らしく、あっさりしていた。そのころこのおやじが、日本ひろしといえども天子に貸しのあるのはおれだけさと自慢したものだが、レヴェルはともかく、学者であるかないかとなればあると僕が思うわけだ。とかくそういった無頓着が事実としてあり、それを僕は思い出したのだ。そこで甲高い早くちで「家《うち》は焼けなかったの」、「教科書はあるの」と、返事と無関係でつぎつぎに始めて行った。きかれた女学生は、それも一年生か二年生で、ハンケチで目をおさえたまま返事できるどころではない。そこでついている教師が――また具合よく必ずいるのだ。――肘《ひじ》でついて何か耳打ちをするが、肝腎の天皇はそのときは反対側で「家は焼けなかったの」、「教科書はあるの」とやっているのだからトンチンカンな場面になる。そうして、帽子をかぶったと思えば取り、かぶったと思えば取り、しかしどうすることができよう、移動する天皇は一歩ごとに挨拶すべき相手を見だすのだ。そうして、かぶっては取りかぶっては取りして建物のなかへはいって行った。歯がゆさ、保護したいという気持ちが僕をとらえた。もういい、もういい。手をふって止《や》めさして、僕は人目から隠してしまいたかった。暗いベンチの上で、僕の尻がひとりでに浮きあがりそうだった。そのときだ。二階左側席から男の声で大笑いがおこった。見あげてみたが顔も姿も見えぬ。人がいることはわかるがまっくらいなかでの笑いだ。二十前後から三十までの男の声で、十二、三人から二十人ぐらいの人間がいてそれがらわははと笑っている。言いようなく僕は憂鬱になった。なるほど天皇の仕草はおかしい。笑止千万だ。だから笑うのはいい。しかしおかしそうに笑え。快活の影もささぬ、げらげらッというダルな笑い。微塵《みじん》よろこびのない、いっそう微塵自嘲のない笑い。僕はほんとうに情《なさけ》なかった。日本人の駄目さが絶望的に自分で感じられた。まったく張りということのない汚なさ。道徳的インポテンツ。へどを吐《は》きそうになって僕は小屋を出て帰った。

あれは闇屋かだったろうと考えたが、とかく彼らは完全に誤っていたのだ。彼ら生徒は完全に誤っていた。彼らはこんなことをいって作者を責めていたのだ。あのニュースは取り方がけしからぬ。女学生が泣いて万歳をいうのは天皇を神としてあがめる方向へ観客を導くものだ。彼らの非難したもの、それがそんな甲斐性のあるものだったらそれ一つで僕が救われていただろう。闇屋は別だ。元気な、かしこい、僕が敬意さえ抱いている僕の中学生らがおくれているのだ。道徳感覚上おくれている。どこが制作が反動的だ。彼らの妹、彼らの恋人、彼らの未来の妻たるあの女学生たちに泣く以外何が可能だったろう。泣く彼女らを入れて、泣かれるべき以外のどんなそれが全存在だったろう。理窟はわからぬでいい。感じられるべきだ。僕は説明して彼らに言った。それなら千葉の女学生に手紙を書け。先生・生徒両方へ書いて討論しろ。僕の生徒らはどうしてもそれはやらぬのだ。まだ彼らには、天皇の人間としての愚直さ、おそばつきの存在としての悪党さがのみこめぬ。アンテナがないのだ。闇屋青年は感覚上白痴だ。しかし少年らはいらいらさせるものとして小っぴどくやっつけてやりたくなる。彼らは作者の批判などする前に、ぶざまに泣く女学生らに異性として腹を立てるべきなのだ。批判だなどと、なんと傍《かたわら》いたい一知半解だろう。何か一つ足りぬためですべてが足りぬ。共産主義者が足りぬためで日本人全体が足りぬ。低級な新聞記者、低級な弁護人と全く同じことが遍満しているのを感じる。あれのあとだったろうか、満洲皇帝が来て法廷に立ったことがあった。あのときの新聞記事、あれを思い出すと今が今なさけなくなる。朝あれを読んだときは坐ったままからだの中身が飛び立つような気がした。なるほど関東軍は横暴だった。毒薬でおびやかしたのもほんとうだったろう。だからといって、命ほしさに傀儡《かいらい》になったことでそのことの責任がのがれられるとでも思いなさるか。詩でまで日本を讃美して扇に書かぬでもすんだだろう。皇帝になりたかったのだろう。どうだ。相手がへどもどすればするほど、自分の論理と雄弁に酔ってますますゆっくりたのしんで進む弁護士と、いい気になってくっついて走っている新聞記者と。日本でも名高い弁護士が、傀儡と傀儡師、満洲皇帝と日本天皇との比較、関係に全く不感でしかけているあの汗ばんだながいサディズム、それを天皇と国民とそろって眺めている醜怪さについてなぜ『アカハタ』が鐘をたたいてゆすぶらぬだろう。国民として堪えがたい。おろかなりし人間の一人として堪えがたい。南京陥落のとき、僕は県代表で東京へ提灯《ちょうちん》振りに行ったものの一人だ。まだ東京はあった。提灯に火を入れて街を練って、最後に宮城前へ行って声をあげてそれを振った。すると天皇が、濠《ほり》をへだてて松の木のむこうでそれに答えて振った。あのとき僕らは、これで戦争がすむ、これですんでもらわねばならぬと、希望を入れてよろこびで振ったのだ。天皇も同じだったろう。虐殺と暴行とが南京で進んでいた。しかし僕らは、僕らも天皇もそれは知らなかったのだ。記憶をくりかえせば、僕らは、僕らも天皇も、これですむ、すんでもらわねばならぬという希望と願望とで、そしてそれをよろこびとしてあかい提灯を振ったのだ。もし天皇が不幸な旧皇帝を訪問して、日本の現在許されるかは別として、しかし許されるだろう、ふたりの不幸と不明とを抱き合って悲しんでわびたのであったら。事実として、天皇その人の天皇制が、提灯を振ったことでの愚かさを、たとえば玉木にわびるチャンスさえ僕から奪って行ったのだ。もし彼がそれをしたのだったら、僕はまっさきに、少なくともそのことを彼に許し、そのことで、僕自身許される慰めをつかむ機会を決してのがさなかっただろう。天皇は旧皇帝を訪問しなかった。旧皇帝の元の日本人しもべ一人が、裁判所の太い柱のかげで変りはてた旧主人に束《つか》の間《ま》面会した。

　いったいこのことが、このこと、およびこれにたいする国民の無関心が、極東裁判の進行を侮蔑するものでないかどうか僕によく教えてください。旧皇帝を猿ひきに見はなされた猿として蹴とばしておいて、それで道義の頽廃をうんぬんするとしたらどこに頽廃すべき道義があるのだろう。恥ずべき天皇制の頽廃から天皇を革命的に解放すること、そのことなしにどこに半封建性からの国民の革命的解放があるのだろう。そしてどうしてそれを

『アカハタ』が書かぬだろうか。道義、民族道徳樹立の問題をのけておいて、どこに国の再生があるだろうか。道徳樹立について、共産党、共産主義者以外だれがまっさきに責任を負えるだろうか。そうして、天皇と天皇制との具体的処理以外、どこで民族道徳が生まれるだろうか。そうして、そのことを、相対的にいちばん共産党が忘れていはせぬだろうか。先日の『アカハタ』の記事などその最たるものでないかと僕は思う。

「九月一日のアサヒによれば日本の民主化にともない皇族の『臣籍降下』が問題となり、七月の皇族会議で天皇もはいって熱論したとつたえている。新皇室典範は十一月に開かれる臨時議会に出るが、その際にも問題になるだろうというのだ。ところがいんちきな新憲法にさえうたわれているごとく、すべての国民は法のもとに平等であって、社会的身分または門地により政治的、経済的、または社会的関係において差別されないのがあたりまえ。いまさら『君』だの『臣』だの、はしごだんではあるまいに『降下』だなどとこんなバカげた話はない。こういう手数のかかる『天孫降臨種族』は日本人民からとりあげた金と米をおいて、高天原《たかまがはら》にかえってもらうほかはない。」

「日本の民主化にともない皇族の『臣籍降下』が問題となり」——そうなのだ。そういうこれは民主化なのだ。どこを押せばそんな音《ね》が出るか。どこに「臣」籍があるか。それをなぜ『アカハタ』が問題にせぬだろう。天孫降臨種族なら高天原へかえれ。どこに天孫降臨種族があるだろう。高天原行きの切符をくださいといってきたらどうするのだろう。そう僕は話した。すると反『アカハタ』派までがそろって喰ってかかってきたのだ。（僕らは生徒・教師いっしょ、『アカハタ』派・反『アカハタ』派いっしょの『アカハタ』読会《どくかい》をやっている。出るのに面倒くさいがやり方としてはおもしろいと思っている。）しかしすぐわかってきた。要するに彼らは、天孫だの高天原だのをやっつけるのが楽しいのだ。そして実地にはそれの現実の力を忘れることで満足しているのだ。筆者がまたそこへ導いているのだ。あんな馬鹿なことがどこにあるか。皇族の臣籍降下断じて許さずだ。どこに臣があるか。君の好きな歌人が「臣」で歌を詠《よ》んでいるだろう。「あめつちの清く明《あか》くしさだまりておんみづからを臣《おみ》と宣《の》りたまふ」あれは確か高松宮だった。僕らは田舎の学校で式をやってしまっていた。するとあとから県の役人が来て、それが歌好きか何かでわざわざあの歌を引いて説教の裏まつりをやったものだ。また実際あのときは、高松宮かが臣という一人称をつかったのだ。宮様さえ臣というので国民一般が輪をかけて臣にされた。その同じ八百長《やおちょう》がいま逆に使われようとするのだ。そしてそれをこそ真正面からたたきつけねばならぬのだ。仮りに天皇、皇族が心からあやまってきた場合、報復観念から苛酷に扱おうとするものが仮りに出ても、つまりもし天皇を臣としようとするようなものがあれば――国民の臣であれ――それとたたかうことこそ正しいのだ。皇族だろうが何だろうが、そもそも国に臣なるものがあってはならぬ。彼らを、一人前《いちにんまえ》の国民にまで引きあげること、それが実行せねばならぬこの問題についての道徳樹立だろうではないか。天孫人種は高天原に行ってしまえ。それは頽廃だ。天皇制廃止の逆転だと思うがどうだろうか。『アカハタ』がそれだから、中学生などがいい気になってふふんと鼻であしらい、その実いつまでも、せいぜい民主的天皇に引きずられて仰ぐものとして心で仰ぐことになるのだ。

それからもう一つ。これは例の女学校のストライキだ。

「女人《にょにん》禁制、オオミネ山に女の登山をゆるすかどうか、坊主どもが論戦のあげく、『やっぱり伝統を守る』ことにきめたと思ったら、こんどはクマモトのある女学校で、断髪してもよいかとの生徒の問いに『イエス』と答えた先生を首にした。これは男女平等への途《みち》遠しなどと笑ってすまされない事件である。女学生に断髪を禁止したり、男学生にいがぐり頭を強要したりすることが人間の基本的権利の侵害であり、そういう非人間的な考え方をもってしては教育などとは思いもよらないということを気づかない点に問題がある。こういう血のかよわない教育者の生まれた根源は臣民あるを知って人間あるを知らない教育勅語だ。文部大臣はこれを万古不易の『自然法』だといったが二ヵ月もたたぬうちにお蔵にする訓令を出した。しかし彼らはこれを廃止しようとしない。そのうちにまたこれがいる時代がくると思い、それを乞い願っているのだ。働くにじゃまな長い髪といっしょにこんな前世紀の遺物は勇敢に切り捨てることだ。」

何を言っているだろう。偶然僕はやはりニュースを見ていた。女学生の登山に反対したのは「坊主ども」ではない。あれは山伏《やまぶし》だった。それから、学校ストライキ。これこそ肝腎ではないか。『アカハタ』の記事はてんでやぶにらみだと思う。教育勅語などどこに直接の関係があろう。だいいち、髪は伸ばそうが切ろうがそれは個人として自由ではないか。問題は、校長が禁止して、そのためには教師を首にしてはばからなかったということだ。「これは男女平等への途遠しなどと笑ってすまされない事件である。」筆者以外誰がこれを笑ってすまされる事件と思っているだろう。「非人間的な考え方をもってしては教育などとは思いもよらないということを気づかない点に問題がある。」どこにそんなことに問題があろう。髪の毛を切らせなかった。それで教師を首にした。女学生がストライキに出た。これらが問題なのだ。

　天皇、臣問題、教育勅語、人間性、すべてこういう問題のこんな扱い方に僕は腹が立ってくる。せっかくの少年らが、古い権威を鼻であしらうことだけ覚え、彼ら自身権威となるとこへは絶対出てこぬというのが彼らの癖になろうとしている危険、そしてこれほど永く教師をやってきたものにとってやりきれぬ失望はないのだ。このことでかさねがさね失望をなめながら、それでも新しい希望が目の前に出てくること一つでわれひとともに教師がつとまるのだ。わるいあの癖こそが頽廃なのだ。実際のところ、僕は今でも生徒に好かれてると思っている。追放の心配も実地にはなし、されればされたでやって行く自信はあるのだ。しかし僕は、生徒らが僕をコケあっかいすることで、生徒とは別に、それに引きつけて教師のなかでものをいうやつがあってそれに悩まされるのだ。生徒が僕を右翼的だというと、ある種の教師がたちまちにしたり顔をする。いくら校長が新しがっても、要するに古く、要するに右翼的なんだ。生徒が小児病的だといえばいうで、たちまち彼らが年寄りの冷水《ひやみず》あつかいをして卑屈にからかうのだ。むろん僕は、そんなものを恐れてはおらぬ。ただ彼らとたたかうのがいやだ。おまけに生徒らが、結果として彼らに身方することになる。おまけにそれをさらに『アカハタ』がカヴァーすることになる。僕がやきもきして、なんでそれが追いつこう。まったく腹が立つ。問題は共産党だ。共産党が問題を先きへ先きへとやってくれれば僕のようなものが助かるのだ。僕は我利我利《がりがり》ではない。ただ僕は教育者だ。天皇制廃止は実際道徳の問題だ。天皇を鼻であしらうような人間がふえればふえるほど、天皇制が長生きするだろうことを考えてもらいたいのだ。そんなものがもし若いもののあいだでふえたらどんなことになるだろうか。僕の行きつけの床屋は大の反天皇主義者だ。そして無類の独断家だ。彼は天皇は公爵にする、そして千代田公爵ということにするのだといっているが、この床屋のほうが『アカハタ』のあれより実践的でないだろうか。

　去年の八月十五日僕はぼんぼんといって泣いた。あのとき泣いたもののうちいちばん泣いた一人が僕だろう。僕はかずかずの犯した罪が洗われて行く気がして泣けたのだ。あのとき僕は決してだまされたとは思わなかった。しかしあれからあと、毎日のようにだまされているという感じで生きてきた。元旦詔勅はわけても惨酷だった。僕らはだまされている。そして共産主義者たちがだまさせている。これが僕個人のいつわらぬ感じです。教員のストライキにしても、文部大臣が教員をはりたおしておいて暴力に屈せずと宣言した。どうして共産主義者がそれを黙っているだろう。ラジオがストライキをやって放送を投げだした。どうして共産主義者がいっそういいプログラムで放送することを、そして官僚と戦うのはいい放送をすることだということを国民に知らせるように忠告しなかっただろう。また電気労働者のなかの共産党員は、なぜ、変圧器をどしどし修繕して、ふやして、電球、電熱器を配《くば》って、駅や藪の下や焼けあとの要所に街燈をつけて、農村へ電気を引いて、それで電動もみすり器をひろめて、その費用を政府もち資本家もちとして、争議が解決しても、ふやした街燈、農山村の電柱はそのままにすることにして、そこで争議になったら日本があかるくなったというようにするよう組合を動かさなかっただろう。なぜあのプラカードの問題で、あの文句以外のことを天皇制がしておらぬこと、健康な犬を狂犬と呼ぶのは侮辱だが、狂犬を狂犬と呼ぶのは侮辱でないこと、またそれは狂犬と呼んで適当に処置せねばならぬこと、プラカードを書いた当人が天皇を侮辱したのでなく、天皇が存在として国民の名誉を毀損しているのだことを国民に訴えなかっただろう。なぜ共産主義者が、最近三十代六百年間引きつづきメカケ腹に生まれて、それはそんな言葉でではないが、そしてやはり引きつづいて正妻を持たなかった天皇が、国と民族とにとって何のシンボルだかということを国民に説明せぬだろう。なぜ共産主義者が、むかしその運動が思想運動といわれたことがあったのを忘れたかのように、国民の思想的啓蒙の仕事を原論の稀釈《きしゃく》にこんなにまだまかしているだろう。なぜ——そうだ。僕はいつか『アカハタ』でメカケのことを読んだ。事がらは忘れたが、メカケにたいする軽蔑の気味がその文にあった。メカケを軽蔑せよ。それは軽蔑されるべきだ。しかし共産主義者よ、メカケが一人のこらず女だったこと、弱い性だったことを思い出してくれ。女でも金持ちはメカケにならなかったことを思い出してくれ。美しい、たのしい肉体、彼女らはそれ一つをつかうほか生きる手段がなかったのだ。メカケをメカケ所有者から切りはなさぬで考えてくれ。しかしメカケ持ちについてさえ考えてくれ。家《いえ》とその法とが、そんなことでやっと恋を恋として変則に成り立たしたこともあったろうことを考えてくれ。

　何よりもあれを止《や》めてくれ。圧迫されたとか。拷問されたとか。虐殺されたとか。それはほんとうだ。僕でさえ見聞きした。しかし君自身は生きているのだことを忘れないでくれ。生きている人よ、虐殺された人をかつぐな。生きていること、生きのびられたことをよろこべよ。そうして、国民が国民的に殺され拷問されたことを忘れぬでくれ。このことを考えてみてくれ。たくさんのわる気のない青年が、こちらから拷問し、暴行し、虐殺しさえしたのだということを。彼らのあるものは、この辺でもあった、国内ででさえ、工場《こうば》近くの村むすめたちに集団的に暴行したのだ。暴行される域を越えて、自分から暴行するところまで追われ暴行されたのだ。いま生きて、君らの話を演壇の下から聞いている青年ら、彼らは、殺されなかったということそれ一つでいま生きてるのだ。たくさんの人が殺されるのを見てきた。たくさんの仲間の死骸を捨ててきた。場合いかんでは殺しさえして生きのびてきたのだ。そのことを知り、しかも彼らには、彼らを正しく支える精神の柱が与えられていなかったのだことをよく知ってくれ。死者をおそったそのものに君自身どう対したかをしらべずには決して死者を誇るな。そうでなければ、それはフギ氏に対した日本天皇、日本弁護士と同じことになるだろう。そうだ、そしてそれでこそあの強い指導者らをたっとべるのだろう。非転向、世にもプロザイックな音《おん》で呼ばれてきたあの十何年、十八年、それを音楽のようにほめることができるのだろう。彼らを宝ものとせよ。そしてそれを民族のものとせよ。民族の道徳をそこへと基礎づけよ。大臣、大将、公爵、天皇、大資本家、大地主、およそ天皇をかこむこの連中の腐敗した道徳と、ここにものの音《ね》のように鳴る高い道徳の基礎とを、手短かにも卑近にもその質のちがいで見えるように説明せよ。彼らを考えると、それを生みだしたのがこの民族だということだけで僕にもかざせる気がされてきて僕は泪ぐむ。ああ、僕のわるい生徒らもこういう子供を笑うことはできまい。また笑わぬだろう。それが僕の最後の最後の未練だ。

　このごろも僕はおやじのことを考えた。そして彼がときどきに見せたむかしの目つきをやはり保護したい気持ちで思い出した。僕のおやじは正月や祭りには金ピカを着て県庁へ行った。それが彼には気に入っていたのだ。彼は署長だったが、正直な署長がもしあるとすれば彼がそれだというふうな人間だったからそれは正当だといっていいだろう。署長だからにはあらゆることをしただろうと僕は思う。しかしただすべてを子供たちのために堪えたのだ。そうして、もし言えるとすればそこには精神の一面がふくまれていたのだ。小心翼々として、子のためには取れる賄賂《わいろ》も取らずに我慢するというのがその場合の彼の精神だった。中学生だった僕にはおやじの職業は全然無関係だった。はじめて高等学校に行ってからそれが気になりだした。しかし同時に父がそれを気にしだしたらしいことが事ごとに僕にわかってきた。茶の間で着つけをして、母や妹の小さな讃嘆の目を受けて一服すい、そこで僕がすぐ次の間にいるのを知りながら、その服装のときにかぎって顔も見せずにまっすぐ玄関を出てしまう。何か言えばかえってわるかろうと思ったから、僕のほうもそのときにかぎって出なかった。茶の間で一服くつろぎ、精神で肩をすぼめて僕の部屋わきを通り、表へ出てつぎの電柱あたりでほっとする様子、それが坐っていて靴おとでよめるというようなのがいつもの具合だつた。そのおやじの年に僕はなった。そうして僕は、心からおやじを愛惜して彼のようにあるまいと思い立っているわけだ。子供、孫と意見がちがったら、僕は彼らを抱擁して、それから壁から銃をおろして彼らと反対のトーチカへも行こうと思うのだ。これは多分どこかで昔よんだ話かも知れぬ。ただそうあろうと思うしそれが確かにできそうに思うのだ。それは僕自身から、僕の家庭から、それから日本から、日本の共産主義者からという方向で来た問題でもあり、そこでそこへ返って行く問題でもあるようだ。しかしわけのわからぬようなことを書いたが僕は、共産主義者と僕のとこの生徒なんかとを取りちがえているわけではない。僕はただ——共産党とはいわぬ。——一部の共産主義者の考えの色合いで小さい生徒らが芯止《しんど》まりになるのが堪えられぬのだ。その点、寝て考えたりすると非常にたくさんのことが考えられ、共産主義者よりももっと共産党を心配している男というふうにすら自分を考え、思いこんでおかしくなることがある。そこで気づいたことが今夜その一部を書いたようなことだ。十六か十五ぐらいの少年たちが、山林何町歩、資本いくらというような面でだけ天皇を論じてそこ以上進まぬのが僕にはいちばん気にかかるのだ。今うんと伸ばさねば政府が網をうってさらって行くように見えてならぬのだ。

　ことに最近もう一度失敗のようなことをやった。今度法律で戦死者の葬式のことがきまったが、あれを知らずに、というよりあれの発表の性質を知らずに僕が反対をしたのだ。戦死者の葬式を学校でやってどこがわるい。町会も出ろ。生徒も出ろ。おおやけにそこで葬《ともら》いをしてこそ戦死者の犠牲の意味がみんなにわかるのだ。公共の建物をつかわぬとか自治体がどうとかいうのは、それこそ侵略戦争のワクのうちで戦死者を犬死させるものだ。そして僕のこの失敗が片づくか片づかぬかのところへあの国語教師が帰ってきたのだ。最初の通知で僕は大歓迎の準備をした。これは肚《はら》のなかで決めたのだ。僕には法の範囲内でほんとうに盛大にやる目算があった。この歓迎で戦死者のともらいも逆に生かしたいというのがそのときの僕の考えだった。同僚で、ひとりだったが同じ考えの申入れもすでにあった。そこへおっかけて細君から連絡があり、それが普通でないので、細君のところへ駆けつけて行って、僕は自分の早手まわしを、形にまだ出てはいなかったがひどく後悔した。この梅本という教師が、健康ではあるが、鼻、耳、くちびるがほとんどなくなって帰ってきたことがわかったのだ。これはくわしく話さねばわからぬだろう。梅本夫妻、親子は稀れな一対《いっつい》・家族なのだ。ふたりともこの近くの人だ。そして、梅本が美丈夫なら細君はちょっとない美人なのだ。彼らはこの町で大きくなり、童男童女として恋愛し、童貞処女として結婚に進んだのだ。僕は仲人《なこうど》こそしなかったがそれ以上の役をつとめた。だから二人については人の知らぬことまでよく知っている。彼らは純粋で、肉体的にもそろって強く、互いの美しさを十二分に享受しつつまっすぐに子供を生んできたような人だ。その梅本が、簡単にいえば、耳は耳たぶ二つともなし、鼻は突出部がなくなってじかに孔だけあり、くちびるは歯ぐきすれすれの線まで取れたという形で帰ってきた。細君に頼まれて僕は細君よりひと足先きに梅本に会った。そして、結局家《うち》へ連れて行った。その後見ていると彼らは堪えている。彼らは、子供をふくめて、今後とも立派に堪えて行くようだ。しかしいかに困難があるだろう。考えて僕は目まいがする。傷痍軍人として受ける手当のことも無論ある。インフレと全く無関係にここには値上げがないということも問題の一つだろう。しかしそれよりも、人まえへはぜったい出ぬというのが一番の問題なのだ。席はむろんまだ学校にあるが、梅本自身は止《や》めたいといっている。止めるといっている。それをよせということは、むろん僕にはできぬ。しかし病気ではないのだから、これをどう取りあつかうか――ここいらはやはり教師だ。――僕としても決しかねているわけだ。梅本と話すのは、彼の家族以外は天下に僕ひとりだ。僕が困るのは、相手の目だけ見てでなければ話ができぬことだ。耳や口はまだいい、鼻の部分へ目をやるまいとするのは僕としてひととおりならぬ努力が要る。美男美女でないからよくはわからぬが、僕は美男美女としての彼ら二人のこと、特に細君のほうを考えてその言いようのない惨酷に目の前が暗くなる思いをする。とにかくにも惨酷だ。よし子のことを考え、考えることをよし子に気の毒と思いつつ、玉木がこんなで帰らなかったのをいいことだったとさえ思うことがよくある。そうして、死んだほうがよかったと考えるような人が日本でどれだけあるかと考えて心が落ちこみそうになることがある。それは、梅本の細君が梅本がいやになることがありはしまいかと懸念するというようなことではない。不穏当《ふおんとう》な言葉をいとわねば、梅本夫人における梅本の美しい肉体の破壊が、よし子の出版のことで玉木を悲しむなんどより、どれだけ深刻かはかり知れぬ気がすることがあるということだ。どうか共産党よ。このことを知っていてくれと叫びたくなることがあるということだ。実際ただ、天皇と天皇制とまで行かねばすべてを取りあつかう条件ができぬのだ。しかし夜が明けてきて手もとが怪しくなった。決心をする決心をしたということを書いたが、そのことは説明しずにしまったようだ。いったい僕らがいくらで生きているか、また君らは巡査の元のサーベルがいくら目方があったか知っているか、あれが廃止されて新しく採用されたこのごろの棒、あの棒と昔のサーベルとどっちがたとえば前うでの骨を確実に打ち折ることができるか知っているかというようなことも書きたかったのだ。しかしほんとうに明けてきた。五勺のクダか。しかしすべての年寄りの冷水が消え得るということも事実ではないか。そしてやはりこの項つづくだ。

萩のもんかきや

そのとき私は萩の町をあるいていた。私はぶらぶら歩いていた。私の用事はすんでいた。私はひとぶらつきぶらついて、それから汽車に乗って東京へ帰ればそれでいいのだった。

いったい、私が萩くんだりまでやってきた用事というのは厄介な用事だった。何年もぐずついた関係でやってきた二人の人間を、片っ方はこう、相手方はこうと、私が口出しをして分けて対立させるような仕事だった。その反対だったといってもよかった。何年ものあいだつかみ合ってきた二人の人間を、私が差し出口をして、まあまあとなだめて仲よくさせるといった性質の仕事でもあった。こういう、こじれた夫婦喧嘩みたような場合は、夫婦喧嘩なんかでないだけに、わきから口出しをしてもはじまるはずがない。それはわかっていた。私に行け、来いといった連中にしても、たいがいは見当をつけていたのだったろうと思う。何にしても、これで、世話の仕甲斐のありそうにもないことにひと肌ぬぐという一応の責任からはのがれられた。私はほっとしていた。私は年五十にもなっていた。

人間は、五十くらいになると、こういう無駄なことにも、まあ、あいつでも差しむけておけといった具合に動員されるのらしい。馬鹿らしいけれども、仕方もない。それもすんだ。無責任が楽しい。旅の人間なことで気が楽だ。私は歩いて行った。天気もいい。

それは、小さな、しずかな町だった。松下村塾《しょうかそんじゅく》というのもおととい見た。川の水が澄んでいる。家並《やなみ》が低い。大きな家《うち》のところへ出た。そこは四つ辻で、その家は四つ辻の一角をいっぱいに占めている。一方は土塀でびっしり仕切り、それに直角に、おそろしく大きな長屋の長屋門が立っている。門でしきられて、玄関の敷台のところが覗《のぞ》ける。門のうちが掃《は》いてあって、大きな石がある。人間は見えない。しんとしている。古い家なのだろう。豪家なのだろう。しかし侍屋敷ではない。町かたの金持ちで、旧幕時代からの御用商人といった素封家なのだろう。四つ辻のあと三方には、そんな家は一軒もない。みるとそこに門札がかかっている。立派な字で名が書いてある。

「へへえ……」と私が思った。

そうにちがいない。たしかあれは長州だった。萩にちがいなかった。いちばん大きい保守政党の国会議員で、党内でもひととおりのちゃきちゃきといったところ、なかなかに立ちまわってもいる。年も私などよりは若いはずだ。ひととおりの悪党らしいことは、ニュース映画の写真でみてもわかる。あれがここの家なんだナ……サンフランシスコ条約が、和解と寛大の何とかだとかいってるぱりぱりの先生が、じつのところ吉田松陰なども利用してやってきてるのだナ……それくらいのことしか頭に浮かんでこない。本質的な憎悪といったものが湧いてこない。

　そして、そこに、祭礼でもあるのだろう、宵宮《よいみや》の前の日といったあんばいで、門のまんまえ、道路のまんなかに、太鼓をのせた櫓《やぐら》が出してある。そのいちばん上段に、素焼の対《つい》の御神酒《おみき》徳利《どっくり》に御幣をさしたのがのせてある。それは町内のもので、この家のものではないらしい。しかし櫓《やぐら》がここに据えてあるについては、この家で相当のことをしたのだろう。毎年、春秋の、それが例にもなっているのだろう。そこにごまかしがある。しかし一種のなごやかさもある。旅さきの気楽な無責任さが、私をなごやかさの方へ引く。私の村に村井という大地主があって、そこの主人が貴族院の長者議員をしていた。私の子供時分のことだ。帝国農会の大頭株《おおあたまかぶ》でもあったから、貴族院でも帝国農会でも相当にやっていただろう。それでも、村へ帰れば村井の檀那さんだった。子供の目にはなおさらそうだった。伊勢の大神楽《だいかぐら》がくると、そこの広い前庭で半日いっぱい藝づくしをやる。われわれのところでは、獅子をかぶったのと尾《し》っぽを持ったのとの二人組がまわってきて、米をひと握りやると、ぴぃーっと笛を吹いてひと舞いだけやる。子供でもいれば、獅子の口を開けてかつんと頭をかんでくれる。それきりだ。しかし村井の庭では、十何人の一座が笛を吹く、太鼓をうつ、傘の上で一升桝をまわす。額に棒を立てて、それに継ぎたし棒をして、つぎつぎに空へせりあげて行く。才蔵がおどけをいう。獅子舞にしても、赤い切れの袋から白鞘《しらさや》の短刀を出して、それの抜身《ぬきみ》をまわして波うつような踊りをやる。子供たちは家から筵《むしろ》一枚ずつ持ってきて飽かず眺めている。そういう毒のないところへ、旅さきの心が行く。人通りがなくて、櫓の上へおとなしく日が照っているのがそれを固定させる。

この町が、遠いところで、小さい町で、平生《へいぜい》そこに直接関係がない、こうやってここへきている現在も関係がない、ということがいっそうそれを固定させる。いつだったか、汽車で津和野の町を見て通ったことがあったのを私は思い出した。益田から宇部に出る途中で、山のあわいの盆地ともいえぬようなところに、ひとにぎりほどの瓦屋根が撒かれているのが汽車から見えた。

「あ、これが津和野か……」

さびしそうに、山あいに打ちすてられたように見えたものの、なかへはいってみれば、そこにどんなものがどぎつくとぐろを巻いていたか知れたものではない。それを見たくない。それがあるにしても、そこからさしあたり逃げたい。捨てられたようにして置かれた町、そう見て通るほうが気が楽だ……

そうやって私は歩いて行った。そのうちいくらか人通りのあるところへ出た。橋がある。それを越すとすこしにぎやかになる。呉服屋、文房具屋、油屋、電気器具屋なんかがある。また少しにぎやかになる。それでも、萩銀座というような馬鹿なところはないらしい。そんな馬鹿なまねを町の人がしないのだろう。証拠なしのままでそんな気がして、そのときそこに大きな郵便局が見えてきた。郵便局は右手にある。すると、郵便局のまんまえが菓子屋なのが目にはいった。私はずいと菓子屋へはいった。私は、旅に出ても土産《みやげ》を買ってきてくれたことがないといっていつも非難した私の娘のことを思い出したのだった。

「ここで包みにして、前の郵便局から郵便で送ってしまえばいい。」

　まったく私は、旅に出ても土産ものを買ってきたということがなかった。買うまいというのではない。しかし面倒くさい。つぎからつぎへ持ちはこぶのが面倒くさい。土産ものだけではない。だいいち買いものというのが私には面倒くさい。よく人が、店の名のはいったきれいな紙包みを持って夕方つとめから帰ってくる。あれができない。何々を買ってこいというのなら買ってくる。芋を買ってこい。肝臓を買ってこい。それを買いに行くというのはいいが、何かのついでにそのへんの店を物色して、これはと思うものを適当に買ってくるというのがどうにも苦手だった。たばこ屋へはいってピースを一つくれという。それと同じに、ゴム長ならゴム長を、当の靴屋へずかずかとはいって行って買う。買ってしまえばもう用がない。そのまま帰ってくる。古本屋以外は私はこの伝でやってきた。家庭の亭主として、こんなのは不便らしい。結婚以来ずいぶん小言をいわれてきたが、今では小言もいわれない。

　しかし娘のほうは、これは中学三年にもなっていたが、思い出してあわれをもよおすことも私としてあった。外へ出ても、旅に出ても、土産ものなんというものは父親はさげて帰らぬものと自然に思いこむようになったらしい。子供が、親について何かをいつのまにか思いこむということには、何かがある。長いあいだには、それが子供の成長に精神的にひびくだろう。

この娘は、ずっと小さかったときには父親が「つとめ」に出ないのを淋しがっていた。

「おとうちゃんは、おつとめに行かないの？」

「おとうちゃんも、おつとめに行くんだといいのになア……」

そんなことを、小学校一年生時分までは言っていたように思う。

「おとうさん、行ってらっしゃい……」

「おとうさん、おかえんなさい……」

朝晩の、近所の遊び仲間のそういう生活が、五つや六つの子供にはうらやましいらしい。たしかにそれは、変化のある、また節度のある朝晩に子供の目に映ったのだったろう。

日曜になると、親子つれだって遠足に行く家族がある。親子そろって映画を見に行く家族がある。そうでないにしても、会社の仕事でどこやらの温泉へ行った。そこで帰りに山葵漬《わさびづけ》を買ってくる。せんべいを買ってくる。それを私のところへも分けてくれる。しかし私は何もさげて帰らないから、旅行土産の返礼をすることができない。これも、家庭の主婦としては日常生活の上で困るらしい。せっかく日曜がきても、私は私だけのためにそれを無駄使いしたい。そのうえ、日曜でなければやってこられない種類の人間がやってくる。父親というものが、子供である娘のためにはすこしも存在しないように子供に見える。そのことに子供が慣れてきたらしいことは助かるが、そんな状態に慣れるということが、そもそも子供の成長にいいか悪いかは疑問の余地があるだろう。しかし私は、そんなことさえも何かの加減でちらちらと頭にちらつかせるだけだ。だいたい私は、街を歩くにも旅を歩くにも、何も持たずに手ぶらで歩くのがいちばん好きだ。その私が菓子屋へずいとはいったのだから、やはり心に隙《すき》があったのだったろう。つまり心にゆとりがあったのだったろう。

　いろんな菓子がある。いくらか上等の店らしい。年とったおかみさんがいる。するとそこに夏蜜柑《みかん》の砂糖漬があった。大きなガラスケースのなかにバラではいっている。そのケースの上に大中小の箱入りが並べてある。中身の量がわかるように、蓋をあけた見本箱も並べてある。私はこの砂糖漬が気に入った。店の菓子全部のなかで、砂糖漬の置いてある場所、それから置き方、そういうものから見て、この菓子屋そのものがこの砂糖漬を重要視しているらしい。箱に貼った紙にも、現に萩名物という文字が書いてある。じつは、私は、これが好きだったのだ。

　私は甘いものが好きだった。なかでも、くだものの砂糖漬というのが好きだった。くだものでなくてもいい。蕗《ふき》のでもいい。いちじくはなおいい。しかし夏蜜柑とか三宝柑《さんぼうかん》とかいうのがよかった。黄に砂糖の白のからんだところがいい。私の頭に淡路の洲本《すもと》の記憶が浮かんできた。

昭和十五年から十六年になると、東京の生活はかなり苦しくなっていた。たばこが思うように吸えなくなる。甘いものが姿を消す。乳《ち》のみ児をかかえた乳の出ない母親などはかわいそうなありさまになった。卵が手にはいらない。電車を乗りついで、聞きこんだところまで出かけてやっと卵を手に入れる。帰りの電車で人に押されてそれがつぶれる。ひとつつぶれると隣りに伝染する。仕方がないから、途中で降りてひびのはいった分をあわててすすりこむ。風の吹くベンチで、手で割って二つも生卵を大急ぎですすりこむ本人はなさけない心持ちだった。家《うち》で子供が待っている。子供の母親は夏以来警察へ引っぱられている。そのころは、だれかれ見さかいなしに警察が人を引っぱっていた。一つ半くらいの子供をかかえて私は弱っていた。母親は暮れが押しつまってやっと帰ってきた。そうやって十六年の春になった。そのとき淡路の洲本にいる友人から親子でやってこいと手紙がきた。こっちには米もある。卵もある。野菜もある。思いさま米の飯を食いにこい。

そこで私たちは洲本へ出かけて行った。島のなかの町、そこにほんとうに卵があった。それを卵屋が笊《ざる》で売りにくる。そら豆が一メートルほどにも伸びている。一週間もすると子供が肥《こ》えてきた。食え、食えといって、空気ポンプで空気を入れるようにして友人が無理強《じ》いする。それでも甘いものはさほどにない。ある日港の方へまわって行くと、いかにも場末といったところの駄菓子屋に夏蜜柑の砂糖漬があるのを私が見つけた。パン屋が屑パンを安く売る。同じ調子で、これは屑砂糖漬といったものだった。夏蜜柑の屑を砂糖煮にしたのではない。砂糖漬を動かしているうちに、こわれて屑ができる。それをかき集めてここの駄菓子屋で売っているのらしかった。それでも、品物にはまちがいがない。やはり砂糖がこびりついている。砂糖の膜のなかに、美しく黄いろが沈んでいる。私は買って帰って、こんなものを見つけたといって友人に自慢した。

「へえ。そんなもの食うんかね。」

「食うさ。がつがつだよ……」

「へえ。そんなんなら上等のがあるよ。おれんとこじゃ誰も好かんもんだから……」

そういって、戸棚の奥から引きだしてきたのを見たとき私たちはうつけたように笑いだした。あまりに上等すぎた。おとなの手のひらをいっぱいにひろげたくらいの舟底形が砂糖にくるまっている。砂糖のかちかちになったところを子供が大よろこびで噛んだ。昭和十六年十二月よりも前のことだった。

「これを一ついただきましょう。」と私は年配のかみさんにいった。「一つ、包んでください。郵便で送りますから……」

「はい……おつかいものでしょうか。」

「いえ、自分で食うんです。」

旅の人間と見てぞんざいに扱う人間もいる。かえって親切にやってくれる人間もいる。

かみさんは親切に、ていねいに包装してくれた。念入りに紐をかけてくれる。

「それから、すみませんが筆を一つ貸してください。」

子供あて裏表を書いて、包装料を取ってくれというとそれはいらないという。私はありがたくお礼をいって向う側の郵便局の扉を押した。

割りにがらんとしている。郵便局もつっけんどんでなく扱ってくれるらしい。しかし私は、包みを台の上へおいたとたんに、これは持って帰ろうと気が変った。蓋のほうは平面になっているが、底のほうはちょっとへこんでいる。ほうりだされた拍子に割れるかも知れない。割れたところで流れる心配はないが、やはりそうでないほうがいい。それほど嵩《かさ》ばってもいない。旅かばんに十分はいるだろう。

私の前へ、台をへだてて若い女が来て立っている。待っているのだろう。私は娘に目礼《もくれい》をして包みをかかえて外へ出た。

そこいらはかなりににぎわっている。私はぶらぶら歩いて行った。かかえた砂糖漬が、これをたずさえて帰るということで私を甘やかしている。そのへんは一種の市《いち》になっているらしい。町屋のほかに、近在からでも出てきたらしい人びと、町から町へ渡ってあるくらしい人びと、そういう連中が、野菜を並べたり、端切《はぎ》れ類を並べたりしている。東京でみかける安もののおもちゃ店がある。

いつまでにどこへ行かねばならぬということはない。あるにしても、停車場《ていしゃば》に汽車の時刻くらいのところだ。汽車賃はある。弁当代もある。そして東京からずっと遠い。小さい町で、面倒な無駄骨折りからはひとまず解放された。おまけに、ついぞないことに子供に土産を買った。それを抱えている。平安な、いくらかやくざな心地で私はなお先きへ歩いて行った。

町の様子がすこし変ってきた。道路の上の小店《こみせ》がそのへんでなくなっている。町屋そのものも変ってきた。穀類店の小さいのがあり、時計屋があり、歯医者がありして、それからはそれもぽつぽつになった。しもた屋というまでではない。それでも、なんとなく裏通りといった感じの町になった。横丁へは切れなかったから、目ぬきの通りがだんだんにつぼまって、萩の町そのものの端にかかっているのだろう。そうやって歩いて行けば、そのまま町が切れて村地籍《むらちせき》へ出るにちがいない。ここは海に接しているはずだが、そんな様子もない。潮《しお》の香《か》なぞはいっこうにしない。

そのとき私は妙なものを見つけた。

ちっぽけな店、そこに、ガラス戸の向うにこっちを向いている女、それがまず目にはいった。店といっても、何の店だかはわからない。店であるかさえはっきりはしない。しかし住宅ではない。住宅なら、女が、往来に接して、ガラス戸越しにこっちを向いているはずがない。ただし、こっちを向いてるとはいっても、女は、こっち向きに顔をうつむけている。おそろしく立派な鼻だけが見える。女はそうやって、何だかを一心にやっているらしい。私は歩みより気味にそれを見ようとした。

あかるいガラス戸を前に、女は小机のようなものを控えて坐っている。小机というよりは断ち台といったほうがいいかも知れない。ひどくうつむいて、何か小さいものに取り組んでいる。私の頭に、子供のときから見てきた印判屋や時計修繕屋の恰好《かっこう》が浮かんできた。細い小刀ようのもので、左手の木や石の印材を、印材のほうをまわしながらえぐるようにしている印判屋。おもちゃの遠眼鏡を半分にしたようなものを片目にはめこんで——どうやってあれが止まっているのか見とどけたことはない。——ピンセットで、虫のような針やら歯車やらを拾っている時計修繕屋。しかしむしろ印判屋のほうに似ている。やはり左手に何やら持っている。右手でそれに何やらやっている。私はもうすこし近寄ってみた。

なんにしても高い鼻だ。まだ若い女らしい。しかし顔はわからない。上から見おろした位置になる黒い髪の毛、その下の額《ひたい》のほんの一部分、その下の、二つ並んだ眉の線、その下の高い鼻すじ、それだけしか見えない。眼は見えない。頬もほとんど見えない。口も顎も見えない。よほど鼻の高い人だろう。ちょっと日本人ばなれのした鼻すじだ。造作が見えないから、年恰好は見当がつかない。それでも年取った人ではない。むしろ若いほうだろう。

右手に細筆《ほそふで》をにぎっている。その穂がおそろしく細い。日本画家なんかがあんなのを使うかも知れない。錐《きり》の穂か何かのように見える。それを、穂さきが手まえへ傾斜するくらいの角度できゅっと握っている。

左手には壺のようなものを握っている。渡し一寸くらいの竹の筒か何かのようなもので、なかに黒い油薬《あぶらぐすり》ようのものがはいっている。

右手の筆の穂が、針でつっ突くといった式で左手の小壺をちょっちょっとつつく。ちょっ、ちょっ……ほんの穂さきの端。くちばしの細長い鳥が、皿から水をつつくといったあんばいにひどく癇性《かんしょう》にみえる。そしてそれを、とがった鼻すじのさきのところにある丸いもののところへ持って行く。それは、やはり渡し一寸くらいの竹の筒か何かの上へ、大きな切れをふわりと着せて、筒の断面、その円のところだけ切れをぴんと張ったものだ。女が、靴下の胴へ茶碗なんかを入れて破れ目をかがるときにあんなふうにやる。やっとそれが、羽織か何かへ抱茗荷《だきみょうが》をかきこんでいるところだとわかって私はほっとしたが、私はほとんど労《つか》れた。

私はすぐそこから離れた。見ていられないようなところがそこにあった。あんなふうにやっていれば、あの高い鼻はますます高くなって行くほかはないだろう、ますますあの立派な鼻すじは、細くとんがって行くほかはないだろう……という気になってそれがひどく残酷な仕打ちに思えてくる。若い女らしいだけに、それがみすみすおろし金《がね》でおろされて行くように見える。離れる拍子にやはりそこに看板のようなものが出ているのが見えた。

「もんかきや」

木の小さい板に、仮名でそう書いて打ちつけてある。

ああ、「も、ん、か、き、や」か。もんかきや、もんかきや……

私は、「もんかきや」という言葉をはじめて見た。あった言葉かも知れない。女の背なかの方に、棚の上に衣類のタトウのようなものが積んであったとも思う。それにしても、あの紋というのは、あんなにして、いちいち人が筆でかくものなんだろうか。なんという芯《しん》のつかれる仕事。それにしても、あんなことで商売が成り立つのだろうか。この節は、紋つきなんというものはもうはやらなくなっているのだろう。それとも、復活してきたんだろうか。復活してきたにしたところで、とてもますますといったものではあるまい。

「もんかきや」——商売としてのそれが、ひどくはかないものに思われてくる。物質的に、基礎薄弱に思われてくる。京、大阪という土地でならば、百貨店の仕事を一手に引きうけるというようなこともあるかも知れない。長州萩で、紋つきを着る人がどれだけふえたにしたところで話になるものではなかろう。紋ひとついくらというのだろう……

歩きだした私にもうひとつ表札のようなものが見えた。「もんかきや」の板の下に、たてに並べて打ちつけてある。

「戦死者の家」。

「もんかきや」より大分《だいぶ》ちいさい。

してみると、女は後家《ごけ》さんなのだろう。寡婦なのだろう。この家《うち》が「戦死者の家」で、あの女はそこへ職人として雇われているのでは決してあるまい。あの人が、つまりこの「戦死者の家」の主人なのにちがいない。

鼻の高い美人が――それは、あの肩つきからみて、背も高い美人にちがいない。――戦死者の寡婦で「もんかきや」だということが、その「もんかきや」という仕事が、機械も動力も使わない全くの手仕事だということが、また紋つきの紋をかくというその商売が、女の鼻が西洋人のように高いだけにつらいものに見えてくる。「もんかきや」――言い方が古いだけ、その分量だけ逆にあたらしい辛さがそこからひびいてくるようにも思う。いくらかだらけたような、気楽で無責任な感じだった私がいきなり別の気持ちになったわけではない。それでも、「もんかきや、萩のもんかきや……」といった調子で私はいくらか急いで歩いて行った。

II

「春さきの風」「五勺の酒」の線——わが小説

出来不出来はあってもどれが好きでないとも言いにくい。作者本人としては「春さきの風」などを好いている。「春さきの風」がどうこうと言うより、「春さきの風」、「五勺の酒」、「写しもの」という線でこれから書いて行きたいと思っている。

自分の作品のことで人に話す場合、自分本位に語る場合と他人本位に語る場合とがあると言ってもいいとすれば、私は、ひとが「むらぎも」や「梨の花」を読んでくれることをよろこぶけれども、これからの仕事仕方ということになれば、出来た品物について人がよろこぶかどうかとはいくらか話がちがってくる。

これは仕方がない。まして私は上手《じょうず》な小説書きではない。批評家もそう言っていて私も認めている。ただ私は、上手下手《へた》ということを基本的なことだとは思うものの、上手でも下手でも自分のものを書きたいと思っている。戦後の短篇などではそうでもないが、私にしても、上手な人のものを読んだりして真似がしたくなった点があったんではないかとも思っている。上手ということはこれからも学びたい。しかし下手にしろ自分のものを書きたい。そのうえ、上手下手、上手下手と書いてきて思えば、私は私で上手でないこともない。

しかしどこで「春さきの風」などに引かれるか。これを書いたのは一九二八年で、小林が「一九二八年三月十五日」を書いた事件から話は来ていたが、私自身まだ若かった。事柄にたいして素直に敏感だった。日本の革命運動そのものが若々しかったろうが、私のそれにたいする態度のほうがさらにも若かった。何も知らなかったと言っていい。しかしそれだけに素直ではあった。そこへ戻って行きたい。戻るということはできぬことだから、そこへ戻る気になって私は出なおしたい。どこから出なおすかとなれば「春さきの風」から出なおす。あのへんから出なおす。これが今の気持ちである。

コミンテルンで扱われた日本問題集といった本がある。それを見ると、日本の問題がよほど立ち入って書かれている。問題によっては手を取って教えるようにして書かれている。そしてそれが、いまだにそのままだと感じられるものを含んでいる。そんなことも考えると――ただちにそれだからと言うのではないが、このへんから出なおすことが私には必要なように思う。

小説という形での量をいえばいくらも書いてきていないが、何やかや書くうちには私もすれてきたことを感じる。すれておかしく鋭敏になる人などもあるが、私の場合はすれて鈍った点があるだろう。するどくなりたいとは思わないが、素直で質樸な態度へ立ちもどりたい。「春さきの風」自身、読んでおもしろくないものでもない。

（十月二十一日）

「春さきの風」のとき——自分における批評

「春さきの風」を書いたとき室生犀星がほめて書いてくれた。これはよく覚えている。新聞か何かの月評でだったと思う。

それまでにも手習いのようなものを書いていて、自分ひとりではいくらかいい気になっていたが、「文壇」といったところで誰かが認めて書くということはほとんどなかった。ただ片岡鉄兵が、日下部鉄《くさかべてつ》という名で書いた断片二、三をほめて書いてくれ、これもよく覚えているが、中野という名のものとしては室生評が最初のものだったように思う。

もっとも、これで文壇に認められたとか、文壇に出たとかいうのではなかった。自分のことだからかえってわからぬけれども、「文壇の垣根」とかいうことが出てきたのはもう少しあとのことで、あの時分は、だれもそんなことをあまり気にしていなかったのではないか。二十《はたち》台の作家も五十台の人びとも、文学の土俵では原則的に対等で、お互い傲慢でありながらなかなかデモクラチックだったように思う。

室生評につづいて新居《にい》格《いたる》がやはり「春さきの風」について書いた。悪くないが、室生がほめたほどの上出来ともいえまいといった主旨のもので、これも書いた当人にはよくわかった。

　片岡の批評というのは、この日下部という作者が、国家権力の問題、その末端具体としての警察権力を意識的に取りあつかっている点で新しいといったふうのもので、書いた私もほとんど気づいていなかったことを指摘してくれたものだった。これはありがたく、また勉強にもなった。

　作家には、批評家無用説型と有用説型とがあり、私は有用説型に属する。だれかの批評を読んで、この馬鹿がと思うことがあるけれども、それはその批評がまずいので、批評が一般に無用なわけではない。とにかく事実として、私というものは、批評、批評家から啓示を受けるタイプに属する。自分の作にたいする批評を読んで、作の批評としては受け入れにくいときでもそれがある。

　ただこういうことはある。ある正しさを持った批評が、その正しさが全面的なものでないために、その「ある正しさ」を理解することのできた作家をかえって殺すことがある。これは、殺される方の責任でもあるが、とにかく事実問題としてそういうことがあり、私も批評を書いて、いく度かそういうことをしてきて悔いている。

　去年だかのある日、中村光夫が私をつかまえて、おまえもまあひととおりは書いてきたといえるが、しかしここでもう一つ書かないと、大家（という言葉だったと思う。）にはなれぬぞ、ほんとのほんものにはなれぬぞ、これに賛成かと言った。私はよくわかったので、賛成だといった。これなぞは、私には啓示だった。

はじめて作を批評されて以来、私は厚意にみちた批評にめぐまれてきたように思う。これにむくいたいと思っている。

「第三班長と木島一等兵」おぼえがき

「わたしはふた月ほど兵隊に行った。正確にいうと戦争に行った。『大東亜戦争』つまり『太平洋戦争』に行ったのだった。弾丸《たま》は射たなかったが。それは、弾丸も鉄砲もなかったからのことだったが。」

この書出しは私の経験に即している。その事実が私にあったのだった。なかの話も、大体において事実あったことと取られて不服ない。部分的に、たとえば剃刀《かみそり》の鋼《はがね》の産地をかぞえるところなどにこさえたところはあるが。

私は読みにくい小説を書くといわれたことがある。文章がわかりにくいといわれたこともある。ある程度それを自分で認めてもいる。しかしこの短篇は、どっちかといえばわかりやすく書かれていると思う。ただ読みかえしてみて、もう少し説明的に書いたほうがいっそうよかったろうとは思っている。

そして最後の一行を、もっとよく書くか、でなければ取るほうがよかったかも知れぬと思ったことがあったが、そのままにしておいたことを後悔してはいない。それは、「いまでもわたしは、むしろ今ごろはますます、あの島田のように、あの木島からのようにはやられたくない。」というひとり合点の一行を指す。この一行は、作者として何を言おうとしたのか明瞭でないと批評家から言われたことがあった。そしてそれはそうだった。私はこれを一九五二年の十一月末に書いた。これは、日本共産党の例の「五〇年問題」で苦しんでいるときに書いたのだった。あすこには無道、非法、堕落が混っていた。そんなことからこんな一行を私は書いたのだった。

（一九六五年十一月九日）

五十年まえと三十年まえ——金沢と「歌のわかれ」

なるほど私は「歌のわかれ」という小説を書いた。それは金沢の町を舞台にしていた。金沢だけではないが、主要な場として金沢の町が登場する。またそのほかにも、何やかや金沢の町にふれて小説のようなものを書いてきた。そこで、小説に書いた舞台の町へもう一度行ってみろという。そこで「再訪」ということになるらしいが、この「再」には疑問もなくはない。

「歌のわかれ」を——この題が今となっては気に食わぬが、致し方はない。——書いたのは一九三九年のことだった。いまからかぞえて三十一年むかしになる。つまりこれは三十年以上まえの私の仕事だった。ところで、話に出てくる高等学校生活のことでいえば、小説だからこさえごとがまじってくるにはしても、要するに自分の経験が土台になって話が運ばれている。そこでいつ私が金沢第四高等学校生だったかといえば、私は一九一九年秋から二四年はじめにかけて四高生だった。入学の時からいえば五十一年まえのことになる。

つまり私は五十年ほどまえにこの町で学生として日を送り、それから二十年ほどして、いまから三十年以上まえにそのときのことを話に書いた。それだから、五十年たってはじめて、あるいは三十年たってはじめてもう一度その町へ行ってみるというのなら「再訪」ということにもなろうが、この五十年間、この三十年間に、私は何べんも何べんも金沢へ行っている。五へんも十ぺんもそれ以上も行っているのだから、今度行って「再訪」というのでは、訪問の意味がちがうにはしても何となく無理が感じられる。「再」ではないぞという気がしてならぬが止《や》むをえぬ。

　そこで行ってみて、いまさらながら時が流れ去ったという感じを持った。全く通俗的にそう思う。そうして、そのなかには、何かの意味で親しくしたことのあった誰彼が死んでしまったことの確認ということもあった。「確認」とまで言っては、言いすぎになるかも知れぬにしてもそれはそうだった。あのころ泉隆は社会主義者学生として働いていた。貧しかった彼は、そのころの言葉で「苦学」していた。泉に似た人間を私は小説のなかに出したこともあるが、彼はながいあいだ農民組合の仕事をして、戦後その運動方針であの伊藤律などと対立して退けられた。しかし彼は、やがて伊藤律そのものが退けられたのだったが、忠実な共産主義者として京都で死んだ。やがて彼の細君も死んだ。大覚寺門前町で泊りこみで話したことが思い出される。大間《おおま》知《ち》篤三《とくぞう》も死んでしまった。あのころ彼は兵隊に行っていた。東京からの帰り、私は彼を兵営に訪ねて行ったが、すると留守だということで、なおきくと話があいまいになり、しばらくして若い士官が出てきてこれこれだと大体を説明した。士官の話は大分ていねいだったと思う。私は教えられたようにして衛戍《えいじゅ》司令部へ行って面会を求めたが、それはかなわなかった。そのときの衛戍監獄のところがきれいさっぱりと消えてしまっている。ついこのあいだは、同級だった桑原一治《かずはる》の娘だという人から手紙をもらった。桑原一治は一九三六年だかに死んだ。そのときこの人は一つか二つかだったという。そうして、死のときの父の年齢になってしきりに父のことを考えるといってきた。ほんとにたくさんの人が死んだ。金沢でいろいろと世話になった人、四高の教授たちも入れてたくさんに死んでいる。暁烏敏《あけがらすはや》も死んだ。藤原鉄乗も、最近消息を聞かぬが存命《ぞんめい》でないのかも知れぬ。確かめもしないで書くのは不謹慎でなくもないが、その種のことにかまっていられぬという気もする。

しかしあちこち歩いてみて、やはり私は兼六園へ行き、「歌のわかれ」に書いた東の方のベンチへ行ってみた。ベンチはそこにあり、私は腰かけて街を見てみたが、やはりそこに五十年まえの俤《おもかげ》があり、しかしまた全く別ものがそこに出来てしまっているという感じにもおさえられた。そこに確かに生活、その「営み」があったが、その姿はかなりに強くかわっていた。同時に、五十年まえそこから街を眺めたときの自分の眼がどれほどよかったか、とんと卒業制作をかいたときの村上華岳の眼のようだったなといった思いにも私は捕えられた。むろん藝術のことではない。あのころ、眼鏡《めがね》をつかってではあったが、物がよく見えていた。いまはいくらどうやってみてもすべてが霞んでしまっている。

私は、やはり小説のなかで書いた浅野川の鉄橋のところへも行ってみた。鉄橋はあった。しかしもはや赤煉瓦のではなかった。そもそも汽車というものがなくなって、すべて電車になってしまっている。もともとは、そこは街を外《はず》れてすっかり村落部分だった。しかし今は、市街がずっとずっと押しだしてきてしまっている。昔は、怠惰な学生が何かを妄想したり考えたりするようなまわりの静かさがあった。じつはそんなものは、そんな昔にも現実にはなかったのだったが、怠けもの学生をそんな気にならせるものはとにかくそこにあった。それがなくなっている。怠けものでさえも、もっと強烈な条件のなかで怠けものであるほかはないにちがいない。まして怠けものでないもの、怠けものでありえぬものにとっては、条件は積極的に刺戟的だと言っていいのだろう。

五十年まえにも、この町には、部分的だったろうとは思うが社会主義的な流れがあった。憶測でいえば、それは共産主義的な何かへつながるようなものであった。ただ私はそれに生きた接触を持っていなかった。この思いそのものも、いまの瞬間の妄想的遡航《そこう》といったものだかも知れない。しかしいろいろに話を聞くと、たしかに新しい動きが見られるようでもある。七〇年になって、それはほんとうに動きだすのでもあろう。

さすがにこの町には、彦左《ひこそ》三番町だの味噌蔵町だのいう町の名がまだ残っているのらしい。自動車の運転手が、どこそこの町には「武家屋敷」が残っているなどともいう。しかしそれは、すべてが基本的に変った、激変しつつあるということでもあるのだろう。昔はだれも、「武家屋敷」が残っているということは言わなかった。

しかしやはり、そこに生活してみなければほんとのところはわからない。私はついでに私の生れた村へも行ってみたが、高速道路がどうのインタチェンジがどうのという。鉄筋コンクリートの百姓家というのも出来ている。農村といっても、加州金沢といっても、内部構造はよほど変ってきているにちがいない。五十年まえとはちがった意味で、いまさらながら自分の怠けということに突きあたらざるをえない。

追記　ここで私は知友の死のことを書いた。泉隆、大間知篤三、桑原一治の死、暁鳥敏さんの死にふれてから、「確かめもしないで書くのは不謹慎でなくもないが」といって、しかし「藤原鉄乗も、最近消息を聞かぬが存命でないかもしれぬ。」と私は書いたのだった。これが新聞にのると諸方から手紙が来た。日本の各地から来たといっていい。そしてそのどれもが、藤原さんが高齢にもかかわらず、いまなお健在で活動中なことを教えてくれていた。その活動の一部としての文書類を送ってくれた人もいた。私は恐縮して、何かの折りにそのことを書いて発表し、第一に藤原さんに詫びをしなければならぬと思いながらぐずぐずしていて今日になってしまった。あのとき早速手紙をくだすった人たちにお礼を申し、なによりも藤原さん御本人に軽率のことをおわびする。

（一九七一年四月六日）

中野重治をめぐって

ある機縁

石井桃子

中野重治さんは、私が、これまでに、自分から押しかけていってお会いした、ただひとりの作家である。

私は、それまで出版社勤めをしたこともあったのだが、いつも中野さんを、中野先生とも、中野氏ともよばずに、中野さんとよんでいた。私の友だちの、いまは亡い、美術評論家の水沢澄夫さんが中野さんと親しくて、水沢夫妻のあいだでは、よく中野さんの話がでたし、私自身、中野さんの詩や散文の作品を、全部とはいえないけれど、読んでいたからである。

あるとき——たしか、一九四〇年前後——私は、中野さんが何かの雑誌に、子どもの文学にふれて書かれた随筆を読んだ。中野さんは、そのなかで、ある本の文章を引いて、「こういうことで文学は成りたつのではない。」といういみのことを言っていた。私は、たまたま、その本を読んでいて、その通りのことを感じていたのだった。

戦争ちゅうで、出版も、書くものの性質もせばめられてきていた。子どもの本も、愛国を標榜《ひょうぼう》するか、感心な日常生活を書く方向に動きだしていた。私が傍聴したある会では、「あなたは神社清掃を題材にして書いてください。」というように、幹事が作家たちに割りあてていた。私は、生理的に酸欠状態におちいり、じっさいにあっぷあっぷしていた。

　そのようなとき、中野さんの随筆にぶつかったのである。私は、水沢さんに、中野さんにお会いできないかしら、といった。「あのように書いてくださって、ありがとう。」というだけで、私はよかったのである。水沢さんは、すぐ中野さんと連絡をとり、いつなら中野さんの御都合がいい、と知らせてくれた。それは、夕方も、すぐ暗くなるような季節だった。

　水沢さんと私は、豪徳寺で電車を降り、あまり歩かずに、暗い露路のおくの中野さんの家に着いた。約束の時間だったけれど、中野さんはまだ外出中で、玄関で私たちを迎えてくれたのは、若い娘さんと、まだ一歳ちょっとくらいだった、色のまっ白い、かわいい卯《う》女《め》ちゃんだった。水沢さんが、そう呼んだので、私は、その小さいひとの名を知ったのである。

　娘さんの話では、中野さんは、まもなく帰られるので、上《あが》って待つようにということだった。通された部屋には、斎藤茂吉の歌集などが積んであり、中野さんがそこで書き物もし、客も通るという部屋のようにみえた。しかし、私が、そこで、中野さんの気魄《きはく》に気圧《けお》されるように感じたのは、三十センチほどの高さに、きちんと積まれた、真新しい四百字詰原稿用紙の山だった。もう紙がなかなか買えなくなっていたころのことだった。

やがて、外に足音がしたけれど、それは、まっすぐ家にはいってこないで、裏にまわった。音から察して、私は中野さんが、そこにいた犬を見舞ったのだと思った。（これは、まったく私の推測なのだが。）私は、少しまえに、私にしか慣れていない犬と、生木をさかれるような別れ方をし、食料のある農家へ頼みこんで預けたあとだったので、この家の主は、心やさしいひとだなと思った。

すぐあと、着物姿の中野さんがあらわれ、私たちは話しはじめた。中野さんと水沢さんとのあいだの、挨拶がわりの世間話的なうけ答えから、私は、中野さんが、どこかの留置場へ、夫人の原泉さんに面会のため、いって来られたのだと察した。

中野さんは、ひざにまつわりつく卯女ちゃんをあやしながら、あまり御自分の意見は言わずに、ふむ、ふむと、私の話を聞いてくださったように思う。私は、前記した中野さんの文章が、私には、ほんとうに大きな救いだったということやら、幼い子どもには、昔話や空想的な話がほんとうにだいじなのだと思うこと――この考えは、もう何十年も私の頭の中に巣くっていたものだったから――などを話したとおぼえている。しかし、架空な物語はすべて、荒唐無稽だということで、出版のための紙が配給されないことなどを、私が話すと、中野さんが、「そういっている当人たちが、荒唐無稽なんだから。」と、ちょっと笑いだすようにされたことをおぼえている。

私の話は短く、私たちは、そんなにながくお邪魔したわけではないと思う。帰りに、私は、私の訳した『クマのプーさん』、その他二、三の本を中野さんの手もとにおいてきた。『プー』の内容自体を、中野さんがどう思われたか、私は知らない。しかし、その本につけられた、E・H・シェパードの挿絵は、中野さんを驚かせ、喜ばせたらしい。

私は、その後何度か、中野さんの、子どもの本の挿絵について書かれた短文を読んだが、中野さんは、しばしばその中で、外国の子どもの本の挿絵は、日本のそれよりもよく思われる、鳥羽僧正とまではいかなくとも、せめて日本の挿絵も、シェパードであってもらいたいというような趣旨のことを書かれていた。

去年の春、中野さんから葉書をいただいた。E・H・シェパードが、九十六歳でイギリスで亡くなったときのことである。私も、新聞でその死亡の記事を見て、あっと思ったと殆んど同時に、その葉書はとどいた。

「……今日新聞で、例の挿絵のシェパードさんの死を知りましたが、行年《ぎょうねん》九十六というのは、日本流にいってもまことに気持よく（この言葉はいささか不キンシンかとも思いますが）何となく遥かな恩人の死をおもうといった気持です……」

私は三十何年かまえ、中野さんの身辺が、じつにたいへんだったとき、自分の勝手で、まるで子どもが言いつけ口でもするように押しかけていったことを、その後思いだすたびに、はしたないことだったと恥じていたので、あの訪問が、E・H・シェパードを中野さんに紹介する機縁になっていたことを知って、ほんとうにうれしかった。

（いしい・ももこ　児童文学作家）

〔『中野重治全集』月報7・一九七七年五月〕

我慢と律義と剽軽と

安岡章太郎

もう二十年くらいも前になろうか、野口冨士男さんとの対談で、中野重治の『村の家』が話題に出た——戦前、昭和一桁代の日本人の気風や考え方の典型的なものは、都会と田舎とを問わず、あの村の〝家〟に出ているのではないかという。私も野口さんも、そのことには異論はなかった。ただ、『村の家』が雑誌に出たとき、「あれを読んで僕らは皆、泣いたね」という野口さんの言葉に、私はふと気をそらされて、ついて行けなくなった。実際、『村の家』に限らず、小説を読んで泣く習慣というか発想が、私にはなかったからだ。いや、野口さんだって小説を読んで泣くことは普通にはない、ただ『村の家』は例外で、

「あれだけは読んだ者が本当に皆泣いた、要するにアカで引っ張られた息子が家へ帰って親父から『切腹しろ』と言われたようなもんだからね、誰だって泣いたんです」

それを聞いて私は、なるほど、と思った。つまる所、それは戦前の左翼世代の共感というものかと考えて、みずからを了承させた。

しかし今度、『村の家』を読み返して、私はこの考えを全く棄てた。泣く泣かないはともかく、自分がこの小説から何を読んでいたのか、私はページをくりながら自分の脳が真白くなって見えてくる気がした。おそらく以前私が読んだのは《紅殻《ベンガラ》ぬりの中柱《なかばしら》に分銅《ふんどう》のとまった古ぼけた柱時計が掛かっている》というようなところだけなのだ。同じような古い時計が、土佐の田舎の父の郷里の家の柱にもあり、その下に伯父が一人坐って黙然と茶碗酒を飲んでいる。私は中野重治の本の字面に眼を向けながら、頭では酒を飲みつづける伯父の額の脂照りに光る有様を想い浮かべ、敗戦後の父や母をいつまでもあの家に置いて厄介をかけるわけにはいかぬ、一日も早く引き取りに行かなければ、などと考えていたに違いない。

《分銅のとまった柱時計の下で、孫蔵、クマ、勉次、親子三人が晩めしを食っている。虫の糞《ふん》のこびりついた電燈がぶらさがって、卓袱台《ちゃぶだい》の上の椀、茶碗、皿、杯《さかずき》、徳利などを照らしている。》

こういう光景もやはり私の両親や田舎の親戚の家での夕飯の場面と無意識に置き換えて

受けとってしまう。これは私の不注意のせいに違いないが、また、三町歩ほどの地持ち百姓の家などは、全国何処にもある中農の代表のようなもので、その意味で『村の家』は普遍的な説得力があると言えるのではないか。

　だが、いくらこんなことを並べても、私がこの小説の肝心の主題をスッポリ失念していたことの弁解にはならない。たしかに主人公高畑勉次は父親から、切腹しろ、と言われたというのは大仰だとしても、孫蔵の中には好い意味で古い武家義理のような律義さがあって、そこから「文筆なんぞは捨てべきじゃ」という要求を勉次に「どうしる……、どうしる……」と言って、つきつけてくる、その気合いの烈しさ。一方、それを精一杯の強情を貫いてハネつける勉次の我慢。これを読んだ者は皆泣いた、という野口さんの言葉に、私はいまになって共感する。

　これを書いたときの中野重治は三十三、四である。そんな年で、よく七十歳に近い孫蔵のことを心の隅ずみまで理解して書けたものだ。戦前と戦後では精神年齢に二十歳ぐらいの差があるというような話を聞くが、そんなことよりここでは中野重治の父親への想いの深さを考えさせられる。

《彼（孫蔵）は七十年ちかい生涯を顧みて、前半生の希望が後半生へきて順々にこわされていったこと、その崩壊が老年期—老衰期にはいってテンポを高めたことを感じた。がらがらっとくる感じのなかで、もしあわてたら万事それっきりだと思った。彼は息子が刑務

所にはいっていることに何のひけ目も感じなかった。しかし誰にでも知られてうるさく言われたくはなかった。》

資産家というほどでなくとも或る程度まとまった農地を持って暮らしてきた父親が、昔、一坪五円で買った田が今や七十銭で売買されるという目にあっている。そんな時に、一人残された息子まで刑務所へ持って行かれては、居堪れぬ想いもしたであろう……。しかし、そんなことに「何のひけ目も感じなかった」というのは別段、強がりではない、一種達観した心持があり、そこから時には剽軽な冗談の出る余裕もある。

剽軽といえば、孫蔵とは生命保険の代理店仲間である田口という男の軽口や冗談がじつにユニックで面白い。おそらくこれは中野重治の文学に特有の軽味であろう。

あれは売春禁止法が出た翌年頃であったか、私は吉行淳之介と都心の宴会場のビルのエレベーターの中で出会い、吉行はその日、廃業した有名なポンピキと会ってきたと言って、その話を私に聞かせた。それによると、ポンピキは「ポンヒキ」とポにアクセントを置きヒキは軽く半濁点を入れずに言うべきものである由だ。「どうしてポンピキじゃイケないのかね、大体、ポンピキの語源は何だろう」私がそんなことを訊き返していると、エレベーターが宴会場の階で停った。そのとき後から肩を叩かれ、袖を引かれた。私は振り返った。すると、そこに中野さんがいて、私の肩をポンと叩き、袖を引く振りをしながら、「これだよ」と言われた。つまりポンヒキの語源なのだ。それにしても初めて声を掛けられた中野さんから、こんなことを教えられたのは何とも意外で、思わず声を呑むと、その間に中野さんは宴会場にさっさと足を運ばれた。

（やすおか・しょうたろう　作家）

［『定本中野重治全集』月報２・一九九六年五月］

「茂吉ノート」など

北　杜夫

中野重治氏の作品を初めて読んだのは、昭和二十二年に発表された「五勺の酒」であった。まったく晩生《おくて》で申訳ないが、当時敗戦後の旧制高校生であった私たちには、本や雑誌もろくすっぽ手に入らなかったのだ。中野氏は謙虚な方で、これこれの自らの文章に対して自分が不勉強であったとか、自分が無知だったということを実に屢々《しばしば》書かれている。その人間性はもっともっと、評価されてよいのではあるまいか。

ともあれ、「五勺の酒」は、本当に酒もなかった時代に五勺の酒に酔われて書かれたような天衣無縫の文体である。あのころ、高校生のあいだでもっとも読まれたのは太宰であった。その甘さがまた若者を魅した。ところで、記憶をたどってみると、中野氏は不本意にちがいなかろうが、「五勺の酒」の半ば酔われたような文体、天皇に対するざっくばらんの論議などが、私たち高校生のあいだでは、むしろ太宰的に読まれた傾向があった。およそ本質的には異なっているが、両人ともその人間性をざっくばらんに現わしている点ではあながちまったくの誤りではなかったかもしれない。

　次に中野重治に出会ったのは、その詩集であった。それも初めは、大学にはいった頃の黄いろい表紙をした詩のアンソロジーで、「おまえは歌うな　おまえは赤ままの花やとんぼの羽根を歌うな」という有名な「歌」もそのとき知った。そのときから、この詩が根本は抒情的で、一見表立って「すべての風情《ふぜい》を擯斥《ひんせき》せよ」とは裏腹なものであることは感じとった。その思想とは別に、中野氏は生れついての感性を具えた詩人だったのである。

　私は中野氏とゆっくりお話した機会は一度しかない。おそらく昭和三十七、八年のころ、軽井沢の氏の山荘に奥野健男氏に連れていってもらった。そのとき私は一種の怖れを持っていたことはあながち誇張ではない。たとえば同人誌で書いていたころ、やはり奥野氏から作品を『近代文学』に紹介してやろうと言われた。そのときも、あそこは左翼のおっかなそうな人が集まっているからと言って初め断わったくらいである。

　そのとき中野氏は、ステテコ姿みたいなラフな恰好で庭の畠いじりをされていたように記憶している。意外に（と私は思った）喜ばれて私たちを請じ入れ、ウイスキーを出された。みんなでかなり飲んだようだ。

　そして私がまた意外に感じたことは、氏がごく優しい人柄であったことだ。作品からみて、私はまだ氏がけっこう頑固で狷介《けんかい》な方のように思っていた。それが優しく、「五勺の酒」のようにざっくばらんであった。

　そのとき、奥野氏の記憶によると、ＮＨＫの某アナウンサーの話しぶり、人柄が好きなのに、ＮＨＫ流の内容のニュースを報ずるときは嫌になると話された。また、茂吉のこと、それも日常の些細なことを興味ぶかく尋ねられた。

　終戦後、箱根の山荘を朝鮮人のある方が借りて、のちにそれが北鮮のスパイだったということなども私は話した。すると中野氏は、「あれは私の昔の友人です。そんなことをする人ではありません」

　と、きっぱりと言われた。真相は新聞記事などを別として私にはわからない。しかし、そのとき私は中野氏が昔の友人をいかに大事にされ、大切にされているかがはっきりとわかった。そのときの氏の語調はひたむきであった。

「斎藤茂吉ノート」は高校時代に読んだが、このたび再読してみた。そして、中野氏が思想も異なる茂吉にどれだけ打ちこんでくださったかが更《あらた》めて判り、胸が痛んだ。

　冒頭の「ノートをとる資格」からして、氏の謙譲ぶりがわかる。そのくせ、当時の資料の抜き書きからして、実に十全で適確であり、要を尽しておろそかでない。

氏は、茂吉が自身や自分の仕事が「はかない」としきりに書いていることを指摘している。同時に、その論戦の文章など、たとえば「世間の人々よ。『真人間で居てえや』などと云ったって駄目だ。今に見ろよ。じたばたしても駄目だぞよ」などという文章を克明に摘出されている。それは、「神々よ、僕をまもりたまへ」とか、「僕の此のあはれなる歌集に幸ひたまへ」とか「神々よ、僕の歌集を護りたまへ」などという初期歌集の後記に対応するものだ。

氏は論戦の文章のあとで述べる。

「こういう言葉は、自身および自身の仕事を『はかない』などいっている人の口から出るもの、出ることのできるものではない。自分の仕事、自分の努力、自身の行く道に確信のあるもの、『南蛮鉄の如き覚悟』あるものでなければこうはいえぬであろう」

同時に、

「彼は気の強い人間である。しかも事あるごとに、神よ僕をまもりたまえとか、友よ僕のあわれな心をとがめるなとか、せめてもかすかな慰めであるとかいうことをいわずにはいぬ人間である。私はそういう人間ではない。私のあくは強くない。生まれてきた性質からして、私は、自分が茂吉を分析するのに十分には適していないことを知っている」

あえて牽強付会にいえば、私は中野氏はある程度、茂吉に似た人間ではないかという思いがしきりとする。氏は気が弱いこともあった。同時にあくもけっこう強かった。それが思想もまったく別とした茂吉という人間に興味を惹かれた一因ではあるまいか。

それゆえ、氏の茂吉に対する理解は、同時代の歌人などに比し格段のものがある。たとえば、

家蜽《いえだに》に苦しめられしこと思《も》へば

　家蜽とわれは戦ひをしぬ

というつまらぬ歌がある。これに対し、歌人たちはあれこれ論じているが、中野氏はきっぱりとこの歌を否定している。

「茂吉にあるわかりにくいもの」は、もっとも中野氏の面目の表われている一章であろう。第一、中野氏自体、「わかりにくい」詩人であり作家であり評論家である。粘液質といってもよい。ここにも私は中野氏と茂吉との近似をあげたくなる。茂吉に対する中野氏の評は、讃《ほ》めるべきところは讃め、けなすべきところははっきりとけなしている。未だに茂吉論の中で「茂吉ノート」を陵駕《りょうが》するものは出ていないであろう。

私事にわたれば、不肖の子である私は、この中野重治という立派なお方が本気になって父を論じてくださったことが、涙が出るほど嬉しいのである。

（きた・もりお　作家）

〔『中野重治全集』月報26・一九七九年五月〕

青春の書

野坂昭如

七年前の春だったと思う、中野重治さんから手紙をいただいた。達筆にしるされたそのお名前を眼にして、しかしすぐには「歌のわかれ」の作者とむすびつかぬ。

どう思いめぐらせてみても、いただく理由が判らないし、ぼくは大体、手紙とか電話に対して、一種の恐怖感をいだくところがあって、何か不始末をしでかし、叱責の文面ではないかと怯《おび》え、だが、これもうぬぼれた妄想である。

とにかく開いてみた、内容は、その二年前に、ぼくが雑誌に書いた小説「心中弁天島」を読みたい、何年何月号であるか教えてほしいとおっしゃる。この小説は、町のチンピラと、集団就職で、織屋に勤める少女の交情をえがいたもので、六十枚の短篇だが、ぼくとしては、自分なりの青春小説のつもりで、いささか自負していた。

もっともそれまで誰にも認められず、十把ひとからげの娯楽読物、一月のうつろいと共に流されてしまって、べつだん不服もないのだが、いかなるめぐり合わせで、中野さんと御縁ができたのか。

このことについて、べつに深くは考えなかった、読んでいただけるなら、幸せこれに過ぐるはない。

当時、学生時代の友人が、家に同居していた、これまた因縁といえば因縁だが、詩人中野重治を教えてくれた男なのだ。

大学にいちおう籍はおいていたが、まるで教室には顔を出さず、働くといえばきこえはいいけど、戦後の混乱の中で、妙にこすっからく立ちまわり、しかし世間の秩序が回復するにつれてままならず、ぼくは坊主にでもなろうかと、寺に入る伝手《つて》を探した。友人は詩の同人誌を主宰していたが、なんとなくぼくにまきこまれた感じで、同じく八方ふさがりの態、彼は故郷へもどり、市役所の臨時雇いで、とりあえず口を糊する手はず、しかし、修羅の巷に未練が残って、なかなかふんぎりがつかぬ。

金がないから、もっぱら貸本屋がたより、昭和三十年までは、郊外の私鉄の駅前にさえ必ずこの一軒や二軒はあって、足まめに歩けばたいていの本を読むことができたのだ。その中に『歌のわかれ』があった。

べつに、いわゆる私小説を毛嫌いしていたわけでもないし、戦後文学といわれる一連の小説を、特におもしろいとも思わず、今考えると、日本人の書く小説について、あまりいい読者ではなかったと思う、なまじの絵空ごとより、現実の方がはるかに虚実ないまぜで、変化に富んでいた、日本語を媒体にして、虚構の世界に遊ぶだけのゆとりがなかったのだ。「歌のわかれ」の印象は、一言でいうと清冽であった、舞台となっている町のたたずまいが鮮やかに浮き上り、階段を降りながら主人公の胸に去来する想いが、切実に伝わる、時代も、世間の在りかたもまるで違うが、青春のかたちを適確にえがき出し、僭越ないいかただが、身につまされる感じだった、いや、ぼくも、この時、大袈裟にいえば、もはや自分の時代は過ぎてしまったと、いささか遁世風心境になっていて、その失なわれてしまったものを、「歌のわかれ」によってたしかめ、ということは、また自分にも青春はあったのだと、ほっとするような気持、まあいいやと、決してあきらめではなく、むしろ悔いのない安心を得たのだ。

　ぼくは臨時雇いをしぶっている友人にもすすめた、彼は、すでに読んでいて、「詩もいいんだよな、中野重治は」と、これだけは売らないで残していた数十冊の詩集の中から一冊をとり出し、ひょいと開くと、品川駅での別れの一篇を朗誦した。

　べつに「わかれ」にこじつけたわけではないが、翌日、彼は、東京駅から山陰へ向い、ぼくはその夕刻、上野を発って、新津の寺へおもむいた、『歌のわかれ』と、正岡子規の随筆集、フロイトの著作集など、奇妙な取合せの本を風呂敷に包み、二度と娑婆にはもどらぬつもりだった、昭和二十九年の暮で、上野駅にさえ、もはや浮浪児の体臭はうすれていた。

中野さんの御依頼は、掲載雑誌の月号についてだったが、ぼくは、丁度、刊行されたばかりの作品集に、「心中弁天島」が収録されていたから、その一冊と、ついでに図々しくもう一冊をそえて直接お届けすることにした。

友人も同行し、お宅の近くまで来ると、いかにも押しつけがましいから、ぼくは表で待っていて、友人が玄関を入った、「御本人が直接お出になった」「へえ」「野坂の使いの者ですといったら、ずい分おどろいていらしたね」「そりゃそうだろうな、手紙でいいところなんだから」「あのおどろきようは、どうも野坂参三とまちがえたんじゃないだろうか」友人は、おかしそうに笑っていった。今でもそうだが、ぼくは日本共産党の変遷について当時まったく心得ず、友人に、何故、野坂からの届けものといわれて、中野さんがびっくりするか、くわしく説明されたのである。

考えてみると、ぼくは中野重治さんについて、何も知らない、しかし、『歌のわかれ』は、なにものにもかえがたい、ぼくの青春の書であり、あの時期に、この小説とめぐりあえたことは、本当に幸せだったと思う。

（のさか・あきゆき　作家）

「『中野重治全集』月報11・一九七七年九月」

初出一覧

歌　『驢馬』一九二六年九月号

歌のわかれ　『革新』一九三九年四月号、五月号、七月号、八月号

春さきの風　『戦旗』一九二八年八月号

村の家　『経済往来』一九三五年五月号

広重　『新潮』一九五四年七月号

米配給所は残るか　『改造』一九五四年一月号

第三班長と木島一等兵　『群像』一九五三年一月号

軍楽　『展望』一九四九年一月号

五勺の酒　『展望』一九四七年一月号

萩のもんかきや　『群像』一九五六年十月号

「春さきの風」「五勺の酒」の線　「朝日新聞」一九六一年十一月二日

「春さきの風」のとき　『群像』一九六四年八月号

「第三班長と木島一等兵」おぼえがき　『戦争と文学』第八巻（東都書房、一九六五年一二月）

五十年まえと三十年まえ　「朝日新聞」一九七〇年六月十五日

編集付記

一、本書は著者の中篇小説「歌のわかれ」と短篇小説八篇に、詩一篇と自作をめぐる随筆四篇を併せて収録したものである。中公文庫オリジナル。

一、本書を編集するにあたり、筑摩書房版『定本中野重治全集』第一～三巻、第五巻、第二二巻を底本とした。ただし、仮名遣いは新仮名遣いに改めた。

一、本文中、今日の人権意識に照らして不適切な語句や表現が見られるが、著者が故人であること、発表当時の時代背景と作品の文化的価値に鑑みて、底本のままとした。

中公文庫

歌《うた》のわかれ・五勺《ごしゃく》の酒《さけ》

2021年12月25日　初版発行

著　者　中《なか》野《の》 重《しげ》治《はる》

発行者　松 田 陽 三

発行所　中央公論新社
〒100-8152　東京都千代田区大手町1-7-1
電話　販売 03-5299-1730　編集 03-5299-1890
URL http://www.chuko.co.jp/

DTP　嵐下英治
印　刷　三晃印刷
製　本　小泉製本

Published by CHUOKORON-SHINSHA, INC.
Printed in Japan　ISBN978-4-12-207157-5 C1193